www.tredition.de

AF177009

Lisa-Marie Hartung

Die Pianistin des Vampirs

www.tredition.de

© 2018 Lisa-Marie Hartung

Verlag und Druck: tredition GmbH, Hamburg

ISBN
Paperback: 978-3-7439-7059-5
Hardcover: 978-3-7439-7060-1
e-Book: 978-3-7439-7061-8

I

Zuerst war es nur ein sanfter Hauch, ein zartes Streicheln am Rande seines Bewusstseins.

Keleigh Morgan wandte den Kopf zu den Klängen einer zarten Melodie. Ganz leise hatte die Melodie begonnen, kaum hörbar war sie gewesen. Doch nun schwoll sie an, gewann an Leben und Stärke. Doch es war keine freudige Melodie.

Ganz im Gegenteil.

Sie war herzzerreißend traurig.

Immer stärker wurde die Flut der Gefühle, immer flinker fuhren die zarten, blassen Finger über die Tasten des Instruments. Weltvergessen spielte die Gestalt am Klavier und schlug jeden der Gäste in ihren Bann.

Keleigh konnte die Augen nicht von diesen zarten Fingern nehmen, die diesem Instrument derart schöne Töne entlocken konnten. Die Gestalt war vollkommen in Schwarz gekleidet. Ein Schal verbarg den größten Teil des schmalen Gesichts. Dunkles Braun verhängte die Stirn und Augen. Nur eine schmale, kleine Nase war zu erkennen. Viel zu schnell endete das Stück und die Gestalt schien aus ihrer Trance, die jeden im Raum ergriffen hatte, aufzutauchen.

Überrascht wandte die Gestalt den Kopf und Keleigh sah nussbraune Augen unter sanft geschwungenen Augenbrauen. Da zog sich die junge Frau, denn als solche hatte er sie soeben erkannt, ihren Schal nach oben, über die kleine Nase, verbarg ihr Gesicht und sprang auf.

Er konnte seinen Blick nicht von ihr lassen und sah ihr dabei zu, wie sie schnell unter dem tosenden Applaus der Gäste des Restaurants aus dem Saal huschte.

„So fasziniert habe ich dich noch nie gesehen", erklang die Stimme seines Schützlings zu seiner Linken. Keleigh wandte den Kopf, war sich erst in diesem Moment der Tatsache bewusst, dass er der jungen Frau noch immer hinterher sah. Vollkommen in Gedanken versunken.

„Wer ist sie?", konnte er sich der Frage nicht verwehren und spähte noch einmal zur Tür. Doch die mysteriöse Frau, mit dem so traurigen Lied, war verschwunden.

In den hellen Augen von Chandrina blitzte es belustigt auf. Chandrina hieß Mond und er hatte ihr diesen Namen am Tag ihres Erwachens höchst selbst gegeben, da ihre hellen, klugen Augen ihn an kleine Monde im Schein der Dunkelheit erinnert hatten.

„Die Spielerin?", fragte sein Schützling. Ein leichtes Neigen des Kinns war Antwort genug.

„Keiner kennt sie. Sie ist eine Unbekannte. Alle paar Wochen taucht sie an unterschiedlichen Orten auf und spielt ihr trauriges Lied. Sie rührt die Herzen der Menschen, bringt sie zum Weinen und Zittern und verschwindet einfach wieder. Genauso spurlos, wie sie aufgetaucht ist. Es ist das erste Mal, dass ich sie selbst spielen hörte."

Keleigh lehnte sich in seinem Stuhl zurück und legte die Fingerspitzen aneinander. Sein Interesse war geweckt.

„Niemand kennt sie?"

Chandrina schüttelte den Kopf, dass ihre dunklen Locken flogen.

„Niemand. Man hat versucht sie aufzuhalten, hat Agenten auf sie angesetzt. Jeder will wissen, wer die geheimnisvolle Frau mit dem traurigen Lied ist. Die Plattenfirmen würden sich einen Arm ausreißen, um sie zu bekommen."

Kurz herrschte Stille zwischen ihnen.

„Du müsstest eigentlich von ihr gehört haben. Ich weiß, du gibst nichts auf moderne Nachrichtensender oder Radios. Aber es war auch wochenlang in den Zeitungen. Nachrichtenblätter liest du doch noch?"

Besorgtheit lag in ihrer Stimme und entlockte Keleigh tatsächlich ein feines Lächeln. Er kannte ihre Sorge. Sie dachte, er sei nach all der Zeit der Welt überdrüssig. Dem war auch so, aber dies war bei Weitem nicht der Grund, weswegen er sich aus dem öffentlichen Leben zurückgezogen hatte.

Sondern wegen der Welt. Sie war es, die ihn vertrieben hatte. Zu schnell wandelte sie sich, veränderte sie ihre Form ein ums andere Mal.

„Tatsächlich habe ich die Geschichte der mysteriösen Spielerin einige Zeit verfolgt", gestand er schließlich ein und sein Schützling wirkte nicht mehr ganz so von Sorge zerfressen.

„Doch es wurde ruhig um sie. Ich dachte, sie wäre verschwunden."

Chandrina nickte eifrig, scheinbar besorgt, er könne wieder in Trübsal verfallen. Erneut hoben sich seine Mundwinkel leicht. Es war doch eine gute Idee gewesen, mit Chandrina auszugehen. Viel zu lange war er nicht nur der Welt, sondern auch ihr ausgewichen.

Und nun hatte er eine solche Entdeckung gemacht.

„Viele denken, es war ihr Plan. Sich zurückzuziehen und erst einmal Gras über die Sache wachsen zu lassen."

„Und nun ist sie wieder erschienen", führte Keleigh ihren Gedanken weiter.

Sie nickte nur stumm.

Eine Weile schwiegen sie und er drehte verträumt sein noch volles Weinglas in den Fingern. Erst Chandrinas leises Lachen ließ ihn wieder zu ihr blicken.

„Du hast dieses Glitzern in den Augen", erklärte sie ihm und nippte an ihrem eigenen Weinglas.

„Du planst schon wieder etwas", schlussfolgerte sie.

Keleigh legte den Kopf zur Seite und lauschte ihren Worten.

„Du planst sie wiederzusehen."

Seine Mundwinkel zuckten. Wie raffiniert sie darin geworden war, aus seiner Miene zu lesen.

„Ich plane es nicht nur, es wird geschehen, noch bevor der Mond ganz voll ist", prophezeite er verschwörerisch und sah aus der großen Glasfront des Restaurants hinaus in die Nacht, die von einem fast vollkommen runden Mond erhellt wurde.

Clair seufzte sehnsüchtig und konnte den Blick nicht von dem Schmuckstück lassen. Schwarz glänzte der Lack ihr entgegen, weiß schimmerten die Tasten im Schein der Sonne. Es war ein richtiger Konzertflügel, nicht so ein modernes Keyboard mit dem ganzen unnützen Kram. Betrübt nahm sie die Hand von der Schaufensterscheibe. So etwas würde sie sich nicht mal in einer Million Jahre leisten können.

Sie hatte ja schon Glück, wenn sie genug Geld für ihr nächstes Abendessen zusammenbekam. Mürrisch sah sie gen Himmel.

Dunkle Wolken zogen auf, verhängten das strahlende Blau und sperrten die Sonne und ihre warmen Strahlen aus. Es würde bald anfangen zu regnen.

Für Mitte Januar nicht unüblich, aber lästig. Vor allem, wenn man kein Dach über dem Kopf hatte.

Trauer legte sich um ihr Herz und mit gesenktem Kopf, die Hände in den Taschen ihres viel zu großen, schwarzen Mantels vergraben, schlurfte sie durch die Straßen. Hier und da hob sie ein paar Centstücke vom Boden auf und fand tatsächlich einen ganzen Euro im Geldfach eines Parkscheinautomaten. Würde man das ganze Geld, das auf der Welt einfach so auf dem Boden liegen gelassen wurde, aufheben … man wäre Millionär.

Doch so reichte es gerade aus, um beim Vortagsbäcker eine handvoll Brötchen zu kaufen, die den beißenden Hunger endlich stillten.

Die nette Verkäuferin schenkte ihr sogar ein Schokocroissant. Gegen Abend fielen dann tatsächlich die ersten Tropfen und Clair fluchte leise, stellte sich an einer Hausecke unter und sah gen Himmel. Die Wolken waren dicht, schwer und rabenschwarz. Es würde wohl noch stundenlang regnen. Sich in ihr Schicksal fügend, sank sie in die Hocke und schlang die Arme um die Knie, um wenigstes einen Rest Körperwärme speichern zu können. Vollkommen emotionslos beobachtete sie die Menschen, die an ihr vorbeiliefen.

Eltern mit lachenden Kindern, die in jede sich bildende Pfütze sprangen und erfreut kreischten. Pärchen, die eng umschlugen durch den immer stärker auf den Boden prasselnden Regen hetzten.

Sie alle waren glücklich, sie alle wurden geliebt, hatten ein warmes, trockenes zu Hause, in das sie zurückkehren konnten. Einst hatte auch sie dies besessen, war geliebt worden, hatte ein warmes Nest, das sie mit Freude Heim nennen konnte. All dies hatte sie für selbstverständlich empfunden bis …

Tränen sammelten sich in ihren Augen. Entschlossen erhob sie sich und wischte sich die Zeichen ihres Verlustes und ihres Schmerzes weg.

In ihrer Seele, ihrem Herzen begann erneut die Melodie zu spielen. Ein kleines Lächeln stahl sich in all dem Trübsal auf ihre Lippen und sie schloss die Augen.

So stand sie eine Weile da, vergaß den Regen um sich, die vorbei hastenden Menschen und sogar die Kälte, die in ihre Glieder kroch.

Da wurde sie hart zur Seite gestoßen, sodass sie sich mit der Hand an der Hauswand abfangen musste. Überrascht sah sie einen alten Mann, der sie hasserfüllt anstierte.

„Verdammte Bettlerin! Geh woanders betteln, elendes Gör!", keifte er.

Verschreckt wich Clair zurück. Vorbei war der Moment der Stille und Geborgenheit. Kalte Tränen sammelten sich erneut in ihren Augen und sie wandte sich ab, rannte davon.

Der alte Mann keifte ihr noch einige Worte hinterher. Viele waren Schimpfwörter, die sie nicht einmal denken würde.

Der Schock saß tief. So etwas war ihr schon einmal passiert und doch erschreckte sie der kalte Hass, der ihr von wildfremden Menschen entgegengebracht wurde, zutiefst.

Die Musik in ihrem Kopf schwoll immer lauter an, als wolle sie sie beruhigen … oder erdrücken. Clair hielt es einfach nicht mehr aus, sah sich kurz um, orientierte sich und rannte dann durch den strömenden Regen zu dem Grand Playa an der Ecke Richtung Dom.

Längst war sie nass bis auf die Knochen, doch dass interessierte sie gerade wenig. Zu wild, zu drängend war der Ansturm an Gefühlen in ihrem Inneren. Nur kurz musste sie draußen warten, dann betrat eine größere Gruppe Geschäftsleute das Gebäude. Clair hängte sich einfach hinten dran und schlüpfte geschickt an der Empfangsdame vorbei, ins warme Innere des Restaurants.

So schnell hatte sie eigentlich nicht hierher zurückkehren wollen. Erst gestern war sie hier hereingeschlichen und hatte ihr Lied gespielt. Doch jetzt ging es nicht mehr anders. Schnell zog sie sich ihren dunklen Schal über Kinn und Nase, dann schlich sie weiter, immer an der Wand entlang. Noch nie hatte sie in ein und demselben Restaurant zweimal hintereinander gespielt. Schon gar nicht an zwei aufeinanderfolgenden Tagen.

Niemand würde sie hier vermuten.

Deswegen sah sie auch keiner, wie sie noch immer tropfend vom Regen durch die Schatten des Restaurants schlich. Schon sah sie das Prachtstück eines Flügels in einer Ecke des Raums stehen. Er war nicht so gewaltig und glänzend wie der, den sie am Mittag im Schaufenster gesehen hatte. Doch er hatte einen Klang, der ihr gefiel. Außerdem konnte gerade sie sich nicht erlauben, wählerisch zu sein. Verträumt strich sie mit den Fingern über die Tasten. Da saß sie auch schon und die Melodie in ihrem Kopf wurde leiser, schwächte zu einem erwartungsvollen Summen herab.

Der erste Ton ließ sie verträumt die Augen schließen. Das hektische Treiben der Kellner, das Klirren des Bestecks, die summenden Gespräche der Gäste, all dies verstummte, rückte in den Hintergrund. Der nächste Ton flog in die Luft, zart und weich gesellte sich der nächste hinzu.

Schwach begann ihr Lied, schüchtern und furchtsam, wurde schließlich lauter, schneller. Dabei flogen Bilder ihres Lebens durch ihren Kopf, alte, verblasste Bilder eines längst vergangenen Lebens.

Trauer und Verlust stiegen in ihr hoch, trieben ihr erneut die Tränen in die Augen. Dieses Lied war nicht einfach nur ein Lied, es war ihr Leben, ihr Verlust. Wie stürmisch und leidenschaftlich die Melodie auch wurde, desto leiser und gebrochener klang sie aus. Der letzte Ton tönte in ihren Ohren nach, überdeckte ihr leises Seufzen. Kurz ließ sie die Finger noch auf den Tasten ruhen, legte sie anschließend in ihren Schoß.

Es war, als würde sie aus einem langen Schlaf erwachen. Die ganzen Geräusche schlugen in einer Welle über ihr zusammen. Die hektischen Laute, das Rufen und Jubeln. Überrascht hob sie den Kopf, ließ ihren Blick über die Menge gleiten. Da saßen sie.

Die Reichsten der Reichen, die Größten der Größten. Und applaudierten ihr, einem Straßenmädchen.

Würden sie auch so jubeln, wenn sie wüssten, wer sie wirklich war, *was* sie wirklich war?

Offensichtlich.

Sie würden ihre Geschichte breittreten, sie bestmöglich vermarkten, jedes Detail in die Öffentlichkeit zerren.

Clair wollte sich schon abwenden und genauso spurlos verschwinden, wie sie es immer tat, da traf ihr Blick auf dunkle Tiefen, die ihr direkt in die Augen blickten. Verdutzt hielt sie inne.

Dort, etwas abseits in der Ecke ihr gegenüber, saß ein Mann allein mit einer jungen Frau am Tisch und sah ihr direkt in die Augen. Sein Blick war fest und stark. Begeistert erleuchtet von dem Feuer der sinnlichen Überraschung und Ekstase. Doch diese Augen blickten nicht kühl, abschätzend, ihren Wert eisern kalkulierend. Sie blickten fasziniert und gebannt, gefesselt.

Laute Schritte ließen Clair zusammenzucken. Der Kontakt mit dem geheimnisvollen Fremden riss ab. Ein Mann im mittleren Alter kam auf sie zugeeilt, mit einer Visitenkarte winkend. Oh nein!

Sie war zu lange geblieben, hatte zu lange am Klavier verharrt! Schnell sprang sie auf, wich dem Mann, der sie schon fast erreicht hatte, in die entgegengesetzte Richtung aus, hastete durch die Tische und Stuhlgruppen. Viele Hände griffen nach ihr, zwei Männer versperrten die Tür. Schlitternd änderte Clair ihre Route, stieß fast mit einem überraschten Kellner zusammen. Ohne lange darüber nachzudenken, hastete sie auf den Balkon, riss sich von einem Mann los, der sie festhalten wollte. Der Balkon lag einsam und verlassen da. Ein Blick über das Geländer zeigte ihr, dass er nicht sehr hoch war, höchstens zwei Meter. Noch einmal sah Clair zurück, sah der auf sie zueilenden Menschenmasse entgegen, die laut nach ihr rief, sie bat doch zu bleiben.

Nur der Mann mit den ausdrucksstarken Augen und seine Begleitung saßen nach wie vor auf ihren Stühlen. Er nippte an seinem Weinglas. Als sich ihre Blicke trafen, prostete er ihr zu. Sie blinzelte.

Dann wurde sie sich der Situation bewusst, in der sie sich noch immer befand. Ohne zu zögern, schwang sie sich über das Geländer und sprang in die Tiefe. Hart kam sie auf, hörte die erschreckten Schreie und Rufe. Clair fing sich ab, taumelte kurz und rannte dann, so schnell sie konnte, durch den dichten Regen. Schnell waren ihre angetrockneten Haare wieder vollkommen durchnässt.

Doch niemand folgte ihr.

Sie war entkommen.

II

Keleigh sah der jungen Frau nach, wie ihre schmale Gestalt langsam im Dunkeln der Nacht verschwand.

„Sie ist tatsächlich gesprungen", murmelte Chandrina neben ihm fassungslos. Ja, war sie. Keleigh musste eingestehen, dass selbst er überrascht war. Er hätte nie gedacht, dass sie wirklich springen würde. Langsam setzte er sich wieder und wurde sich da erst der Tatsache bewusst, dass er aufgesprungen war, als er sie springen sah.

Sein Herz schlug ungewöhnlich schnell. Mit einem gezielten Gedanken beruhigte es sich jedoch wieder und schlug in dem langsamen, gleichmäßigen Rhythmus, den er gewohnt war.

„Sie war völlig durchnässt", meinte da Chandrina und Keleighs Blick flog zu ihr. Auch damit hatte sein Schützling recht. Wie nasse Taue hatten ihre Haare dunkel und von Wasser glänzend an ihren Wangen geklebt. Der Klavierhocker war von feinen, kleinen Tropfen bedeckt. Darunter hatte sich eine Wasserlache gebildet.

„Warum hatte sie keinen Schirm oder wenigstens eine Regenjacke?", überlegte Chandrina laut.

Sein Blick folgte der Spur aus kleinen Tropfen, die bis zum Balkon führten. Ihr unfassbarer Geruch stieg ihm dabei in die Nase. Seine Sinne schärften sich. Ein Entschluss wuchs in ihm. Schweigend stand er auf, reichte einem vorbeigehenden Kellner seine Karte und nickte seinem Schützling ruhig zu. Sie wusste, was er nun beabsichtigte und versuchte nicht ihn aufzuhalten, da es ohne Zweifel vergebens gewesen wäre.

„Das werden wir nun herausfinden", beantwortete er ihre eben gestellte Frage und schritt aus dem hell erleuchteten Gebäude. Keleigh brauchte keinen Schirm. Der Regen prallte von ihm ab, wie von einem Wachstuch und hinterließ keine Spuren. Weder auf seiner Haut noch auf seiner Kleidung.

Er hatte ihren Geruch noch immer in der Nase, den er während ihres Spiels aufgenommen hatte. Der Spur zu folgen war leichter, als zunächst angenommen. Trotz des Regens.

Ihr Spiel.

Es war so traurig gewesen, genauso traurig und verzweifelt wie am Tag zuvor und doch so vollkommen anders. Nicht nur Schmerz und ein tiefer Verlust waren durch seine Nerven geschossen, sondern auch eiskalte Wut und … Verbitterung.

Durch die Schatten hindurch folgte er ihrem Duft, rückte immer näher an ihre schmale Gestalt heran, bis er direkt hinter ihr war. Sein Herz schlug erneut schneller. Es dauerte lange, bis er es wieder zur Räson gebracht hatte. Keleigh hätte die Hand ausstrecken und ihr glänzendes Haar berühren können. Und doch tat er es nicht.

Noch immer lief die junge Frau durch die Straßen, scheinbar ziellos rannte sie durch die Dunkelheit. Stumm und verborgen folgte er ihr. Da hörte er den ersten verdächtigen Laut, dann noch einen. Seine Miene blieb ausdruckslos. Selbst, als er einen Blick auf ihr Gesicht erhaschte.

Silberne Tränen rannen über ihre nassen Wangen. Sie weinte.

Da blieb sie stehen und auch Keleigh stoppte, sah sich um. Hatte sie ihr Ziel erreicht? Sie befanden sich vor einem alten Gebäude mit vielen Fenstern. Seine kleine Pianistin hatte die Hände fest an ihren Seiten zu Fäusten geballt, die Augen schmerzhaft zusammengepresst. Schweigend sah er ihr dabei zu, wie sie langsam einmal ein- und wieder ausatmete. Als die kurz angehaltene Luft ihren Lungen wieder entwich, sanken ihre angespannten Schultern ein Stück hinab und sie öffnete die Augen. Diese waren nun trocken und entschlossen, wie Keleigh mit Erstaunen feststellen konnte. Ihre Selbstkontrolle war außergewöhnlich.

Fasziniert sah er ihr dabei zu, wie sie noch einmal tief einatmete und schließlich mit festem Schritt auf das dunkle Gebäude zuschritt. Behutsam schlich Keleigh näher, bemüht, sich im Schatten gut verborgen zu halten. Für seine Art war es ein Leichtes mit den Schatten der Nacht zu verschmelzen und beinahe vollkommen unsichtbar zu werden. Doch er wollte kein Risiko eingehen, obwohl irgendetwas in ihm ihn unaufhaltsam dazu trieb mehr über sie zu erfahren. Er war selbst über die Intensität dieses zerreißenden Dranges überrascht.

Der kalte Nachtwind wehte ihm erneut ihren Duft in die Nase und lenkte seine Aufmerksamkeit zu ihr zurück. In dem Moment, in welchem er ganz seinen Gedanken nachgehangen hatte, hatte die junge Frau das Gebäude betreten. Er sah nur noch die Tür hinter ihr zufallen. Neugierig trat er nun aus den Schatten heraus, nachdem er sich vergewissert hatte, dass ihn auch niemand beobachtete.

Das große Haus stand still und gähnend vor ihm. Es schien so, als hätte komplette Einsamkeit es verschluckt. Doch das Gebäude wirkte nicht wie ein Wohnhaus. Zu unbelebt, zu trist und kahl war es. Es gab nicht einmal

Vorhänge. Leise schritt Keleigh vor die Tür. Hier wurde ihr Geruch intensiver. Sie hatte gezögert dieses Gebäude zu betreten. Eine Spur Furcht färbte ihren Duft. Sein Blick fiel auf das kleine Schild neben dem einzigen Klingelknopf und er erstarrte. Ohne sein Zutun las er das vergilbte, ausgeblichene Schild erneut und seine Augenbrauen zuckten in die Höhe.

Gedanken rasten wie die lauten Hufe eines Pferdes mit der Geschwindigkeit eines Verfolgten durch seine Nervenbahnen. Lediglich sein Mantel verursachte einen leisen, raschelnden Laut, als er zurücktrat und wieder in den Schatten verschwand.

Leise wie der Wind und ebenso schnell kehrte er zu seiner Behausung zurück, schlüpfte durch die großen Türen, die einem Portal glichen und trat in die Eingangshalle.

Dort kam ihm Chandrina entgegengeflogen, während ihm ein Diener Mantel und Schal abnahm.

„Was hast du herausgefunden?", bestürmte sein Schützling ihn wild und ergriff seine Hände. Sachte drückte er diese kurz, bevor er ihr sanft eine Hand an die Wange legte.

„Nicht heute Nacht, mein Kind. Ich muss nachdenken", wisperte er leise. Unmut legte sich über ihre sonst so sanften und freundlichen Züge.

„Aber …"

„Nicht heute Nacht", unterbrach er sie streng, hauchte ihr einen väterlichen Kuss auf die Stirn, als Zeichen seines Wohlwollens und wandte sich den Treppen ins obere Stockwerk zu. Chandrina ließ ihn mit deutlichem Missfallen gehen. Doch sie schwieg.

In seinen Gemächern angelangt, entledigte Keleigh sich seiner Krawatte, knöpfte die ersten paar Knöpfe seines

Hemdes auf und wickelte die Ärmel nach oben. Leise seufzend schenkte er sich einen starken Scotch ein, hielt ihn kurz im Mund, genoss sein reichhaltiges Bouquet, bevor er ihn schließlich brennend seine Kehle hinabgleiten ließ. Kurz schloss er die Augen und ließ sich in einen Sessel fallen. Als er die Augen wieder aufschlug, war sein Blick klar und ernst.

Das Gebäude, welches seine junge Pianistin soeben betreten hatte, war wie angenommen kein Wohnhaus gewesen. Zumindest keines, wie man es gewöhnlich kannte.

Es war eine Art Auffangstation für Obdachlose. Keleigh hatte schon von solchen Einrichtungen gehört. Dort konnten sich Menschen ohne Obdach einquartieren und wurden ehrenamtlich versorgt.

Also war seine geheimnisvolle Lady ohne Heim.

Das machte die Lage um einiges schwieriger und … verzwickter. Er musste nachdenken.

Seine nächsten Schritte mussten wohlüberlegt sein.

Denn diese würden ihn entweder ans Ziel oder aber in weite Ferne tragen.

Clair hasste es, hier zu sein. Sie wollte das alles nicht. Aber wegen des blöden Regens hatte sie keine andere Wahl. So durchnässt würde sie sich nur den Tod holen, wenn sie die Nacht im Freien verbrachte.

Also hatte sie widerwillig das große Gebäude betreten. Dort war sie auch sofort von einer freundlichen Mitarbeiterin empfangen worden, die ihr ein Handtuch gebracht hatte. Eben dieses lag nun über ihrem Kopf und Clair starrte auf ihre gefalteten Hände. Das kleine Zimmer, das man ihr für die Nacht überlassen hatte, war gerade groß genug für das schmale Bett, auf dem sie saß. Doch es war mehr, als sie seit langem gehabt hatte.

Trotzdem wollte sie nicht hier sein. Nicht, weil sie sich zu fein für solch eine Einrichtung war. Sondern, weil sie nicht hierhergehörte.

Ihr ging es noch einigermaßen gut. Sie hatte ihre Musik und genug Glück, um wenigstes einmal am Tag etwas Richtiges zwischen die Zähne zu bekommen. Wenn sie nun aber daran dachte, dass dort unten ein armer Mensch, der wirklich gar nichts mehr auf Erden hatte, abgewiesen wurde, nur weil sie hier das Zimmer belagerte, zog sich ihr fast leerer Magen zu einem schmerzenden Klumpen zusammen.

Seufzend schloss sie also die Augen und ließ sich nach hinten fallen. Die Matratze war noch relativ weich und nicht allzu durchgelegen. Wieder schossen ihr die Gedanken an Menschen durch den Kopf, die es so viel schlimmer als sie getroffen hatten.

Ihr wurde schlecht.

Nur eine Nacht, eine einzige Nacht würde sie hier bleiben. Nur so lange, bis der Regen aufhörte.

War es denn so schlecht auch einmal an sich selbst zu denken? Machte sie das gleich zu einem schlechten, bösen Menschen?

Ganz klein rollte sich Clair zusammen und lauschte dem Regen, wie er gegen die Scheibe prasselte. Trotz all der Schuldgefühle waren sie nun begründet oder nicht, durchströmte sie Erleichterung. Hier war sie zumindest trocken und am Morgen bekäme sie ein warmes Essen.

Bei dem Gedanken zog sich ihr Magen erneut zusammen. Jedoch nicht wegen aufkommender Schuldgefühle, sondern vor Vorfreude. Es war einfach viel zu lange her, seit sie etwas Warmes gegessen hatte.

Mit diesen Gedanken und dem Lied des Regens in den Ohren schlief sie schließlich ein.

Fest umklammerte sie ihren Magen und schlurfte gekrümmt weiter. Hatte denn wirklich jeder in der letzten Nacht das Loch in seiner Jackentasche, durch das einige Cent purzelten, wenn man nicht achtgab, zugenäht?! Clair hatte an diesem Tag keinen einzigen Cent gefunden. Und ihr Magen knurrte mittlerweile so laut, dass sie die Magenschmerzen schon ganz vergessen hatte. Man kannte vielleicht das Gefühl, wenn man länger als sonst auf sein Essen warten musste und der Hunger irgendwann verschwindet. Doch was danach geschah, das wusste kaum jemand. Dann kehrte der Hunger nämlich mit all seiner Kraft zurück und schien sie von innen heraus zu verschlingen.

Clair stöhnte gequält und ließ sich an einer Hauswand hinabsinken. Das letzte Mal, dass es so weit gekommen war, war schon eine Weile her gewesen und sie hatte gebetet, dass es nicht erneut hierzu kam. Eine Woche war es nun schon her, seit sie das letzte Mal in ein Restaurant gegangen war und gespielt hatte. Nur einmal noch, seit sie dem dunklen Fremden begegnet war, hatte sie erneut gespielt. Und doch war der Fremde wieder dort gewesen. Dabei hatte sie eine Gaststätte ausgewählt, in der sie noch nie gespielt hatte. Aber sein Blick hatte von Anfang an nur auf ihr gelegen. Sie hatte es fast körperlich gespürt, bevor sie ihn auch nur gesehen hatte. Erneut hatte seine dunkelhaarige Begleitung bei ihm gesessen und erneut hatten sie sich in einer dunklen

Ecke, etwas abseits befunden. Das war vor rund fünf Tagen gewesen. Zu diesem Zeitpunkt hatte sie auch ihr Glück verlassen.

Erneut brüllte ihr Magen los, wie ein wildes Tier und Clair drückte ihre Arme noch fester dagegen. Doch es half alles nichts. Stöhnend sah sie gen Himmel. Die Sonne neigte sich dem Horizont entgegen. Bald würde es dunkel werden.

Unter Aufbringung ihrer letzten Kräfte hievte sie sich wieder in die Höhe. Noch einmal würde sie ihre Runde machen und sehen, ob sie nicht doch etwas vergessenes Kleingeld irgendwo finden konnte. Wenn nicht, würde sie zu einem Bäcker gehen und nachfragen, ob es eventuell irgendwelche Reste gab, die man ihr überlassen konnte. Ihre Füße trugen sie durch die noch immer belebte Stadt. Ihr Blick war konsequent auf den Boden gerichtet. Tatsächlich fand sie ein Centstück. Nur würde sie damit nicht sehr weit kommen.

Betrübt wollte sie ihre Suche schon aufgeben, da wäre sie fast mit zwei blank polierten Lackschuhen zusammengestoßen. Erschrocken sah Clair nach oben, wollte sich entschuldigen. Doch sie erhaschte nur noch einen Blick auf einen ihr komischerweise bekannt vorkommenden, scharlachroten Schal.

Verwirrt sah sie in die Menge hinter sich und ihr Hunger war kurzzeitig vergessen. Jedoch war die Gestalt schon in der Menge verschwunden. Sie wollte schon schulterzuckend ihren Weg fortsetzen und zu einem Bäcker in der Nähe gehen, da fiel ihr etwas Kleines, Flatterndes ins Auge. Sie musste mehrfach blinzeln, bis sie begriff, was sie da sah. Vor ihr, von einem kleinen Kiesel gerade so festgehalten, flatterte ein Geldschein im Wind.

Wie im Traum bückte sie sich danach und hielt das kleine Wunder schließlich in den Händen.

War es denn zu fassen?

„Danke, danke, danke Gott! Ich danke dir!", stieß sie gen Himmel und konnte das aufkommende Lachen nicht mehr unterdrücken. Sie musste total wahnsinnig erscheinen, wie sie hier stand und lachte, wie eine Irre. Sobald Clair sich beruhigt hatte, gab es kein Halten mehr für sie und sie rannte los, den Geldschein fest im Griff.

Im nächsten Supermarkt griff sie sich genau fünf Sachen. Eine kleine, krumme Salatgurke, eine Packung günstiges Vollkornbrot, eine Flasche Wasser ohne Kohlensäure, einen kleinen Stoffbeutel und eine Tafel Schokolade. Sogar noch ein paar Cent für eine Packung Käse waren übrig. Glücklich trug sie ihre Schätze in ihr kleines „Haus".

Dieses bestand aus einem großen Pappkarton, den sie so zurecht gedrückt hatte, dass möglichst viel Platz darin war. So konnte sie sich sogar hinlegen, ohne nass zu werden. Eine alte Plastiktüte bildete ihr Dach.

Flink kroch Clair in ihre schäbige Behausung und packe ihre Schätze aus. Zuerst trank sie einige Schlucke Wasser. Mit der Flasche würde sie problemlos neues aufsammeln können. Dann nahm sie etwa ein Drittel des Brotes aus der Tüte, verschloss diese wieder sorgfältig und legte Käse zwischen die Scheiben. Es schmeckte einfach himmlisch und ihr Magen dankte es ihr mit einem zufriedenen Glucksen.

Zum Schluss öffnete sie die Tafel Schokolade und aß eine Rippe davon langsam und genüsslich. Die Gurke würde sie sich für später aufheben. Mit vollem Magen und Glücksgefühlen im ganzen Körper döste Clair schnell ein.

Erst von lauten Rufen wurde sie mitten in der Nacht geweckt. Es waren eindeutig männliche Stimmen und sie kamen näher. So schnell Clair konnte, krabbelte sie aus ihrer Behausung und drückte die Stofftüte mit ihren Schätzen an sich. Es war so dunkel, dass sie kaum etwas sehen konnte, doch die Stimmen kamen näher. Sie klangen eindeutig betrunken.

Angst stieg in ihr hoch. Nicht schon wieder.

Alle paar Wochen kamen diese finsteren Gestalten hier vorbei, nahmen ihr in ihrem Suff alles, was sie hatte und zogen dann lachend und prahlend wieder davon. Nicht selten versuchten sie dabei noch, sich an ihr zu vergehen. Ohne Erfolg bisher und sie hoffte wirklich, dass es auch so bleiben würde. Dafür musste sie sich aber wieder verstecken. Ohne lange darüber nachzudenken, tauchte sie hinter den Mülltonnen ganz in der Nähe unter und machte sich ganz klein.

Die Betrunkenen hatten ihren Schlafplatz mittlerweile erreicht.

„Ist die Olle schon wieder net da?!", grölte einer der Kerle und Clair kniff die Augen zusammen. Bitte lass es bald vorbei sein, bat sie dabei innerlich.

III

Er war von ihr fasziniert, das konnte er nun wirklich nicht mehr bestreiten. Ihre Reaktion, als sie den Geldschein gefunden hatte, ihr offensichtlicher Genuss über das einfache Mahl. Ihre Hingabe, als sie die simple Tafel Schokolade ausgepackt hatte. Und ihr Duft erst.

Wie eine Sommerwiese im Sturm hatte ihr blumiger, dennoch leicht herber Duft ihn zu ihr gezogen, wie das Licht die Motten.

Mit Spannung hatte er ihre Taten beobachtet, auf jede neue Reaktion gewartet. Ihr Verhalten war so kindlich und von naiver Freude. Doch sie ließ ihn Dinge fühlen, die er für immer gestorben geglaubt hatte.

Dabei war es bei Weitem nicht leicht gewesen, ihr zu folgen, sie im Auge zu behalten. Unzählige Male hatte er sich direkt hinter ihr befunden und doch war sie nach einer einfachen Wegbiegung verschwunden.

Trotz der Zeit, die er sie nun schon Nacht für Nacht beobachtete, hatte er kaum etwas von ihr erfahren.

Nicht einmal ihren Namen.

Seine kleine, geheimnisvolle Pianistin schien eine Einzelgängerin zu sein. Nie sprach sie mit jemandem, hielt auch nur kurz inne, um ein freundliches Lächeln zu erwidern.

Stumm und flink huschte sie durch die Nacht, einsam wie ein Schwan.

Desto merkwürdiger schien ihm das Erscheinen dieser grobschlächtigen, nur allzu offensichtlich betrunkenen Männer vor ihrer „Behausung".

Geschockt hatte er vor einigen Tagen realisiert, dass seine kleine Pianistin tatsächlich in einem Pappkarton lebte.

Entsetzen hatte ihn gepackt und blinde Wut. Seine Reaktion hatte ihn selbst erschrocken.

„Wer sind diese Menschen?", fragte Chandrina neben ihm kaum hörbar. Keleigh beobachtete, wie sich die junge Frau, keine drei Schritte von seinem eigenen Versteck, hinter einigen Mülltonnen verbarg. Mit zusammengekniffenen Augen sah er, wie sie sich ganz klein machte, so wenig Angriffsfläche wie möglich bot und ein leises Gebet murmelte.

Doch erst, als einer der Betrunkenen sie ‚Olle', was auch immer das heißen mag, nannte, zuckte es in ihm.

„Ich werde mich darum kümmern. Hole bitte den Wagen, wir werden gleich nachkommen", bat er. Kurz zögerte Chandrina, als er „wir" sagte, nickte dann jedoch und verschwand in den Schatten.

Keleighs Blick glitt teilnahmslos zu den Männern, die gerade die „Behausung" seiner kleinen Pianistin zertraten und etwas Dunkles erhob sich in ihm. Seine Eckzähne kribbelten vor klarer Vorfreude und ein Lächeln erhellte sein Antlitz.

Dann verschmolz auch er, wie Chandrina kurz vor ihm, mit den Schatten.

Clair zitterte am ganzen Körper. Grölend und lachend zerstörten diese Männer ihr schäbiges Heim und nahmen ihr wie schon so oft das, was ihr noch geblieben war. Tränen sammelten sich in ihren Augen. Warum konnte man sie nicht einfach in Ruhe lassen? Sie kannten sie ja nicht einmal!

Schnell hatten sie den Pappkarton zerrissen und ihre wenigen Sachen in der Gegend verteilt. Gerade machten sie sich auf den Weg zurück, wo auch immer sie hergekommen waren, da musste einer von ihnen pinkeln. Zielgenau trat der Größte von ihnen auf die Mülltonnen, hinter denen sie sich verbarg, zu. Clair rutschte zur Seite, machte sich noch kleiner und zog den dunklen Schal über ihr Gesicht, in der Hoffnung, er würde sie nicht entdecken.

Als er sein Geschäft direkt neben ihr erledigte, hielt sie sich die Nase zu und kniff die Augen fest zusammen. Es schien ewig zu dauern, bis er klirrend seinen Gürtel wieder schloss und sich umwandte.

Doch er ging nicht fort, schloss sich nicht seinen Kumpanen an. Da wusste sie, dass er sie entdeckt hatte. Trotzdem schrie sie erschrocken auf, als ihr ein dreckiges, mit braunen Zähnen versehenes Gesicht entgegensah, kaum, dass sie den Kopf gehoben und die Augen geöffnet hatte.

„Na, wen haben wir 'n da?", grölte der Mann vor ihr und fasste sie grob am Arm, zerrte sie brutal auf die Füße. Schmerzhaft schrie sie auf, wollte sich wehren. Doch der Mann war zu groß. In einem harten Winkel hatte er ihren Arm nach oben gerissen und hielt ihn nun fest. Würde sie sich auch nur ein Stück zur Seite bewegen ... ihr Arm wäre ausgekugelt.

„Ist die Olle ja doch zu Hause!", plärrte der Mann ihr direkt ins Ohr, dass sie zusammenzuckte.

„Warum sagst'de denn nix, he?", blaffte er sie an und purer Alkohol wehte ihr in die Nase. Gemischt mit seinem Mundgeruch fing sie an zu würgen.

So schnell, wie die anfängliche Heiterkeit des Mannes aufgekommen war, so schnell verschwand sie auch wieder. Hart riss er an ihr, verdrehte ihr schmerzhaft den Arm.

„Warum sagst'de nix? Bist'de taub?"

Was das mit ihrem Schweigen zu tun hatte, war Clair unbegreiflich. Die Angst ließ sie zittern wie Espenlaub. Selbst wenn sie hätte antworten wollen, sie hätte keinen Ton herausgebracht. Ihr Herz schlug schmerzhaft und viel zu schnell gegen ihre Rippen, pumpte das Adrenalin durch ihren Körper, bis das Blut in ihren Ohren zu rauschen begann.

Erneut keifte der Mann sie an, schüttelte sie grob und heftig wie eine Stoffpuppe. Als sie erneut nicht antwortete, warf er sie zu Boden, wandte sich an seine Kumpels.

Bei ihrem Sturz hatte Clair nicht mehr genug Kontrolle über ihren bebenden Körper, sodass sie hart aufkam, sich die Wange am dreckigen Boden aufscheuerte.

Hinter ihr war es still geworden, niemand schrie mehr oder näherte sich ihr. Doch Clair sah nicht zurück. Wie ein Käfer kroch sie den dreckigen, nach Urin stinkenden Boden entlang, wollte entkommen.

Irgendwohin, wo sie allein war, sich von diesem Sturz erholen konnte.

Ihr Arm schmerzte stark, ihr Fortkommen war langsam, mühselig. Viel zu schnell füllten sich ihre Lungen mit Sauerstoff und stießen ihn unverbraucht wieder aus. Sie hatte gerade mal einige Meter zwischen sich und die Vandalen gebracht, da traten ihr dunkle Schuhe in den Weg.

Verdutzt hielt sie inne. Das waren keine dreckigen, mit Löchern versehenen, schäbigen Turnschuhe die ihr da den Weg vertraten. Es waren gepflegte Lackschuhe, die im Dämmerlicht leicht schimmerten.

Clair kannte diese Schuhe, hatte sie schon einmal gesehen ... irgendwo.

Sie wollte den Kopf heben, sehen, wer ihr da den Fluchtweg abschnitt. Da legte sich tiefe Dunkelheit über sie und
das Letzte, was sie sah, war ein dunkler, gestärkter
Hemdkragen über dem sich ein makelloses Kinn glatt und
männlich abhob. Ein roter Schal flatterte im Wind …

Ein Rütteln riss sie brutal aus ihrer Ohnmacht. Clair
stöhnte leise, als das Brennen an ihrer Wange und der
Schmerz in ihrem Arm einsetzte. In der Ohnmacht waren
diese Schmerzen nicht vorhanden gewesen und sie
wünschte sich zurück in die samtene Tiefe, die ihr Ruhe
und Frieden versprochen hatte.
Allerdings entschied ihr Körper anders und ihre Augen
öffneten sich flatternd.
Das Erste, was sie sah, waren dunkle Tiefen. Sie sahen
schon fast schwarz aus. Clair blinzelte und ihre Sicht
wurde schärfer. Jetzt erkannte sie helle, nein goldene
Sprenkel darin. Und sie sah, dass diese merkwürdigen,
dunklen Tiefen zwei Augen waren. Ein Mann sah ihr direkt ins Gesicht.
Verwirrt blinzelte Clair erneut, dann durchfuhr sie der
Schreck. Laut schrie sie los, fuhr ruckartig hoch. Erst da
wurden ihr zwei Dinge bewusst.
Erstens: Ihr Kopf hatte im Schoß des mysteriösen Fremden gelegen. Zweitens: Als wäre das nicht schon komisch
genug, befand sie sich allem Anschein nach auf der Rückbank eines Autos. Erneut entwich ihr ein schriller Schrei,
als der Wagen scharf nach rechts ausscherte und fast von
der Fahrbahn abkam. Der Fahrer, eine Frau, fluchte heftig und wandte den Kopf nach hinten zu ihr und dem
Mann mit den komischen Augen.

„Verflucht! Erschreck mich doch nicht so!", keuchte die Frau und Clair blinzelte erneut verwirrt. So dunkel die Augen des Mannes gewesen waren, so hell waren ihre. Strahlendes Weiß blickte Clair entgegen. Nur am Rand war ein dunkelblauer Ring zu sehen.

Lange konnte Clair diese Augen jedoch nicht betrachten, da sich die Frau an den Mann neben ihr wandte. Komisch, er versuchte gar nicht sie festzuhalten.

„Soll ich anhalten?", fragte die Fahrerin mit einem weichen Akzent. Nun flog auch Clairs Blick zu dem Mann. Dieser hatte seine dunklen Augen unverwandt auf sie gerichtet.

„Nein, du weißt, wie sehr ich diese Form der Fortbewegung verabscheue. Beeile dich nur", erwiderte der Mann tonlos. Da erkannte sie ihn.

Er war der Mann aus den Restaurants, dessen Blick immer genauso unverwandt auf ihr gelegen hatte, wie in diesem Moment. Verunsichert fuhr Clair zurück, stieß mit dem Rücken gegen die Wagentür, sah kurz erschrocken zur Seite. Der Mann vor ihr schwieg beharrlich, betrachtete sie nur stumm und emotionslos, wie ein Gemälde. Angst stieg erneut in ihr auf und sie sah sich hektisch um. Doch es gab keinen Fluchtweg. Der Wagen fuhr viel zu schnell.

Trotzdem tasteten ihre Finger nach dem Türgriff. Gerade, als sie sich darum schlossen, klickte es. Türverriegelung. Clairs Blick flog zu dem Rückspiegel. Dort sah sie die wachsamen Augen der Frau.

„W … was wollen sie von mir?", fiepste sie wie ein verschrecktes Mäuschen. Da regte sich die steinerne Miene des Mannes das erste Mal, auch wenn sich seine Mundwinkel nur kurz hoben.

Er streckte die Hand aus, machte Anstalten, sie zu berühren. Flach drückte Clair sich an die Tür, versuchte vergebens darin zu versinken. Ihr Atem kam, wie zuvor in der Gasse schon, nur noch in harten Stößen und ihr Herz raste. Was wollten die beiden von ihr? Wie hatten die sie denn überhaupt gefunden?

„Keleigh", erklang da die leise Stimme der Frau und ihr Blick im Rückspiegel wurde besorgt.

„Ihr Herz schlägt viel zu schnell", glaubte Clair sie sagen zu hören, war sich wegen des laut rauschenden Blutes in ihren Ohren aber nicht sicher. Der Mann seufzte und zog so ihre Aufmerksamkeit wieder auf sich.

„Dann sollte sie noch etwas schlafen", sagte er kryptisch. Bevor sich Clair jedoch Gedanken über seine seltsame Wortwahl machen konnte, griff seine behandschuhte Hand nach ihr. Zu schnell war er, als das sie hätte ausweichen können. Kaum, dass seine Finger sie berührten, ergriff eine unfassbare Ruhe von ihr Besitz und ihre Lider schlossen sich flatternd. Clair versuchte sich gegen den aufkommenden Drang, die Augen zu schließen, zu wehren. Vergebens.

Das Letzte, was sie spürte, waren die starken Arme des Mannes, als sie erneut in die Dunkelheit glitt.

Keleigh betrachtete die Frau in seinen Armen. Wie jung sie war. Das sah er erst jetzt. Sie konnte kaum das zwanzigste Lebensjahr vollendet haben.

„Bist du sicher, das war eine gute Idee?", fragte Chandrina vom Fahrersitz aus besorgt. Ihre Augen folgten jeder seiner Bewegungen durch den Rückspiegel.

„Es ging nicht anders. Wie du sagtest, schlug ihr Herz viel zu schnell. Sie hätte einen Schock erlitten", meinte er

ruhig. Dabei war sein Innerstes bei Weitem nicht so ruhig, wie seine Miene hätte schließen lassen.

Als dieser Kerl sie grob gepackt und geschüttelt hatte,
war das Tier mit ihm durchgegangen. Es war ein Wunder,
dass er sich nun schon wieder derart im Griff hatte.

Wenn er nur daran dachte … Kalte Wut stieg in ihm auf
und er musste sie gewaltsam niederzwingen.

Da flog ihm der Geruch der Frau in seinen Armen zu und
der Duft ihres Blutes. Verlangend begann sein Kiefer, der
Süße ihres Duftes wegen, zu brennen.

Zischend wandte Keleigh sich ab. Chandrina warf ihm
erneut einen Blick im Rückspiegel zu, schwieg jedoch.

Um sich abzulenken, ergriff er eine Hand seiner kleinen
Pianistin. Sie war eiskalt.

Der Kälte wegen waren ihre Hände trocken und rissig
geworden. Kurz schloss er die Augen, um den erneut
aufbegehrenden Zorn zurückzudrängen.

Weiter musterte er ihre kleine, filigrane Hand mit den
zarten Knochen. Ihre Fingernägel waren bis auf die Haut
abgebrochen. Leichte Rötungen ließen auf beginnende
Entzündungen schließen.

Sie trug Schal und Mütze, warum also keine Handschu-
he? Doch ihre Hände waren sauber, kein Dreck sammelte
sich unter den Resten ihrer Fingernägel, kein Schmutz
zierte ihre Haut.

Dafür eine hässliche, tiefe Schürfwunde an ihrem hohen
Wangenknochen. Sein Kiefer pochte bedrohlich, doch er
riss sich zusammen. Jetzt war keine Zeit für so etwas.

Federleicht ließ Keleigh seine behandschuhten Finger
über die Wunde gleiten. Sie hatte sich schon verschorft
und würde wohl in einigen Tagen vollkommen verheilt

sein. Der sich allmählich dunkel verfärbende Fleck unter ihrem Auge jedoch nicht.

Schon jetzt schwoll er an. Flink zog Keleigh sich einen Handschuh aus und berührte ihre warme Haut mit den Fingern. Die verfärbte Stelle pochte leicht unter seiner Berührung. Sie musste Schmerzen haben.

Davon war auf ihrem Gesicht nun nichts mehr zu sehen. Ihre eben noch so verängstigten Züge waren nun weich und entspannt. Friedlich.

„Ich rieche Blut. Ist sie verletzt?", fragte da Chandrina und riss ihn unsanft aus seinen Gedanken.

Schon jetzt schien sie die junge Frau in seinen Armen ins Herz geschlossen zu haben und sich um sie zu sorgen.

„Nur eine Schramme."

Missbilligend schnalzte sein Schützling mit der Zunge und der Geruch ihres Missfallens erfüllte die Luft beißend.

„Du weißt, dass ich das nicht gemeint habe", sagte sie leise und bog um eine Ecke. In wenigen Augenblicken würden sie sein Heim erreicht haben. Seufzend wandte er sich Chandrina zu. Ihre Wut war nun unverkennbar. Er wusste genau, was sie meinte.

„Ihre Seele ist unbeschadet, sorge dich nicht, mein Kind. Sie sah nichts von dem, was ich tat."

Sie schien erleichtert.

Keleigh wusste um ihr schweres Schicksal und sah ihr ihren Zorn über sein Handeln nach. Erst, als der Wagen leise zum Stehen kam, sah sie ihm wieder in die Augen.

„Es tut mir leid, ich …"

„Es gibt nichts zu entschuldigen, mein Kind", unterbrach er sie und hob seine kleine Pianistin auf die Arme. Sie war leicht wie eine Feder und schmiegte sich in seine

Arme, als wäre sie dafür geschaffen worden, in ihnen zu ruhen.

„Nun lass uns heimkehren."

Chandrina nickte und folgte seiner Aufforderung. Die Türen schwangen auf, kaum dass sie einen Schritt auf das Gebäude zu traten. Und sie schlossen sich, sobald ihre Füße die Schwelle überwunden hatten.

Der Mond stand rund und voll am Himmel, erhellte die dunkle Nacht mit seinem Licht.

Er hatte sie gefunden.

IV

Clair wachte nur langsam auf, stieg aus den tiefen Seen des Schlafes und blinzelte in die feuerrote Sonne. Es war später Abend. Seufzend schloss sie die Augen wieder und drehte sich zur Seite. Dabei fiel ihre Hand auf etwas Weiches.

Noch immer die Augen geschlossen haltend, zog sie das weiche Etwas zu sich heran und vergrub die Nase darin. Es roch herrlich nach Rosen und Veilchen.

Rosen sind rot, Veilchen sind blau … Sie lächelte.

Erst da wachte auch ihr Geist auf und sie öffnete die Augen erneut. Ein dunkler, seidiger Stoff befand sich in ihrer Hand, vor ihren Augen. Sie lag in einem Bett, einem großen Bett. Mit dunklen Laken. Die Matratze war dick und warm. Und weich, so weich. Nur langsam gelangten die Eindrücke in ihren Kopf. Schleppend.

Die Laken raschelten, als sie sich aufsetzte und das wirre Haar zurück strich. Wie war sie an diesen Ort gekommen? Blinzelnd sah sie sich um. Der Raum war einfach riesig. Es gab zwei Sitzecken, einen großen Schreibtisch vor bodenlangen Fenstern mit schweren Vorhängen und eine Art Erker, der die ganze Fensterfront zu ihrer Rechten einnahm. Drei weitere Türen gingen von dem Schlafraum ab.

Dieses Zimmer war himmlisch, königlich … ein Traum. Noch nie hatte Clair von Reichtum und Prunk in diesem Maße geträumt, wieso gerade jetzt? Weil ihre Behausung vor ihren Augen vollkommen zerstört worden war? Weil sie erneut alles verloren hatte?

Da tauchte ein Bild in dem Tümpel der Verwirrung auf. Dunkle Augen mit goldenen Punkten darin, die glänzten … der Mann! Der geheimnisvolle Mann, dem sie seit kurzem immer und immer wieder zu begegnen schien. Doch wo war sie ihm so nahe gewesen, um seine Augen derart genau sehen zu können?

In einem Auto. Irgendwo … Wie war sie in den Wagen gekommen? Ein weiteres Bild stieg an die Oberfläche. Ein schwarzer Mantel mit feuerrotem Schal im Kragen, ein glattes, starkes Kinn … auch dies war der Mann. Sie jedoch lag am Boden …

Da überkam sie die Erkenntnis. Der eine Betrunkene hatte sie entdeckt, sie geschüttelt und zu Boden gestoßen. In dem Moment war der geheimnisvolle Mann erschienen. Er musste sie von dort weggebracht haben. Doch warum?

Clair erinnerte sich nun auch an seine Begleitung mit den hellen Augen. Was hatten die beiden in dieser Gasse zu suchen? Was wollten sie von ihr? Ohne Zweifel wusste der Mann, wer sie war und gewiss auch seit dem letzten Abend, was sie war.

Hatte er ihre Geschichte schon an die Presse weitergereicht? Schon den ersten Profit mit ihr gemacht? Wut und Panik stiegen in gleichem Maße in ihr auf. Wut auf sich und den Mann, der sie gewiss ausnutzen würde und Panik, weil sie an einem ihr unbekannten Ort war. Einem Ort, dessen Spielregeln sie nicht kannte. Angst kroch ihr den Nacken hinauf und trieb sie aus dem weichen, warmen Bett.

Jemand hatte ihr die Jacke ausgezogen und sie trug nur noch den viel zu großen Pullover, der wie ein Sack an ihr hing und die ebenfalls zu weite Hose. Der Mantel hing sauber über einem Stuhl, Schal und Mütze daneben. Auch ihre Schuhe waren schnell neben dem Bett gefunden.

Clair schlüpfte in den Mantel, obwohl ihr seit langem einmal nicht kalt war und fühlte sich gleich etwas sicherer, obwohl ihr geschundener Arm anfing zu schmerzen. Unter ihrem linken Auge pochte es. Clair ertastete eine Schürfwunde und eine Schwellung. Sie hatte ein Veilchen. Das zweite in ihrem Leben.

Um die Unsicherheit wenigstens teilweise etwas abzuschütteln und weil sie einfach zu unruhig war, um still zu sitzen, sah sie sich um.

Hinter den drei Türen befand sich rechts ein leerer, monströser Ankleideraum. Links ein noch größeres Bad, in das sie jedoch nur einen flüchtigen Blick warf und in der Mitte ein kleines Empfangszimmer. Davon ging eine weitere Tür ab, die wohl in den Flur führte.

Kurz zögerte Clair, dann öffnete sie die Tür mit wild klopfendem Herzen leise. Was hatte man mit ihr vor? Niemand würde sie vermissen …

Ein dicker Kloß bildete sich in ihrem Hals. Allerdings hatte sie auch nichts zu verlieren. Also schlich Clair den langen Flur entlang. Niemand kam ihr entgegen oder hielt sie gar auf. Würde sie es am Ende schaffen ungesehen aus dem großen Haus zu kommen? Möglich wäre es wohl, dachte sie gerade, als sie eine helle, weiße Eingangshalle betrat. Stuck verzierte die Wände und die Decke. Eine gewaltige Treppe führte nach oben in den nächsten Stock. Es sah aus, wie in einem Palast. Staunend betrachtete Clair den Stuck an der Decke, mit in den Nacken gelegten Kopf, als sie aus den Augenwinkeln eine Bewegung wahrnahm. Sie senkte den Blick und wich erschrocken zurück. Der mysteriöse Mann stand in einer Tür zu ihrer Rechten und betrachtete sie. Die Tür hatte sich so leise geöffnet, dass Clair sie nicht gehört hatte.

Verunsichert blieb sie stehen, wusste nicht, was sie jetzt machen sollte. Furcht stieg in ihr auf. Der Mann schwieg, betrachtete sie nur stumm und musterte sie dabei derart genau, dass es ihr schon regelrecht unangenehm war. Dabei war sie schräge und abschätzige Blicke schon gewöhnt. Doch sein Blick war derart intensiv! Sie fühlte sich wie ein Frosch oder eine Ratte, die gleich seziert werden würde.

Als Clair aus ihren Gedanken auftauchte, löste sich der Mann gerade vom Türrahmen und kam auf sie zu. Clair überlegte fieberhaft, ob sie wegrennen oder doch lieber stehen bleiben sollte. In diesem Moment flog eine Tür über ihnen im ersten Stock auf und knallte gegen die Wand. Clair zuckte heftig zusammen und blickte nach oben zur Treppe.

Der Mann war ebenfalls stehen geblieben und sah wie sie nach oben. Dort erschien die kleine Gestalt der fremden Frau mit einem wehenden Morgenmantel und stürzte sogleich die Treppe hinab. Während sie sprach, hob sie den Kopf und blickte ihn an.

„Keleigh! Ihr Zimmer ist leer, ihr Geruch … Oh!"

Da fiel der Blick der hellen Augen auf Clair und die Frau blieb wie versteinert stehen. Nur ihre langen Locken bewegten sich noch einen Moment, dann waren auch sie still.

Peinliches Schweigen machte sich breit und Clair trat nun doch lieber noch etwas zurück.

Keleigh.

Den Namen hatte sie schon gehört. In der Nacht zuvor hatte die Frau den geheimnisvollen Mann genauso genannt.

Keleigh.

Der Name klang irgendwie alt … und komisch. Länger konnte Clair darüber nicht nachdenken, da in diesem Moment der Mann, Keleigh, das Wort ergriff.

„Wie du siehst, geht es ihr gut und du brauchst dich nicht weiter zu sorgen. Ich würde vorschlagen, dass wir …"

Die letzten Worte waren an Clair direkt gerichtet. Jedoch bekam sie davon nicht mehr viel mit, da Keleigh weiter auf sie zugegangen war und sie erneut zurückwich. Dabei stolperte sie über den Rand des großen, runden Teppichs, der in der Mitte der Halle lag und stürzte. Erschrocken entfuhr Clair ein kleiner Laut, der ganz wie ein Schrei klang. Die Frau auf der Treppe rief noch etwas, aber da fiel sie auch schon.

Jedoch landete sie nicht hart auf dem Hintern, wie es ein Trampel wie sie verdient hatte, sondern wurde im letzten Moment von starken Händen gehalten.

Sie brauchte erst einen Moment, bis sie begriff, dass ihr Körper nicht mehr Richtung Boden steuerte. Dann riss sie sich sofort aus dem sanften Griff der starken Hände und wirbelte um die eigene Achse. Schwarze Tiefen sahen ihr ausdruckslos entgegen.

Wie war er so schnell hinter sie gekommen? Da stürzte auch schon die Frau auf sie zu. Keleigh sah diese tadelnd an.

„Geht es ihnen gut? Haben sie sich wehgetan?", bestürmte die Frau sie, ergriff ihre Hände. Clair blinzelte kurz verwirrt, bis sie eine Antwort hervor bringen konnte.

„N-Nein. Mir geht es gut", stotterte sie überrumpelt und ihr Blick glitt zu dem Mann. Dieser betrachtete sie beide schweigend.

„Wie ich eben sagen wollte, sollten wir uns in den Salon begeben. Dort lässt es sich besser reden", sagte er schließlich. Clair blickte ihn verwirrt an. Warum redete er so geschwollen?

„Kommen sie, ich zeige ihnen den Weg. Sie sollten nach ihrem Schwächeanfall noch nicht so lange stehen", führte die Frau sie schon zu der Tür, aus der Keleigh eben auf sie zugetreten war.

Schwächeanfall? So konnte man ihre Reaktion auf die in der Nacht geschehenen Dinge wohl auch nennen.

Doch Clair ließ sich nicht einfach durch die Gegend zerren. Nun entschlossen, da die beiden ihr anscheinend nichts tun wollten, blieb sie stehen.

„Entschuldigen sie, aber ich kenne ihren Namen noch gar nicht", erklärte sie der flatterhaften Frau ihr Problem. Kurz stutzte diese, dann lachte die Frau erheitert auf.

„Natürlich, wie konnte ich das nur vergessen?", schlug sie sich vor die Stirn und ließ sie los.

„Ich bin Chandrina. Sehr erfreut ihre Bekanntschaft zu machen", streckte sie ihr die Hand entgegen. Zögernd ergriff Clair sie und war über deren Kälte verwundert.

„Und der Herr hinter ihnen ist Keleigh Morgan, mein …"

„Ziehvater", beendete Keleigh ihren Satz bestimmt. Irgendwie hatte Clair das Gefühl, dass Chandrina dies nicht hatte sagen wollen.

„Und sie? Ihren Namen habe ich auch noch nicht mitbekommen?", fragte diese da schon sanft.

„Clair …", fing Clair an, zögerte aber auch ihren Nachnamen preiszugeben.

„Einfach nur Clair", bestimmte sie dann. Aus den Augenwinkeln glaubte sie Keleigh höchst interessiert zu ihr
blicken zu sehen, doch als sie ihn ansah, war seine Miene
vollkommen neutral.

„So und jetzt setzen wir uns in den Salon. Sie sollten
wirklich noch nicht so lange stehen", bestimmte Chandrina und zog sie energisch mit sich.

Keleigh sah den beiden Frauen schweigend hinterher,
beobachtete, wie sein Schützling die kleine Clair hinter
sich herzog.

Clair.

So hieß sie also. Der Name passte außergewöhnlich gut
zu der kleinen, zierlichen Person. Ein Schmunzeln stahl
sich auf seine Lippen und er folgte den Frauen in den
Salon.

Dort hielt er erst einen Moment inne. Im Stehen hatte
man es vielleicht noch nicht gesehen, aber jetzt, wo sie
saß, sah Clair aus wie ein unschuldiges Kind. Fast vollkommen versank sie in ihrer dunklen Kleidung. Die Augen waren vor Angst noch immer geweitet und so verdammt groß.

Er musste sich stark zusammenreißen und setzte sich in
einen Sessel ihr gegenüber.

Eine Weile herrschte betretenes Schweigen im Raum.
Nicht mal die aufgeweckte Chandrina wusste, was nun zu
sagen war.

Zu seiner Überraschung ergriff seine kleine Pianistin da
das Wort.

„Wie bin ich hierhergekommen?", fragte sie leise, sah
ihm dabei aber nicht in die Augen, sondern auf ihre ver-

schränkten Finger. Also wartete Keleigh, bis sie zu ihm hoch sah und hielt ihren Blick mit den Augen fest.

„Wir, Chandrina und ich, wurden Zeugen des … Vorfalls in der Gasse und kamen ihnen zu Hilfe. Die Gewissheit, ob sie sich an ihr kurzes Erwachen aus ihrer Ohnmacht erinnern, habe ich nicht. Jedoch kann ich ihnen mit äußerster Gewissheit versichern, dass ich sie nur die Stufen hinauftrug und sonst nichts mit ihnen gemacht wurde oder wird. Alles diente nur ihrem Wohlbefinden", erklärte er und beobachtete ihre Reaktion.

Zuerst schien sie verwirrt, als er aber das Auto erwähnte, nickte sie leicht. Ganz so, als ob sie sich daran erinnerte. Als Clair jedoch hörte, dass sie von ihm getragen worden war, stieg eine sanfte Röte ihre Wangen empor.

Diese Reaktion war äußerst interessant.

„Was haben sie in dieser Gasse gemacht?", fragte sie harsch und zuckte bei ihrem Ton selbst zusammen.

„Ich meine … es ist kein Ort, an den viele Leute kommen. Geschweige denn zwischen eine … Schlägerei gehen …", versuchte sie ihren Ausrutscher zu beseitigen.

„Wir hörten die Vandalen von der Straße aus und sahen nach dem Rechten", kam ihm da Chandrina zu Hilfe.

„Wir wollten uns nur einen Überblick verschaffen, um der Polizei bestmögliche Informationen geben zu können", schloss sie ihre Erklärung ab.

Stolz stieg in Keleighs Brust auf. Das hatte Chandrina ganz vortrefflich übermittelt. Sie hatte sowohl ihren Grund des Handelns, als auch die Gesetzeshüter genannt, womit sie absolute Sicherheit ihres guten Glaubens bekräftigt hatte. Er sah genau, wie Clair an diesem Bissen zu knabbern hatte.

„Aber sie haben mich doch verfolgt!", wandte sie da ein. Keleigh hob die Augenbrauen.

„Jeden Abend waren sie in den Restaurants, wenn ich spielte. Das kann kein Zufall gewesen sein", befand sie und verschränkte schützend die Arme vor der Brust. Touché.

Damit hatte sie ihre Intelligenz zur Geltung gebracht. Kurz warf Chandrina ihm einen besorgten Blick zu. Keleigh war trotz allem noch immer Herr der Lage.

„Das Glück ist mit denen, die es am wenigsten verdienen", erwiderte er leise. Seine kleine Pianistin blinzelte ihn bei der Aussage überrascht und verwirrt an.

„Es stimmt, dass wir oft in den Genuss ihres grandiosen Talents kamen. Doch wir retteten sie aus dieser misslichen Lage ganz ohne Hintergedanken. Mein Wort darauf."

Sie schien doch tatsächlich zu überlegen, was sie auf sein Wort geben konnte! Ein warmes Gefühl stieg in ihm auf und seine Lippen zuckten.

„Welches Talent meinen sie genau?", fragte Clair da und warf ihn aus seinem Gedankenmuster.

„Wie bitte?", fragte er überrascht nach.

„Na ja, sie sprachen eben von einem grandiosen Talent. Ich frage mich, welches das wohl sein soll?", fragte sie leise.

Sie versuchte allem Anschein nach sich aus der Situation und auch aus seinem Haus zu mogeln, in dem sie vorgab jemand anderes zu sein. Sein Interesse war geweckt und er ließ sich auf das Spiel ein.

„Ich bezog mich mit meiner Aussage auf ihr Talent am Flügel."

Mit diesem Satz schien Keleigh ihr direkt in die Karten gespielt zu haben, denn ihre Verspannung löste sich etwas. Chandrina hielt sich nun ganz aus dem Gespräch heraus. Sie wusste, wie sehr er solche kleinen Spielchen genoss.

„Ich spiele aber nicht Klavier, sondern ... Querflöte", behauptete seine kleine Pianistin da wagemutig und ihr Puls schoss in die Höhe. Von nun an würde er immer erkennen, wenn sie log.

Gelassen lehnte er sich in seinem Sessel zurück und legte die Fingerspitzen seiner Hände aneinander.

„Sind sie sich dabei sicher?", fragte er behutsam nach. Sie schluckte schwer, bevor sie antwortete. Das Lügen schien ihr nicht leicht zu fallen. Ein lobenswerter Charakterzug.

„Todsicher. Sie haben die falsche Person ... gerettet."

Da trat ein Lächeln auf sein Gesicht und er erhob sich galant. Nur offenbar etwas zu schnell, das die kleine Clair erschrocken zusammenzuckte.

„Dann lassen sie mich ihnen doch etwas zeigen", bot er ihr den Arm. Verunsichert sah sie zu Chandrina und dann zur Tür. Geduldig wartete er.

„Ich muss aber wirklich los, die Sonne ist schon untergegangen", stammelte sie und erhob sich, schlich Richtung Tür. Es war schwer dies nicht als Flucht zu werten.

„Es geht auch ganz schnell. Danach wird Chandrina sie überall hinbringen, wo sie wollen", versprach er. Bei diesen Worten zogen beide Frauen überrascht die Brauen in die Höhe, wenn auch aus vollkommen unterschiedlichen Gründen.

„A-Aber ...", wollte Clair protestieren. Keleighs Blick wurde hart. Ohne das er es verhindern konnte. Erschrocken zuckte sie erneut zusammen. Seine kleine Pianistin schien sehr schreckhaft zu sein.

„Na gut", fiepste sie unter seinem Blick schließlich und zog den Kopf ein. Chandrina sah ihn böse an, schlang ihren Arm um die Schultern der Frau und führte sie aus dem Raum. Natürlich wusste sein Schützling genau, was er plante. Clairs erster Schritt in den Musiksalon verriet sie sofort.

Schmunzelnd sah Keleigh, wie sie nicht etwa die gigantische Harfe aus längst vergangenen Zeiten betrachtete oder die antike Flöte aus dem sechzehnten Jahrhundert. Nein, ihr Blick klebte förmlich sofort und ausschließlich an dem Flügel, der mitten im Raum stand. Ehrfurchtsvoll trat sie langsam näher. In dem Augenblick hatte sie schon verloren.

Dennoch beobachtete Keleigh ihr Handeln genau. Federleicht strichen ihre schlanken Finger über den polierten Lack. Clair schien vollkommen in ihre eigene Welt untergetaucht zu sein.

Interessiert lehnte er sich an die Wand und sah ihr weiter zu. Geschickt schlug sie den Deckel über den Tasten auf, seufzte verzückt. Im nächsten Moment saß sie schon auf dem Klavierhocker und legte die Hände auf die Tasten. Der erste Ton hallte durch den großen Saal. Sie schloss die Augen.

Wie hingebungsvoll sie die Tasten berührte, sie streichelte. Keleigh konnte nur staunen.

Da flog der nächste Ton durch den langsam dunkler werdenden Raum. Wie Regen, der am Fenster hinab rann, flossen nun die Töne aus ihren Fingern, wurden wilder und stürmischer. Pure Freude erfüllte sein Herz. Durch ihr Spiel. Es war ein Wunder.

Erst, als sie aufhörte zu spielen und Keleigh die Augen öffnete, wurde er sich bewusst, dass er die Lider geschlossen hatte. Ehrfurchtsvoll legte seine kleine Pianistin ihre Hände in den Schoß und schien wie Chandrina und er selbst den Tönen sentimental nachzuhängen. Doch schon im nächsten Moment schoss ihr Blick zu ihm und ihre Augen waren schreckgeweitet.

Sie hatte sich selbst verraten.

„Sie haben einen sehr schönen Flügel", fiepste sie leise und senkte den Kopf. Keleigh schmunzelte.

V

Clair versank geradezu in weichem, warmen Frottee. Sie hatte gerade das längste und luxuriöseste Bad ihres Lebens genommen. Sonst war sie immer, wenn sie mal besonders viel Glück hatte, in ein Schwimmbad gegangen und hatte dort die Duschen benutzt. Indem sie kleine Shampooproben und eine Tageskarte gekauft hatte.

Im Vergleich hierzu war sie gerade im Himmel angekommen. Irgendwie hatte Mr. Morgan sie dazu gebracht, doch noch zu bleiben. Was wohl größtenteils an ihren Schuldgefühlen gelegen hatte. Sie hatte ja nicht aus böser Absicht gelogen! Ihr war es einfach alles zu viel, zu unbekannt und zu gruselig gewesen.

Und jetzt saß sie hier auf dem weichen Bett, nur einen langen Bademantel an und überlegte.

Eine Nacht konnte sie wohl bleiben. Doch morgen würde sie gleich verschwinden. Am besten sie verließ die Stadt. Und hörte auf zu spielen.

Ein heißer Stich fuhr ihr durchs Herz. Das würde sie nicht über sich bringen. Aber er hatte sie gefunden, dann würden es auch andere. Und die würden bestimmt nicht so nett zu ihr sein wie er.

Oder solch einen Flügel besitzen. Er war ein Meisterstück. Jeder Ton war perfekt und der Schall im Raum gerade richtig. So ein schönes Stück hatte sie noch nie gesehen.

Seufzend ließ Clair sich nach hinten auf den Rücken fallen. Keleigh Morgans Eintreten in ihr Leben hatte alles verändert.

Einerseits hatte sie mehr schöne Dinge an einem Tag gesehen, als gewöhnlich in einem Jahr. Bedenke man nur das Festmahl, das er ihr eben hatte vorsetzen lassen! Andererseits hatte sie nun Angst und war an einem unbekannten Ort.

Stöhnend rollte Clair sich auf den Bauch. Der Schwung ließ die Matratze wackeln. Was sollte sie denn nun machen?

Sie drehte sich wieder auf den Rücken. Die Matratze federte erneut mit. Irgendwie fand sie das lustig und war wenigstens für den Moment von ihren Sorgen abgelenkt. Eine federnde Matratze hatte sie nicht mal als Kind besessen.

Aber dann endete es so, wie es kommen musste. Sie sprang jauchzend auf der Matratze herum und lachte vergnügt, wie ein kleines Mädchen. Sie fühlte sich jung und glücklich. Es war ein herrliches Gefühl. Unbekannt aber voller Glück. Gerade hopste sie mit dem Rücken zur Tür über die dunklen Laken, da erklang ein Räuspern hinter ihr.

Überrascht drehte sie sich um und erstarrte. Da sie gerade mitten im Sprung war, knickten nun ihre Beine weg und sie landete mit den Knien voran auf der Matratze. Ihr Haar flog ihr ins Gesicht. Dieses lief sofort knallrot an. Mr. Morgan stand in der Tür und sah belustigt aus.

„Ich habe geklopft", begann er. Und sie hatte ihn in ihrem kindischen Treiben nicht gehört.

„Ich wollte mich nur vergewissern, dass sie alles Nötige für die Nacht haben?"

Clair nickte stumm und konnte ihm vor Scham nicht in die Augen sehen. Wie peinlich war das denn?!

„Dann wünsche ich eine gute Nacht", sagte er ausdruckslos.

„Gute Nacht", stotterte sie etwas zu hoch. Sie glaubte
ihn leise lachen zu hören und die Tür schloss sich.

Sofort wickelte Clair sich fest in die Decken ein und lag
ganz still. Wie dumm musste man eigentlich sein? Jetzt
hielt er sie doch für eine komplette Psychopathin! Wie
ein kleines Kind auf dem Bett herumzuhüpfen!

...

Aber es hatte Spaß gemacht. Clair grinste noch immer
und bekam das Grinsen auch gar nicht mehr aus dem
Gesicht. Glückshormone fluteten ihren Körper.

Was für ein Tag!

„Geht es ihr gut?", bestürmte Chandrina Keleigh sogleich, kaum dass er den Salon betreten hatte. Er konnte
sich ein Grinsen nicht verwehren.

„Sie springt gerade auf dem Bett herum", verkündete er
dann. Sein Schützling sah ihn einen Moment schweigend
und verwirrt an. Dann lachte sie herzlich. Zu seiner Überraschung fiel Keleigh in ihr Lachen mit ein.

Wie lange war es schon her, seit er das letzte Mal derart
gelacht hatte? Jahrzehnte, wenn nicht mehr. Es tat überraschend gut. Clair tat ihm gut.

Dabei war sie gerade mal seit knapp einem Tag in seinem
Haus. Chandrina schien seinen Wandel ebenfalls wahr-
genommen zu haben, denn sie lächelte.

„Sie beeinflusst dich schon jetzt", sagte sie leise, hauchte
ihm einen Kuss auf die Wange und verließ den Salon.

„Ich werde nun ebenfalls zu Bett gehen. Die Schlafum-
stellung wird enorm sein", verabschiedete sie sich.

Keleigh sah aus dem Fenster.

Dunkle Nacht strahlte ihm entgegen. Diese Zeit war von Anfang an seine Zeit gewesen. Die Dunkelheit und Stille sein Reich.

Sollte dieses kleine, schüchterne Wesen tatsächlich die Macht dazu haben, dies zu ändern?

VI

Sie schaute sich skeptisch die Außenseite des Ladens an. Vergoldete Schaufensterpuppen trugen glänzende Stoffe mit nicht sichtbaren Nähten. Große Ketten hingen um die goldenen Hälse. Die dünnen Arme posten.

Clair war … unsicher.

In so einen Laden würde sie wohl nicht mal gehen, wenn sie Geld besessen *hätte*. Und doch hielt Keleigh ihr im Moment die Tür auf. Er trug die gleiche Kleidung wie am Tag zuvor. Dunkle Schuhe und Hose, schwarzer Mantel und roter Schal. Nur das Hemd war heute von einem hellen smaragdgrün. Es hätte wohl seine Augen noch dunkler und die Goldpunkte noch strahlender aussehen lassen, wäre nicht die große, verspiegelte Sonnenbrille gewesen.

Erst gegen Mittag war Clair aufgewacht. Keleigh hatte im Salon auf sie gewartet. Nach dem Essen hatte er verkündet, sie würden einkaufen gehen. Erneut hatte sie sich herauszuwinden versucht. Doch sein Blick war unerbittlich, also hatte Clair sich gefügt.

Und nun standen sie vor dieser Nobelboutique. Chandrina war nicht mitgekommen. Weil sie noch immer geschlafen hatte, als sie losgefahren waren. Was noch zusätzlich zu Clairs Unbehagen führte. Seit Jahren war sie allein gewesen. Und nun war sie in Gesellschaft dieses Mannes.

Nervös spielte sie mit den Fransen ihres Schals. Geduldig wartete Keleigh bis sie sich gefasst hatte. Clair wusste gar nicht, wann sie angefangen hatte von ihm als Keleigh und nicht mehr als Mr. Morgan zu denken. Sie zögerte, knetete nervös ihre Hände. Was sollte sie hier?

Schließlich gab sie sich einen Ruck und betrat den Laden. Sofort kamen gleich drei Verkäuferinnen auf sie zu. Verschreckt blieb Clair stehen. Keleigh ging ganz, ohne dass sie etwas hatte sagen müssen, auf die Frauen zu und bat alle, bis auf eine, zu gehen.

Obwohl die zwei Dunkelhaarigen tatsächlich verschwanden, blieb Clair dennoch einige Schritte hinter Keleigh. Dieser drehte sich zu ihr um und lächelte ihr aufmunternd zu, während er seine schwarze Sonnenbrille abnahm und seine dunklen Augen ihr nun entgegensahen.

„Das ist Suzan. Sie brauchen sich nicht zu fürchten. Sie wird ihnen nichts tun", stellte er die blonde, hochgewachsene Frau vor. Diese lächelte ein perfektes Zahnpastalächeln.

„Ich habe keine Angst", nuschelte Clair trotzig und hob das Kinn. Sie hatte nur … Respekt vor der Situation.

Da plötzlich beide schwiegen und erwartungsvoll zu ihr hinabsahen, stellte Clair einfach die erste Frage, die ihr in den Sinn kam.

„Und was machen wir jetzt genau hier?", tat sie unbefangen und ließ den Blick schweifen.

Klamotten so weit das Auge reichte. Vereinzelnd waren Vasen und Bilder geschmackvoll verteilt worden. Es gab sogar eine Sitzgruppe. Als Clair wieder zu Keleigh und der Verkäuferin schaute, sah er sie belustigt an. Sie wirkte hingegen bestürzt. Hatte Clair etwas Falsches gesagt?

„Warum sehen sie sich nicht etwas um?", fragte Keleigh, bevor Clair zurückrudern konnte.

Verwirrt sah sie ihn an.

„Warum das denn?"

Nun wirkte die Verkäuferin nicht mehr bestürzt, sondern vielmehr wütend. Irgendetwas machte Clair gerade radikal falsch. Doch sie wusste nicht, was das war. Sie verstand einfach nicht, was sie hier sollte. Jemand wie sie hatte in solch einem Laden nun wirklich nichts verloren. Keleigh sah sie eine Weile nachdenklich an, dann schien er einen Einfall zu haben.

„Um zu sehen, was ihnen gefällt. Chandrina hat in den nächsten Tagen Geburtstag. Ich wollte ihr etwas schenken, weiß aber nicht, was ihr gefallen könnte."

Warum fragte er dann ausgerechnet sie?

„Ich muss aber, …", versuchte sie sich erneut aus der Affäre zu winden.

„Nur einen Augenblick", bat er und seine Augen glitzerten.

„Aber ich …"

„Bitte", unterbrach er sie erneut. Zischend stieß Clair die Luft aus den Lungen.

„Na gut", murmelte sie und trat zu den ersten Regalen. Während sie die flauschigen Pullis durchging, überlegte sie, warum sie ihm immer und immer wieder nachgab. Warum ging sie nicht einfach?!

…

Weil er sie gerettet hatte und sie ihm etwas schuldig war. Einfach zu verschwinden erschien Clair nicht nur dreist und frech, sondern auch … undankbar.

Seufzend fügte sie sich also in ihr Schicksal und suchte Sachen zusammen. Danach konnte sie immer noch gehen.

Keleigh beobachtete die kleine Clair genau, während er vorgab, sich mit Suzan zu unterhalten.

Geschäftig wuselte sie durch die Regale und lief mit Armen voll Pullovern, Blusen und Mänteln durch den Laden. Dabei ging sie äußerst sorgsam vor. Jedes Teil wurde vorsichtig herausgezogen, betrachtet und dann entweder fein säuberlich wieder zusammengelegt und verstaut oder auf einem Sessel abgelegt.

Er beobachtete ihre Reaktionen und schon bald hatte er einen relativ guten Eindruck ihres modischen Geschmacks.

Seine kleine Pianistin schien gedeckte Farben zu bevorzugen. Jedoch stahlen sich zwischen die praktischen Pullover und Hosen auch zarte Stoffe in Form von Röcken und Blusen.

Einige Male sah er sie auch auf einzelne Preisschilder schauen. Dabei schossen ihre Augenbrauen mehrfach in die Höhe. Einmal formte sie den Betrag auch stumm mit den Lippen nach. Entsetzen im Blick.

Keleigh sah genau, dass sie immer wieder ein tiefviolettes Kleid mit tiefem Rückenausschnitt betrachtete. Als ihr Blick verstohlen zu ihm glitt, sah er schnell zur Seite.

Kaum, dass sie sich vergewissert hatte, dass er sie auch nicht beobachtete, schlich sie zu dem Kleid und schielte unauffällig auf das Preisschild.

Unglaubliche Enttäuschung war auf ihrem Gesicht zu lesen, dann Resignation und schließlich Verbitterung. So schnell diese Gefühle jedoch auf ihrem kleinen Gesicht auftauchten, so schnell waren sie auch wieder verschwunden. Er dachte einen Moment nach, bevor er auf Clair zu trat, die mit ihrer Auslese anscheinend fertig war und bat Suzan, das Kleid unauffällig in der richtigen Größe einzupacken.

Seine kleine Pianistin bekam davon nichts mit. Angespannt sah sie zu ihm, als er sich ihr näherte.

„Ich habe verschiedene Themen gewählt", fing sie an ihm zu erklären.

„Das ist eher etwas Sportliches", wies sie auf eine Kombination, die aus dunkler Hose, weißem Pullover und kniehohen, engen Stiefeln bestand.

„Dann haben wir lässig, elegant und warm", zählte sie weiter auf und wies auf eine lockere Kombination aus Bluse und weiter Hose, dazu Stiefeletten. Elegant war ein langes Abendkleid mit hohen Stiefeln. Warm war ein dicker Flanellpullover mit einem Kragen, den man über die Schultern zog und ein langer Rock.

Die letzte Kreation war bequem und bestand aus Leggins und Langarmshirt, dazu flauschige Socken.

Keleigh fiel auf, dass man jedes einzelne Outfit auch untereinander kombinieren konnte. Sie dachte also praktisch.

„Ich kenne den Geschmack von Chandrina leider nicht. Also müssen sie wählen", sagte Clair leise.

„Oh, ich muss bestimmt nicht auswählen. Die Sachen sind nämlich alle für sie", lächelte er belustigt, als er das Entsetzen in ihrem Blick sah. Solange sie sich von ihrem Schock erholte, gab er Suzan ein Zeichen und die begann die Kleidung einzupacken.

„Aber warum das denn?", hatte Clair schließlich ihre Sprache wiedergefunden.

„Nehmen sie es einfach als Bezahlung für ihr atemberaubendes Spiel letzte Nacht", wollte er ihre Einwände beiseite wischen. Doch seine kleine Pianistin schüttelte vehement den Kopf.

„Das kann ich nicht annehmen!"

Keleigh hob nur eine Augenbraue.

„Wenn sie mich wirklich für das Spiel vergangene Nacht bezahlen wollen, dann geben sie mir etwas Geld oder eine Flasche Wein. Dass hier", sie zeigte auf die Tüten, die bei der Kasse auf sie warteten, „ist vollkommen unverhältnismäßig."

Leichte Wut stahl sich in Keleighs Ton. Wie konnte sie ihr Talent, ihre *Begabung* nur so verleugnen?!

„Dies ist noch nicht genug, um ihr Spiel angemessen zu würdigen", sagte er hart. Zu hart.

Das erste Mal seit langer Zeit hatte er sich von seinen Gefühlen leiten lassen.

Erschrocken machte Clair einen Schritt zurück. Frustriert knirschte Keleigh mit den Zähnen. Was war nur über ihn gekommen?

„Hören sie, ich finde, sie sind im Besitz eines außergewöhnlichen Talents. Ich möchte nur, dass es angemessen gewürdigt wird", ruderte er zurück. Doch ihr Blick lag misstrauisch auf ihm.

„Ich würde ihnen gerne helfen, wenn sie mich ließen", machte er ihr klar und ihre Miene wurde verschlossen.

Ich rede ja von keinem Plattenvertrag, ein Management wäre schon genug, um sie …"

Um sie vor den Haien der Gesellschaft zu schützen. Doch wie sollte er ihr das begreiflich machen?

Verdammt! Warum nur hatte er Chandrina nicht mitgenommen? Sie hätte gewiss gewusst, was in dieser Situation zu tun war. Keleigh hatte zu lange die Gesellschaft der Menschen gemieden. Er wusste nicht, was jetzt zu tun war.

„Ich werde es nicht annehmen!", befand seine kleine Pianistin da, wirbelte auf dem Absatz herum und stürmte aus dem Laden.

Verdattert sah Keleigh ihr nach.

Sie hatte es gewusst! Sie hatte es von Anfang an gewusst! Keleigh Morgan, ihr angeblicher Ritter in strahlender Rüstung, betrog sie genauso, wie es alle anderen taten.

Auch er wollte sie für sich gewinnen, lockte mit teurer Kleidung und Luxus. Wie hatte sie sich nur so täuschen können? Wie hatte sie ihm trauen können?

Und ihm hatte sie sich verpflichtet gefühlt. Schuldgefühle gehabt! Sie könnte sich jedes Haar einzeln ausreißen!

In ihrer Wut achtete Clair nicht darauf, wohin sie ging und eine heiße Welle schlug ihr direkt ins Gesicht. Erschrocken keuchte sie auf.

Sie Trampel war wohl in einen Passanten hineingelaufen, der zu allem Übel einen heißen Kaffeebecher in der Hand gehalten hatte.

Sie hätte schreien können.

„Oh mein Gott! Es tut mir so leid, ich habe sie gar nicht gesehen ... Clair?!"

Blinzelnd sah sich Clair Chandrina gegenüber. Wie Keleigh trug sie ebenfalls eine große, tiefschwarze Sonnenbrille und Clair hätte sie fast nicht erkannt.

Hatte sie die ganze Zeit von dem Plan gewusst, sie auszubeuten? War sie nur deswegen so nett zu ihr gewesen? Heiß brodelte die Wut wieder an die Oberfläche.

„Habe ich sie verbrannt? Der Kaffee war nicht mehr so heiß, es tut mir unendlich leid!", entschuldigte sich Chandrina bei ihr und wollte sie am Arm berühren.

Grob riss Clair ihren Arm zur Seite und funkelte die vollkommen überraschte Frau böse an.

„Fassen sie mich nicht an!", fauchte Clair und wollte an ihr vorbeistürmen. Davon hielt sie eine starke Hand jedoch schnell ab.

Fuchsteufelswild zuckte ihr Blick nun zu Keleigh, der sie am Arm festhielt.

„Und sie erst recht nicht!", zischte sie und riss sich los. Da er seine Sonnenbrille wieder trug, konnte sie seinen Gesichtsausdruck nicht sehen.

„Keleigh Morgan, was hast du getan?!", mischte sich da Chandrina ein und sah ihn nicht minder böse an. Kurz schien er zu zögern. Tja, jetzt hatte er ihren tollen Plan versaut, armer Mann, dachte Clair wütend.

Dann sprach er und wandte sich an sie.

„Sie können nicht in den vom Kaffee befleckten, nassen Sachen bleiben. Es wäre besser, wenn sie sich umziehen würden."

Einen Moment sah sie sprachlos zu ihm hoch. Er tat doch tatsächlich so, als wäre rein gar nichts vorgefallen!

„Ich wüsste nicht, was sie das anginge!", keifte sie schließlich und wollte in die andere Richtung davon stürmen. Erneut griff er nach ihr, doch sie wich zur Seite aus. Frustriert seufzte er, nahm endlich seine Brille ab und steckte sie in die Manteltasche. Seine Augen waren leicht zornig und die goldenen Sprenkel mehr als sonst zu sehen.

„Ich bitte sie. Es wird heute noch kälter werden. Sie werden sich den Tod holen", appellierte er an ihre Vernunft. Damit hatte er schon irgendwie recht, musste Clair ja zugeben. Schon jetzt war ihr in den feuchten Sachen tatsächlich ein wenig kalt und es würde bestimmt nicht besser werden. Doch dieses Mal würde sie nicht klein beigeben.

„Ihr könnt mich alle mal!", fauchte sie, riss dem Fahrer, der die Tüten aus der Boutique trug, eine aus den Händen und stürmte zurück in den Laden. Dort hatte sie eigentlich nur schnell ihre Klamotten tauschen und so schnell wie möglich verschwinden wollen. Doch die Verkäuferin, Suzan, fing sie ab.

So endete Clair im oberen Stockwerk des Ladens, der ein kleines Spa zu sein schien und bekam eine Rundumbehandlung. Keleigh und Chandrina wurden nach unten verbannt. Zu Clairs großer Überraschung war Suzan freundlicher, als sie gedacht hatte.

„Ihr Freund ist ja ein Schnuckelchen, aber alles können sich selbst die bestaussehenden Männer nicht erlauben, nicht wahr?", fragte sie und massierte ihre rissigen Hände mit einer kühlenden Creme.

Suzan ging davon aus, dass Keleigh ihr Freund war und nun „die andere" in Form von Chandrina mit ins Spiel gebracht hatte.

„Sie bekommen das komplette Programm und er muss dafür blechen. Wie finden sie das?", fragte Suzan. Gezwungen lächelte Clair.

„Himmlisch."

So kam es, dass sie fast zwei Stunden in dem Laden verbrachte und von oben bis unten gewaschen, geföhnt, geschnitten, lackiert, gefeilt und angemalt wurde. Dabei verbarg das dezente Make-up ihr blaues Auge ziemlich gut. Nur gegen die Schürfwunde konnte man nicht viel tun.

Im Spiegel beobachtete Clair, wie langsam aus „Clair die Obdachlose" „Clair die feine Dame" wurde. Sie hatte sich das Outfit mit dem Pullover gegriffen, der die Schultern frei ließ. Das Make-up tat den Rest und so sah sie frech, jung und verwegen aus.

Lange betrachtete sie sich im Spiegel. Das könnte sie sein, wenn sie wollte.

...

All das könnte ihr gehören. Doch würde sie dann noch sie selbst sein?

Ein leises Klopfen ließ Clair den Blick heben und durch den Spiegel zur Tür schauen.

Chandrina streckte mit schuldbewusstem Blick den Kopf herein.

„Oh, sie sind schon fertig", sagte sie leise, trat ein und schloss die Tür ebenso leise hinter sich. Suzan warf ihr einen bitterbösen Blick zu, sagte aber nichts und verschwand in einem Nebenraum.

„Keleigh hat mir erzählt, was vorgefallen ist. Sie haben das vollkommen falsch verstanden. Typisch Mann, hat er nicht darauf geachtet, wie sein Angebot auf sie wirken muss", fing sie an. Clair blickte böse in ihre Richtung.

„Wie kommt es denn bei mir an?", fragte sie wütend. Chandrina rang nervös die Hände.

Clair bekam ein schlechtes Gewissen, drängte es aber entschlossen zurück. Sie konnte nicht immer nur an die anderen denken, verdammt!

„Sie denken jetzt bestimmt, wir haben das alles geplant, um sie zu Gott weiß was zu drängen."

Clair hob nur die Augenbrauen, ganz wie: „Was auch sonst?"

Chandrina seufzte und dieses Mal ließ Clair zu, dass die junge Frau ihre Hände ergriff.

„Doch so ist es nicht! Ich versichere ihnen, dass weder er noch ich jemals auf solche Gedanken gekommen wären! Keleigh wollte nur das Praktische mit dem Nützlichen verbinden und machte ihnen deswegen dieses Angebot." Chandrina drückte sanft ihre Hände.

„Ich gebe ihnen mein Wort darauf!", beschwor die kleine Frau sie und sah dabei fast so aus, als würde sie gleich in Tränen ausbrechen, wenn Clair ihr nicht glaubte. Tatsächlich wurde Clairs Blick weicher.

Es war durchaus möglich, dass sie es in den falschen Hals bekommen hatte. Immerhin war sie gleich vom Schlimmsten ausgegangen. Da lächelte Chandrina erleichtert und drückte Clairs Hände erneut sanft.

„Die Klamotten stehen ihnen übrigens ganz ausgezeichnet!"

VII

Clair saß mit Chandrina auf der Rückbank des Wagens. Keleigh war nach vorne zum Fahrer verbannt worden. Dort beobachtete er seine kleine Clair vom Rückspiegel aus. Chandrina hatte ihm Clairs Problem erklärt und er hätte sich am liebsten selbst aufgeknüpft für seine Dummheit. Hätte dies nur etwas gebracht.

Wie hatte er so engstirnig und blind sein können? Er hatte seiner kleinen Pianistin ja gar keine andere Wahl gelassen, als ihn falsch zu verstehen! Er musste in Zukunft viel vorsichtiger mit seinen Worten umgehen.

Doch irgendwie waren seine Schuldgefühle nur von halbherziger Natur. Nur durch seine Ignoranz hatte die kleine Clair ihr Feuer gezeigt.

Durch äußerste Selbstbeherrschung und jahrelange Disziplin war es ihm gelungen, unbeteiligt zu wirken, als sie den Laden verlassen hatte.

Ein kaum sichtbares Make-up war aufgelegt worden und brachte ihre Haut zum Strahlen, ebenso ihre Augen. Wie flüssige Schokolade hatte ihr Blick ihn verzaubert. Sogar ihr dunkelvioletter Bluterguss war weitestgehend kaschiert worden und auch die Schürfwunde fiel kaum noch auf.

Und der Rock erst! Er war zwar lang, dafür so weich und anschmiegsam, dass er die Augen kaum von ihren langen, wohlgeformten Beinen lassen konnte. Die weichen, dennoch gedeckten Farben verliehen ihr das Aussehen einer schönen jungen Dame. Ihre helle Haut und die dunklen Augen wiederum das eines Kindes.

Er konnte den Blick nicht abwenden, *wollte* ihn nicht abwenden.

Hätte sie gelächelt, wäre Keleigh verloren gewesen, doch sie lächelte nicht. Seinetwegen.

Schuldgefühle machten sich in ihm breit. Doch Chandrina hatte seinen Versuch vehement abgewehrt, sich zu entschuldigen. Er würde warten müssen, bis sich die Zeit dazu ergab und ihr Feuer etwas abgekühlt war. Auch wenn es ihm gefiel, ihr Feuer.

Wie ihre Augen glitzerten, als sie ihn angefaucht hatte … Es war so ein Kontrast zu ihrem eigentlichen Verhalten, welches sie an den Tag legte, dass er sich nicht mal darüber hatte aufregen können.

Da Clair jedes Gespräch stur abblockte, dabei tief in Überlegungen versunken zu sein schien und es Keleigh verboten war zu sprechen, verlief die Fahrt schweigend. Erst als sie vor seinem Anwesen hielten, ergriff seine kleine Pianistin das Wort.

„Ich möchte jetzt gehen", stellte sie fest.

Noch immer glomm Wut in ihrer Stimme und Keleigh musste ein Schmunzeln unterdrücken. Damit hätte er nur ihre Wut erneut geschürt.

„Lassen sie uns das im Salon besprechen", bat er und stieg aus, womit er nun auch sein Schweigen brach.

Chandrina seufzte und stieg ebenfalls aus.

„Nein, ich werde *jetzt* gehen und sie werden mich nicht mehr daran hindern."

Chandrina sah ihn warnend an. Keleigh überlegte.

„Es ist schon später Abend. Sie sollten zuerst noch etwas zu sich nehmen, danach steht es ihnen frei dorthin zu gehen, wohin es ihnen beliebt", seufzte er schließlich. Er hatte nicht vor, sie als seine Gefangene bei sich zu behalten.

Kurz flackerte Zorn über ihre zarten Züge. Gerade öffnete seine kleine Clair den Mund. Ohne Zweifel, um ihm zu widersprechen, da knurrte ihr Magen.

Sofort liefen ihre Wangen hellrosa an.

„Aber danach bin ich weg!", grummelte sie und ging vor ihm ins Haus.

„Selbstverständlich", murmelte er hinter ihr so leise, dass sie es nicht hörte.

Zielstrebig schritt Clair auf den Salon zu. Dort blieb sie jedoch so unverhofft stehen, dass Keleigh fast mit ihr zusammengestoßen wäre. Nur durch einen flinken Schritt zur Seite konnte er eine Kollision verhindern.

Bevor er aufsehen und den Grund ihres plötzlichen Stoppens in Augenschein nehmen konnte, erstarrte auch Chandrina neben ihm und fauchte nur ein Wort, das so hasserfüllt, so voller Wut und Abscheu war, wie er es selten bei ihr hörte.

„DU!"

Keleigh hob den Blick.

„Lazerus", hörte Clair Keleigh neben sich murmeln. Viel bekam sie davon jedoch nicht mit, da sich all ihre Sinne auf den Mann vor ihr richteten.

Er war etwa so groß wie Keleigh, vielleicht ein paar Zentimeter kleiner. Es war schwer zu sagen, da er saß. Sein Haar war von einem goldenen Blond, dass es fast schon lebendig aussah.

Und seine Augen erst.

Strahlendes Blau sah ihr direkt entgegen, blickte ihr in die Augen und schaute tief in sie hinein, bis zum Grund ihrer Seele. So fühlte es sich zumindest an.

Der Mann sah aus wie ein Engel.

Und doch war das erste, was Clair dachte, als sie ihn erblickte, dass er ein Mann war, der es genoss, Menschen leiden zu sehen.

Eine Gänsehaut überzog trotz des Mantels ihre Arme.

„Die kleine Pianistin. Du hast sie tatsächlich gefunden. Ich wollte meinem Spion nicht glauben, als er mir davon berichtete."

Seine Stimme war zum Sterben schön.

Angst prickelte in ihrem Nacken und Clair schob sich schräg hinter Keleigh. Er schien den Mann zu kennen, konnte also besser als sie abschätzen, was er als Nächstes tun würde.

Der Mann, wie hatte Keleigh ihn eben noch genannt, stand auf.

Er hatte noch keinen Schritt in irgendeine Richtung getan, da schoss etwas Kleines, Dunkles auf ihn zu. Chandrina wurde nur von Keleighs Arm gestoppt. Bestimmt hielt er sie zurück. Erschrocken sah Clair das lodernde Feuer in den Augen der sonst so ruhigen und besonnen Frau leuchten.

Furcht rieselte ihr vom Nacken den Rücken hinunter und Clairs Herz begann schneller zu schlagen.

Keleigh war ganz auf Chandrina fixiert. Fest sah er ihr in die funkensprühenden Augen. Es schien ein stummes Gespräch zwischen ihnen abzulaufen, denn die junge Frau beruhigte sich langsam und das Feuer in ihren Augen kühlte ab.

Clairs Blick flog zu dem Auslöser dieses Gefühlsausbruchs. Lazerus, so hatte Keleigh ihn eben genannt, blickte höhnisch auf Chandrina hinab und schmunzelte.

Clair mochte ihn auf Anhieb überhaupt nicht.

„Ah, Chandrina. Es ist viel zu lange her, meinst du nicht auch?", fragte er mit seiner engelhaften Stimme.

Die Angesprochene fauchte und das Feuer kehrte in ihre Augen zurück.

„Beruhige dich, mein Kind", konnte Clair Keleigh wispern hören. Oh ja, er war ja ihr Ziehvater. Das hatte sie ganz vergessen!

Verunsicherung überschwemmte Chandrinas Augen und sie huschten kurz zu Clair. Keleigh folgte ihrem Blick.

„Geh. Alles wird gut", versprach er leise, ergriff ihre Hände und küsste sie zart auf die Stirn, bevor die junge Frau mit durchgebogenem Rücken den Salon verließ. Die Türen schlossen sich leise.

Eine innere Stimme veranlasste Clair, sich zu Lazerus umzudrehen. Dieser hatte seinen strahlenden Blick nun fest auf sie gerichtet und kam direkt auf sie zu. Er hatte sie schon fast erreicht. Furcht brodelte in ihr und sie griff reflexartig nach Keleighs Arm, der noch immer zur Tür blickte. Nur ein Augenblick genügte und er hatte begriffen. Geschmeidig schob er sich vor sie und schirmte Clair so vor Lazerus ab.

Ihre Hände hatten angefangen zu zittern. Warum nur jagte ihr dieser Mann solche Angst ein? Nur durch seine bloße Erscheinung?

Es war beängstigend.

Lazerus Blick flackerte, als er kurz zu Keleigh sah, bevor seine volle Aufmerksamkeit wieder ihr galt.

„Was willst du hier, Lazerus?", fragte Keleigh mit ruhiger Stimme. Bei dieser Frage erstrahlte ein feines Lächeln auf Lazerus Gesicht und er breitete die Arme aus.

„Du weißt, dass ich nach ihr suche", meinte der Angesprochene kryptisch. Als sein Blick wieder zu Clair glitt, verdunkelte sich seine Miene. Überrascht stellte Clair fest, dass sie ihre Finger in Keleighs Ärmel gekrallt hatte und sich dicht an ihn drängte, Schutz suchend.

Aus irgendeinem Grund war ihr das peinlich und sie senkte den Blick, lockerte ihren Griff und ließ seinen Arm los.

Da machte der engelhafte Mann erneut einen Schritt auf sie zu. In seinen Augen glitzerte … Begierde.

Clair hatte Angst.

Keleigh vor ihr versteifte sich. Sie bekam es nur mit, weil sie so dicht bei ihm stand, ansonsten blieb er vollkommen ruhig.

Bis er im nächsten Moment ein warnendes Knurren ausstieß, das Clair heftig zusammenfahren ließ. Lazerus stoppte und lächelte süffisant.

„Ich hörte von ihrer … Herkunft. Doch wenn man sie so betrachtet, kann man es kaum glauben", sprach er mit der Engelsstimme und ließ Clair erschaudern.

Diese Stimme!

Nun änderte Lazerus seine Route und umkreiste sie.

„Aber vielleicht liegt es gerade daran", murmelte er. Keleigh zog sie gerade rechtzeitig zurück, bevor Lazerus, der von jetzt auf gleich ganz dicht vor ihr stand, sie berühren konnte.

„Bei diesem Äußeren sollte es kein Problem gewesen sein, einen … ausfüllenden Job zu bekommen."

Irritiert blinzelte Clair, dann begriff sie. Ihre Wangen wurden heiß und fingen an zu prickeln. Erneut huschte Erheiterung über das schöne Gesicht.

„Jedoch scheint der letzte es nicht sehr gut mit dir gemeint zu haben, nicht?"

Seine Stimme war so sanft, wie seine Worte kalt waren.

„Ich würde so ein Gesicht niemals schlagen."

Er seufzte theatralisch.

Clair bebte nun nicht mehr vor Furcht, sondern vor Zorn. Bezeichnete dieser Mann sie etwa gerade als Hure?!

„Immerhin gibt es so viele andere Möglichkeiten etwas Feuer in den Tanz zu bringen."

Lazerus musterte sie langsam von oben bis unten. Sein Blick brannte wie eine Berührung. Clair erzitterte und ihr Zorn loderte nun lichterloh. Was fiel ihm ein?!

„Was wollen sie damit sagen?!", knurrte sie leise. Seine Miene erhellte sich. Sie zu erniedrigen bereitete ihm eine diebische Freude.

„Ah, sie spricht", wisperte er. Dieses Mal ließ Clair sich nicht von Keleigh wegziehen, sondern trat diesem unverschämten Mann entgegen.

„Nun ja, es ist doch recht offensichtlich, nicht? Frauen, insbesondere solch naive Dinger wie du, finden immer einen willigen Mann, der sich an ihrer Unerfahrenheit erfreut."

Während er diese Beleidigung von sich gab, hob er die Hand und machte Anstalten, sie zu berühren. Erneut knurrte Keleigh warnend hinter ihr. Doch Clair brauchte seine Hilfe nicht. Mit Schwung schlug sie seine Hand zur Seite. Erstaunen erblühte in seinem Gesicht, bevor es sich vor Wut verzerrte.

„Bezeichnen sie mich gerade als Hure?!", zischte Clair und ihre Augen blitzten. Lazerus hob erstaunt eine Augenbraue. Im Gegensatz zu Clair schien er großen Spaß an diesem Spiel zu haben.

„Ich bin sicher, es gibt auch einen weniger vulgären Ausdruck dafür", versicherte er ihr und brachte das Fass zum Überlaufen. Clair war obdachlos und ohne finanzielle Mittel. Doch das gab diesem reichen Pinkel noch lange kein Recht, derart auf sie hinabzuschauen und sie zu beleidigen.

Schallend hallte der Schlag in dem stillen Salon wieder, als Clair den Mann vor ihr mit all ihrer Wut und Kraft ohrfeigte.

Keleigh hinter ihr keuchte überrascht auf.

Doch Clair konzentrierte sich voll und ganz auf Lazerus. Dieser drehte den herumgerissenen Kopf langsam wieder ihr zu. In seinen Augen war nichts Menschliches mehr, soviel Wut und Hass brodelte darin.

„Du kleine ...", wollte er nach ihr greifen. Sein wahnsinniger Blick verhieß nichts Gutes. Doch Clair war erstarrt und konnte sich unter diesem brennenden Blick keinen Zentimeter rühren.

Da endlich trat Keleigh in Aktion, riss sie zu sich und drehte sich dabei so, dass er vor Lazerus stand und sie abschirmte. Fest blickte Keleigh ihm in die Augen, bevor er sich Clair zuwandte.

„Sie sollten jetzt lieber gehen", sagte er leise.

Nun lud sich Clairs ganze Wut gegen ihn. Sie war sein Gast, kannte diesen Lazerus nicht und er ließ zu, dass er sie derart beleidigte!

Doch er hatte Recht. Wer wusste schon, was Lazerus nun mit ihr machen würde? Keleigh sah ihren Rückzug wohl in ihren Augen, denn Wärme blitzte in seinen auf.

Sanft drehte er sie Richtung Tür und gab ihr einen leichten Stoß. Mit hoch erhobenem Kinn und geradem Rücken stolzierte Clair aus dem Salon.

VIII

Keleigh sah seiner kleinen Pianistin teils stolz, teils besorgt hinterher.

„Sie hat Feuer", riss Lazerus seine Aufmerksamkeit an sich. Er berührte seine Wange, auf der sich langsam ein roter Handabdruck abzubilden begann und ein Grinsen wuchs auf seinen Lippen heran.

Dies verhieß nichts Gutes.

„Das mag ich", sagte Lazerus und seine Augen sprühten Funken. Keleigh wusste genau, was das hieß.

Er würde Clair von nun an jagen, jede Begegnung suchen, sicher auch herbeiführen, um sie zu erwischen. Bis er sie bekam.

Das Bild, wie sie sich Schutz suchend hinter ihm versteckte, sich an ihm festklammerte, tauchte vor seinem inneren Auge auf.

Zorn legte sich über Keleighs Gedanken, doch er blieb ruhig. Vorerst.

„Sie ist mein", grollte er leise und Lazerus lachte laut auf. „Oh, mein lieber Freund, wie du dich irrst! Du hast sie nicht gezeichnet. Es besteht noch kein Anspruch auf sie."

Lazerus Augen glühten vor Begierde.

Keleigh wollte etwas erwidern, da flog der erste Laut zart durch die Luft. Der nächste schloss sich an, schneller, lauter. Lazerus merkte auf und sie beide schwiegen, lauschten dem Spiel der kleinen Pianistin.

Keleigh fiel auf, dass es nicht das gleiche Stück war, das sie in den Restaurants gespielt hatte.

Es war wilder, schneller … wütender.

Doch auch Schmerz lag nach wie vor in der Melodie, eine herzzerreißende Melancholie, die zu Tränen zu rühren vermochte.

Stille beherrschte den Raum.

„Ich bin noch nie in den Genuss ihres Spiels gelangt", murmelte Lazerus und fasziniert blickte er zur Decke, als könne er durch diese hindurch in den Musiksalon schauen. Seine Augen glühten ebenso wie Keleighs katzenhaft in der hereinbrechenden Nacht.

„Ich will sie", erklang die engelhafte Stimme in der Dunkelheit.

Keleigh hatte Mühe, Lazerus zum Gehen zu bewegen, doch es gelang ihm schließlich und er machte sich auf den Weg zum Musiksalon. Dort war das erste, was er sah, Clairs zusammengeknüllter Mantel in einer Ecke. Leise hob er ihn auf und erblickte erst in diesem Moment ihre zusammengekauerte Gestalt.

Sie weinte.

Clair fühlte sich schrecklich. Tausend Gefühle flogen auf einmal durch sie hindurch. Selbst ihr Spiel hatte ihre Verwirrung und Wut nicht besänftigen, dem Trubel in ihrem Inneren kein Ende setzen können.

Doch eins war ihr nun klar. Dieser Lazerus war die ganze Zeit hinter ihr her gewesen und sie konnte von Glück reden, dass Keleigh es gewesen war, der sie gefunden hatte und nicht er.

Wenn sie nur daran dachte, was er alles mit ihr hätte tun können.

Ihr wurde schlecht.

Clair hatte in seinen Augen genau gesehen, dass er sie wollte. Sie besitzen wollte. Dieser Mann würde nie so freundlich zu ihr sein, wie Keleigh es war. Oder gar so verständnisvoll und aufopfernd. Er würde nur nehmen, ihr Talent ausschlachten und sie gleich mit. Er würde sie brechen.

Lazerus würde sie jagen, verfolgen und zwingen für ihn zu arbeiten.

Ihr lief es kalt den Rücken hinunter und sie machte sich auf dem Klavierhocker noch kleiner. Tränen der Verzweiflung rollten ihre Wangen hinab.

Der Nachmittag kam ihr wieder in den Sinn. Sie war so wütend gewesen. Dabei sah sie jetzt ganz klar, dass Keleigh nur das beste für sie gewollt hatte. Er hatte sie vor Leuten wie Lazerus beschützen wollen.

Wie dumm sie doch gewesen war. Dumm, naiv und engstirnig.

Da spürte sie, dass jemand hinter ihr stand und hob den Blick. Keleigh befand sich direkt neben ihr, hielt unentschlossen ihren zerknitterten Mantel in den Händen und schien nicht zu wissen, was er nun tun sollte.

Clair schloss die Augen, suchte den ruhigen Punkt in ihrem Inneren und fasste sich.

„Ich …", räusperte sie sich und richtete sich auf.

„Ich muss mich wohl entschuldigen", murmelte sie leise, konnte Keleigh dabei aber nicht in die Augen sehen.

Da raschelte es und der große Mann kniete direkt vor ihr. Nun waren sie auf Augenhöhe.

„Sie müssen sich für gar nichts entschuldigen", beteuerte er ihr ernst.

„Doch. Sie haben nur versucht mich vor solchen Leuten wie Lazerus zu beschützen und ich war heute Mittag einfach schrecklich zu ihnen …"

Keleigh hob die Hand und brachte sie mit dieser einfachen Geste zum Schweigen.

„Sie konnten es nicht besser wissen und ich mache ihnen keinen Vorwurf daraus", beteuerte er erneut.

„Es stimmt. Ich wusste, dass solche Menschen wie Lazerus hinter ihnen und ihrem Talent her waren und noch immer sind. Jedoch liegt es wohl an mir, dass diese Person nun ihre Identität kennt. Die Schuld ist also wahrlich auf meiner Seite."

Damit hatte er gar nicht mal so unrecht.

„Dennoch hätten sie mich irgendwann gefunden", meinte Clair mit fester Stimme. Es nützte keinem von beiden, sich die Schuld zuzuschieben oder es abzustreiten.

„Lazerus hätte mich irgendwann gefunden", sinnierte sie und es lief ihr erneut kalt den Rücken hinab. Keleigh hingegen versteifte sich.

„Er war ohne Zweifel fasziniert von dir. Doch er sah nur dein Feuer und hörte nicht, wie dein Herz weinte", murmelte er so leise, dass sie ihn kaum verstand. Da er sie nun nicht mehr siezte, ahnte er offensichtlich nicht, dass sie ihn doch gehört hatte. Stille machte sich zäh zwischen ihnen breit.

Keleigh seufzte resigniert.

Clair sah zu Boden und knetete ihre Hände. Es gab nur eine Möglichkeit diesen Haien der Musikbranche zu entgehen.

„Steht … steht ihr Angebot noch?", fragte sie leise und sah ihm nicht in die Augen.

Wenn sie schon ihren Kerkermeister bekommen sollte, wollte sie ihn wenigstens selbst wählen.

„Selbstverständlich", sagte Keleigh und setzte sich auf die Fersen zurück.

„Sollten sie dieses jedoch annehmen, möchte ich ihnen versichern, dass es rein freundschaftlicher Natur wäre und ihnen keinerlei Verpflichtungen aufgebürdet würden", erklärte er und wechselte wieder dazu sie zu siezen.

Überrascht blinzelte Clair. Nicht? Zwar hatte er schon klargemacht, dass er sie nicht ausbeuten wollte. Aber, das er nun so handelte, überraschte sie schon etwas.

„Wenn es ihnen lieber wäre, kann ich sie auch nur namentlich unter Vertrag nehmen und sie leben ihr Leben wie zuvor weiter", führte er seine Pläne weiter aus.

Über diese Zuvorkommenheit vergaß Clair ganz, wie man sprach und begann zu stottern.

„D … das würden sie wirklich tun?!"

„Selbstverständlich", nickte er nachdrücklich.

„Ich würde sie nie zu etwas zwingen."

Da breitete sich ein ausgewachsenes Grinsen auf ihrem Gesicht aus.

„Auf freundschaftlicher Basis, sagen sie?"

Keleigh nickte erneut.

Grinsend streckte sie ihm eine Hand entgegen.

„Dann denke ich, kann ich sie ab morgen ‚Chef' nennen", lachte sie. Auch seine Miene hellte sich auf und er lächelte, während er ihre Hand ergriff. Seine war groß und kühl, ihre eigene Hand ging in seiner fast verloren.

„Ich würde Keleigh bevorzugen", meinte er, als sie sich wieder losließen.

„Ansonsten fühle ich mich noch älter, als ich ohnehin schon bin."

Auch damit war Clair einverstanden. Also war er von nun an ihr Manager, auch wenn sie die Einzelheiten erst noch aushandeln würden. Aus diesem Grund machte sich Keleigh nun auch auf in sein Arbeitszimmer, um den Vertrag aufzusetzen.

Clair beschloss, Chandrina zu suchen. Sie war vorhin so schnell verschwunden und Clair machte sich ein wenig Sorgen um sie.

Sie fand die junge Frau schließlich in der Bibliothek. Ja, richtig Keleigh besaß eine eigene, riesige Bibliothek! Es war wie im Märchen. Kaum, dass Clair die Tür geöffnet hatte, hob Chandrina den Kopf. Sie war anscheinend überrascht Clair zu sehen. Wahrscheinlich hatte sie eher mit Keleigh gerechnet.

„Ich habe dich gesucht", lächelte Clair und wechselte ganz spontan ins Du, was Chandrina aber nichts auszumachen schien.

Verlegen sah diese zur Seite und schloss ihr Buch.

„Ich habe mir Sorgen gemacht. Geht es dir wieder besser?", fragte Clair. Chandrina zögerte.

„Du musst mir nicht sagen, was es mit dir und diesem Kerl auf sich hat", beruhigte Clair sie und Chandrinas Miene hellte sich fast sofort auf. Jetzt sah sie genauso gut gelaunt aus, wie Clair sie kannte.

„Wirklich?", fragte die junge Frau dennoch zweifelnd nach.

„Klar", bestätigte Clair und setzte sich neben sie.

„Ich kann deine Wut vollkommen verstehen. Der Kerl hat mich fast genauso wütend gemacht."

Chandrina stutzte.

„Wirklich? Normalerweise ist er sehr … charmant."
Clair prustete aufgebracht.
„Zu mir zumindest nicht. Er hat mich indirekt eine Hure genannt."
Chandrinas Augen wurden wieder zu schmalen, zornigen Schlitzen.
„Ich habe ihm eine geknallt, keine Sorge", lächelte Clair.
Dabei war ihr gar nicht zum Lächeln zumute.
Eine Weile sah Chandrina sie schweigend an, dann ergriff sie zaghaft ihre Hände.
„Ich habe dein Lied gehört", begann sie leise und Clair sah auf die Tischplatte vor ihr, kämpfte mit den erneut aufkommenden Tränen.
„Wenn du reden willst, ich hör dir gerne zu", versprach Chandrina.
Clair versuchte an dem großen Kloß in ihrem Hals vorbei-zuschlucken, doch es gelang ihr nicht. Verzweifelt ver-suchte sie sich zusammenzureißen. Da tropfte die erste Träne auf die Tischplatte und hinterließ einen kreisrun-den Fleck. Ein zweiter gesellte sich dazu und es sah fast aus wie ein Herz.
„Clair?"
Chandrina stand auf, ohne ihre Hände loszulassen und hockte sich neben sie.
„Was ist denn?"
Die netten und besorgten Worte gaben Clair den Rest und sie schlang der jungen Frau die Arme um den Hals, klammerte sich verzweifelt an sie.
Es war einfach zu lange her, dass sie jemand in den Arm genommen, sich auch nur Sorgen um sie gemacht hatte. Immer nur diese Blicke waren ihr gegeben worden. Blicke und Beschimpfungen.

Der erste Schluchzer entschlüpfte ihr und ihre Schultern fingen an zu zittern. Clair kämpfte verbittert um den letzten Rest Kontrolle.

Da legte Chandrina ihr eine Hand auf den Hinterkopf und zog sie enger an sich, spendete ihr Trost und Geborgenheit. Es war so schrecklich lange her, seit das letzte Mal jemand für sie da gewesen war. So verdammt lang …

Jeglicher Schmerz, der sich in Clair angesammelt hatte, schien nun auf einmal aus ihr herauszubrechen. Die Welle der Gefühle war so stark, dass sie nicht einmal Keleigh bemerkte, der in der Tür auftauchte und ausdruckslos auf ihre zusammengekauerte Gestalt in Chandrinas Armen sah.

Auch bekam sie deren kaum wahrnehmbares Kopfschütteln nicht mit, während sie ihr beruhigend über den Rücken strich.

Erst das leise Klicken der Tür, als sie sich wieder schloss, riss Clair aus ihrer Pein.

„Ich bin keine Hure", krächzte Clair, ließ dabei ihr Haar in ihr Gesicht fallen. Versteckte sich, als sie sich von Chandrina löste.

„Ich habe Angebote bekommen. Am Anfang, aber ich habe nein gesagt, bin weggerannt. Ich habe immer nein gesagt und abgelehnt", stammelte sie, krallte ihre Finger in den Saum ihres langen Rockes.

„Einmal, ich hatte solchen Hunger … ich habe daran gedacht, es in Erwägung gezogen. Doch ich konnte nicht! Ich konnte einfach nicht, ich … ich *wollte* nicht. Mein Körper ist alles, was mir geblieben ist, ich … ich konnte nicht …"

Da hob sie den Blick, sah Chandrina mit tränenverschmierten Augen an.

„Ich hatte doch nichts mehr …"

Chandrina sah so aus, als würde sie selbst gleich in Tränen ausbrechen. Dies brachte Clair dazu, sich zu beruhigen.

„Ich verurteile dich nicht, Clair. Weder ich, noch Keleigh würden dich jemals verurteilen, selbst wenn du … *es* getan hättest. Daran ist nichts Verwerfliches."

Komischerweise gaben Clair diese einfachen Worte Kraft und die Tränen versiegten vollends. Laut zog sie die Nase hoch und rieb mit den Ärmeln ihres Pullis über ihre Augen.

Dunkelgraue Streifen blieben zurück. Scheinbar war ihr Make-up nicht wasserfest.

„Eigentlich wollte ich dich trösten, nicht andersherum", murmelte sie schließlich leise. Chandrina lächelte und half Clair dabei, sich aufzurappeln.

„Ich weiß, aber du hast den Trost dringender gebraucht, als ich. Ich habe mich schon lange mit meinen … Problemen mit Lazerus auseinandergesetzt. Es war nur eine große Überraschung, ihn so plötzlich vor dem Gesicht zu haben", erklärte sie.

Da nickte Clair zustimmend.

„Man will ihm einfach die blauen Augen aus dem Engelsgesicht kratzen", stimmte sie Chandrina zu.

„Und jedes goldene Haar einzeln ausreißen!", ergänzte diese lachend.

„Irgendwoher kommt mir der Name aber bekannt vor", meinte Clair, während sie sich gemeinsam auf den Weg in den ersten Stock machten.

„Lazerus meinst du?", fragte Chandrina nach und Clair nickte.

„Kein Wunder, das ist ein Name aus der Bibel. Kennst du die Auferstehung des Lazerus, als Jesus ihn von den Toten wieder zurückholte? Nach ihm hat er sich selbst benannt."

Darauf wäre Clair nun wirklich nicht gekommen.

„Warum das?", fragte sie daher nach.

„Er will nicht nur wie ein Engel aussehen, sondern auch einen biblischen Namen tragen, nehme ich an."

Clair lachte.

„Und Michael war ihm zu gewöhnlich?"

Da lachte auch Chandrina.

„Ich nehme es an. Für ihn muss halt alles exklusiv sein."

Das hatte Clair schon mitbekommen.

IX

Tatsächlich hatte Keleigh schon am nächsten Tag einen kompletten Vertrag aufgesetzt.

In aller Ruhe ließ er sie ihn durchlesen und erklärte ihr gewissenhaft und genau jeden Bereich, den sie vor lauter Fachjargon nicht verstand.

Clair war überrascht.

Der Vertrag war so radikal auf ihre Bedürfnisse zugeschnitten, dass sie die Länge von fast 10 Seiten nicht mehr verwunderte. Kurz gesagt verpflichtete der Vertrag sie nur zu einer Sache. Sie musste ausschließlich für Keleigh arbeiten. Ansonsten stand es ihr frei zu entscheiden, wann und wie viele CDs sie aufnehmen und Konzert sie geben wollte. Auch wurde festgelegt, dass niemand, nicht mal Keleigh, sie zwingen konnte aufzutreten. Aber das beste war der Teil, der besagte, dass es komplett und zu hundert Prozent ihr überlassen war, welches Marketing über sie gemacht wurde. Jeder Flyer, jeder Werbeslogan musste erst von ihr abgesegnet werden.

Offenbar nahm er es sehr ernst, als er sagte, ihre Geschichte nicht in die Öffentlichkeit zerren zu wollen.

Clair war gerührt.

„Über die Bezahlung können wir noch einmal in einem separaten Vertrag verhandeln", bot Keleigh ihr an. Clair registrierte das kaum, da sie noch so überwältigt war. Warum tat er all das für sie? Würde er auf seine eigenen Interessen achten, hätte er schon morgen Millionen mehr auf seinem Konto.

„Ich werde auf jeden Fall so oft spielen, bis ich dir das Geld für die Klamotten zurückgeben kann", bestimme sie entschlossen, was ihn zu einem gequälten Seufzer brachte.

Ja, darüber hatten sie schon eine kleine Diskussion geführt.

„Ah … aber ich würde es lieber so machen, wie bisher. Dass mich keiner sieht und Fotos macht", versuchte Clair ihm ihr aufkommendes Problem zu erklären. Doch er schien schon zu verstehen.

„Du willst, dass keine Fotos existieren, womit man recherchieren könnte. Ich verstehe. Es dürfte jedoch kein Problem sein, etwas in die Wege zu leiten", meinte er zuversichtlich.

Clair nickte und nahm den silbernen Füller in die Hand. Sie hatte sich entschieden. Besser als bei Keleigh konnte es ihr nicht gehen. Außerdem mochte sie ihn.

„Jedoch musst du dich darauf gefasst machen, dass unscharfe Schnappschüsse und Gerüchte über dich in den Medien auftauchen werden. Besonders, wenn man erfährt, dass ich dein Manager bin. Die Presse wird vor dem Tor stehen und Informationen von mir wollen. Selbst wenn sie nicht wissen, dass du hier bei mir wohnst", rief er ihr ins Gewissen.

„Die nächsten Wochen werden schwer werden, selbst wenn ich nicht aufzeige, dass du ‚gefunden' wurdest und unter Vertrag stehst."

Er seufzte.

„Ich will nur, dass du begreifst, dass sich die Medien und Plattenfirmen um dich schlagen werden, wie die Süchtigen um das letzte Päckchen weißen Glücks."

Das hatte Clair tatsächlich schon einmal mitansehen müssen. Nichts, was sie wiederholen wollte.

Trotzdem war sie zuversichtlich.

„Wir schaffen das schon", weissagte sie und setzte ihren Doktor unter den Vertrag.

„Bist du dir ganz sicher? Noch kannst du zurück. Es lässt sich sicher auch ein anderer Weg finden."

Es klang schon fast so, als wolle er ihr die ganze Sache ausreden.

„Ich bin mir tausendprozentig sicher."

Er wirkte nicht überzeugt.

„Wirklich!"

Schließlich seufzte Keleigh, nahm ihr den silbern glitzernden Füller aus der Hand und unterschrieb mit schwungvoller Handschrift.

„Dann sei es so."

Nachdem Keleigh ihr eine Kopie des Vertrags gegeben hatte, sie würde sie in den Schreibtisch in ihrem Zimmer legen, verschwand er. Ohne Zweifel um das Gleiche zu tun.

Nachdenklich sah sich Clair im Salon um, was sie nun tun sollte. Dabei fiel ihr Blick auf die Tageszeitung, die auf dem Tisch zwischen den Sofas lag.

„Zerrissene Leichen im Hinterhof gefunden", prangte dort die Schlagzeile in fetten Buchstaben. Neugierig trat Clair näher und nahm die gefaltete Zeitung in die Hand. So etwas sah man auch nicht jeden Tag.

„Die Überreste von vier männlichen Leichen wurden am gestrigen Abend zerrissen in einer Hintergasse gefunden. Das viele Blut lässt darauf schließen, dass die Männer noch lebendig waren, als man sie in Stücke riss …", las Clair leise.

Geschockt starrte sie auf das Schwarz-Weiß-Foto, das fast die ganze Vorderseite in Beschlag nahm.

Das war einfach schrecklich!

Wie konnte man so etwas nur tun?! Bei lebendigem Leib zerrissen … Welches Monster war zu so etwas fähig?!

Noch immer starrte Clair auf das Foto. Irgendwie kam es ihr bekannt vor. Nicht die Leichen, über denen Planen lagen, sondern diese Gasse …

Da fiel ihr etwas Längliches, Schmales auf, das ganz am Rand des Bildes zu sehen war. Clair kniff die Augen zusammen und hob das Bild näher an ihr Gesicht.

War das eine … Gurke?

Tatsächlich lag dort neben den Leichen eine gewöhnliche Salatgurke. Wie die wohl … Moment mal! Das war nicht irgendeine Gurke, das war *ihre* Gurke!

Jetzt erkannte Clair die Gasse genau. Das war der Ort, den sie fast ein Jahr lang ihr zu Hause genannt hatte. Und diese Männer waren …

Mit einem patschenden Geräusch landete die Zeitung wieder auf dem Tisch, als sie ihr aus den gefühllosen Fingern glitt. Diese vier Männer, die zerrissen worden waren … das waren ohne Zweifel genau die Männer, die sie belästigt hatten. Bevor … Keleigh aufgetaucht war. Sie musste unmittelbar vor der Tat noch gerade so entkommen sein. Ein mulmiges Gefühl füllte ihren Magen. Diese zerrissenen Menschen … sie könnte nun eine von ihnen sein. Wenn Keleigh nicht gekommen wäre und sie gerettet hätte.

Ihr wurde schwindelig und Clair musste sich setzen. Sie war nur ganz knapp dem Tod entronnen! Zwar hatten diese Kerle ihr alles genommen, was sie noch besaß, doch so ein Ende hatten selbst sie nicht verdient.

Es war schrecklich.

„Clair!"

Wie konnte man nur so etwas tun?

„Clair!!"

Verwirrt hob Clair den Kopf. Eine besorgt dreinblickende Chandrina stand vor ihr. Sie blinzelte verdutzt. Wie lange stand sie denn schon dort?

„Was ist denn mit dir? Alles in Ordnung?"

„J-ja. Ja klar. Mir geht es gut, ich war nur in Gedanken. Was ist denn?"

Chandrina brauchte von ihrer Entdeckung nichts zu wissen. Sie würde sie nur unnötig aufregen.

„Ich wollte mit dir shoppen gehen, da du nun hier bleibst. Ich dachte, wir könnten dein Zimmer etwas persönlicher gestalten", fing die junge Frau an und die Begeisterung, mit der sie ohne Zweifel auf der Suche nach Clair gewesen war, trat in ihre Augen zurück.

„Aber wenn du keine Lust hast …", ruderte sie zurück.

Schnell sprang Clair auf.

„Nein! Das ist eine klasse Idee", versicherte sie sofort und das Gesicht der jungen Frau hellte sich wieder auf.

„Aber ich habe gar kein Geld. Und Möbel sind teuer."

Lachend winkte Chandrina ab und ergriff ihren Arm.

„Papperlapapp. Bald wirst du mehr als genug Geld haben. Dann kannst du immer noch alles zurückzahlen, wenn du unbedingt willst", wischte Chandrina ihre Zweifel einfach zur Seite.

Zu Clairs großer Überraschung gingen sie dann jedoch nicht wie ganz normale Leute in ein Möbelgeschäft, sondern gaben die Maße des Raums einfach in eine Website ein. In diesem digitalen Raum konnten sie jetzt Möbel hinzufügen oder wieder herausnehmen. Es war wie früher, als sie noch mit einem Puppenhaus gespielt hatte. Es machte unglaublichen Spaß.

Tatsächlich vergaß Clair darüber den Zeitungsartikel, der ihr am Morgen noch solche Bauchschmerzen bereitet hatte.

„So ist es perfekt!", rief Chandrina nach fast zwei Stunden zufrieden aus und lehnte sich in ihrem Stuhl zurück. Clair tat mittlerweile alles weh vom langen Sitzen, doch auch sie war mit dem Endprodukt mehr als zufrieden.

Der Raum auf dem Bildschirm war in einem dunklen Weinrot gestrichen. Die langen, dicken Vorhänge vor der Fensterfront und dem Erker waren samtig schwarz. Genauso wie die Kissen auf den antik aussehenden Sofas. Hohe Kerzenleuchter standen in den Ecken und brachten etwas Altes, Verzaubertes in den Raum. Insgesamt wirkte dieses Zimmer recht dunkel, doch überraschender Weise gefiel Clair genau das.

Und dann das Bett erst!

Wenn Clair nur daran dachte, wurde ihr schon schwindelig. Sie hatten doch tatsächlich ein antik wirkendes Himmelbett mit eisernen Pfosten im Stil der Kerzenhalter gefunden. Dunkler Samt ergoss sich meterweise über die dicke Matratze. Dutzende Kissen türmten sich am Kopfende.

Und die Vorhänge, die aus dem gleichen dicken Stoff waren, wie die an den Fenstern, gaben dem Bett etwas derart Dunkles und Verruchtes, dass es schon fast unanständig war.

„Wie in einem Traum", seufzte Chandrina und klickte weiter, um die Bestellung abzuschicken. Da erwachte Clair aus ihrer Trance.

„Warte! Das ist doch viel zu teuer!", versuchte sie Chandrina aufzuhalten, doch die junge Frau war schneller.

Zufrieden grinsend druckte diese gerade die Bestellung aus.

„Und wenn schon. Das Zimmer ist ein Traum!"

Damit hatte sie wohl recht, aber Clair bekam trotzdem ein schlechtes Gewissen. Zwar hatte sie nicht mehr alle Preise im Kopf, doch sie wusste genau, dass das Bett mindestens ein fünfstelliger Preis gewesen war. Das war einfach zu viel!

„Geht das irgendwie wieder rückgängig machen?", wollte sie wissen, nahm nun selbst die Maus zur Hand und klickte wild herum.

Chandrina neben ihr lachte und nahm ihr die Maus aus der Hand.

„Das wird nichts, Süße. Dein Zimmer ist bestellt und wird in zwei Wochen geliefert. Da gibt es kein zurück mehr."

Clair seufzte geschlagen und verzweifelt auf.

„Keleigh wird mich lynchen!"

Da lachte Chandrina nur noch lauter.

„Er wird damit kein Problem haben, vertrau mir", zwinkerte sie ihr zu.

Dennoch gestand Clair ihren Kaufrausch gleich beim Mittagessen. Chandrina hatte sich, wie fast an jedem Tag den Clair nun schon hier war, zu einem Mittagsschläfchen in ihr Zimmer zurückgezogen. Also saß Clair allein mit Keleigh an der großen Tafel im Erdgeschoss.

Er drehte sein Weinglas zwischen den Fingern und sah ihr wie immer beim Essen zu. Er hatte eine bestimmte Unverträglichkeit und konnte nur bestimmte Sachen essen. Deshalb aß er immer schon vor ihr.

Das Essen war köstlich, doch Clair bekam fast keinen Bissen hinab. Das schien auch Keleigh aufzufallen.

„Schmeckt es dir nicht? Soll ich etwas anderes kommen lassen?", fragte er nach. Verlegen legte Clair ihr Besteck zur Seite und hielt sich an ihrer Serviette fest.

„Nein, das Essen ist köstlich! Es ist nur ..."

Geduldig wartete er.

„Ich muss dir was gestehen."

Deutlich überrascht zog er eine Augenbraue in die Höhe und stellte sein Weinglas vor sich auf den Tisch. Seine ganze Aufmerksamkeit war nun ihr gewidmet.

Clair merkte, wie sie fast sofort rot wurde und starrte auf ihren Teller. Mit gesenktem Kopf gestand sie ihm ihren Kaufrausch.

„Chandrina und ich wollten ein paar Möbel für mein Zimmer bestellen, damit es etwas persönlicher wird ... Irgendwie ist die ganze Sache dabei aus dem Ruder gelaufen und ... es ist verdammt teuer geworden ... es tut mir leid", stammelte sie leise und wurde noch röter. So unangenehm war ihr die ganze Situation.

Keleigh schwieg.

Verunsichert hob Clair den Blick und stutzte.

Er grinste.

Warum bei allen Göttern grinste er denn jetzt?!

„Und deswegen machst du dir solche Sorgen, dass du dein Essen von einer Seite zur anderen schiebst?", fragte er belustigt nach.

Mit glühendem Kopf nickte sie und starrte wieder auf ihren Teller.

„Nur weil du denkst, ich könnte ... was? Wütend werden? Dich aus meinem Haus jagen?"

Verlegen biss sie sich auf die Lippe.

Da lachte er laut auf.

„Clair, Clair, Clair, wie unschuldig du doch noch bist", schmunzelte er, wurde dann aber wieder ernst.

„Ich habe nichts dagegen, wenn du dir etwas kaufen willst. Ganz im Gegenteil. Ich bin nicht der Typ … Mensch, der auf seinem Geld hockt, wie der Hahn auf dem Misthaufen", versicherte er ihr.

„Außerdem sagtest du, dass Chandrina dabei war. Da wundert es mich eher, dass ihr nicht noch mehr Geld ausgegeben habt. Die Rechnung liegt schon auf meinem Schreibtisch, musst du wissen."

Erschrocken schoss ihr Blick zu ihm.

„Und du bist nicht … sauer?", fragte sie zögernd nach.

„Ganz gewiss nicht. Im Gegenteil. Ich freue mich, dass du dich heimisch zu fühlen beginnst", lächelte er und Wärme lag in seiner Stimme.

Was für ein zartes Wesen seine kleine Pianistin doch war. Machte sie sich solche Sorgen, er könnte ihr grollen. Wenigstens hatte sie nun begonnen sich ihr Essen schmecken zu lassen.

Schon am vorigen Tag hatte er gesehen, wie zart ihr Wesen trotz ihres Feuers war.

Bitterlich geweint hatte sie.

Er hatte es bis in sein Arbeitszimmer gehört. Welch ein Glück, dass Chandrina bei ihr gewesen war. Er hätte nicht gewusst, was zu tun gewesen wäre.

Oder was er getan hätte, wenn Lazerus sie vor ihm gefunden hätte. Dieser war nämlich schon seit ihrem allerersten Spiel hinter ihr her.

Damals hatte Keleigh seine Begeisterung nicht verstanden. Doch ihm war von Anfang an klar gewesen, dass

Lazerus diese geheimnisvolle Pianistin nur wollte, weil sie besonders war.

Seit jeher war Lazerus auf der Jagd nach Besonderheiten, Unikaten und Raritäten. Seien es nun Gegenstände oder Menschen.

Dieser Mann hätte seine kleine Clair innerhalb von Stunden an die Spitze gebracht. Doch zu welchem Preis?

Zerstört hätte er sie, ausgequetscht wie eine Zitrone und auf den Stapel seiner „Schätze" geworfen, sobald er das Interesse verlor. Er hätte sie gebrochen und liegen lassen.

Kalte Wut stieg in Keleigh auf. Lazerus hätte nie ihr sonniges Gemüt zum Vorschein kommen lassen, hätte niemals ihre freundliche Natur und ihren Charme entdeckt. Bei ihm wäre sie niemals lachend auf dem Bett herumgesprungen wie ein Kind. Dieses Bild verdrängte die Wut, die in ihm aufstieg und Gelassenheit überspülte seinen Geist.

Es war anders gekommen und seine kleine Pianistin war nun in Sicherheit.

Da öffneten sich die Türen zum Esszimmer. Ein riesiger Strauß Rosen in leuchtendem korallenrot erschien. Ein eisiger Schauer durchlief Keleigh und er erstarrte.

Erst nach einigen Schritten erkannte man Chandrina hinter dem gigantischen Bouquet.

„Die hat gerade jemand für dich abgegeben", reichte sie Clair die Rosen.

Die Armlehne seines Stuhls knarrte bedenklich unter seinem Griff. Keleigh konnte sich nur eine Person denken, die dermaßen anmaßend war.

„Wirklich? Für mich?", fragte seine kleine Pianistin und eine steile Falte bildete sich zwischen seinen Brauen, als er ihre Begeisterung sah.

„Für die junge Dame mit den Wunderhänden, hieß es", zitierte Chandrina und überreichte ihr die Rosen.

Ein Stück Armlehne sprang krachend ab, doch keine der beiden Frauen bemerkte es auch nur.

„Von wem die wohl sind?", überlegte Clair laut und öffnete die kleine Karte, die zwischen die zarten Blüten gesteckt worden war. Ihre Reaktion war blankes Entsetzen.

Sofort war sein Schützling bei Clair und nahm ihr die Karte aus den steifen Fingern.

„Dieser Bastard!", fluchte Chandrina lautstark und warf die Karte auf den Tisch. Dabei landete sie so, dass auch Keleigh die kurze Notiz lesen konnte.

„Hiermit bitte ich Sie, mein flegelhaftes Verhalten zu entschuldigen und hoffe auf ein baldiges Wiedersehen, mi princesa. L."

Erneut entflammte seine Wut, wurde jedoch schnell von Clairs Stimme abgelenkt.

„Der hat wirklich Nerven", meinte sie, konnte dabei aber den Blick nicht von den Rosen abwenden.

„Eigentlich sollte ich sie wegwerfen", meinte sie wehmütig.

„Verbrennen und in alle Himmelsrichtungen verstreuen", bestätigte Chandrina grimmig.

„Aber mir hat noch niemand jemals Rosen geschickt und dann auch noch so viele", seufzte seine kleine Pianistin. Ihre Worte trafen ihn wie ein Dolchstoß. Natürlich. Woher hätte sie auch Blumen bekommen sollen? Und nun war ausgerechnet Lazerus der erste Mann, der ihr so förmlich die Aufwartung machte. Es war selbstverständlich, dass sie sich geschmeichelt fühlte und die Rosen behalten wollte. Zorn loderte in ihm und ein leises Zischen entschlüpfte seinen Lippen.

„Ich kann ja auch einfach so tun, als hätte ich die Karte nicht gesehen oder nur die verbrennen und verstreuen", überlegte Clair.

„Sie sind schon ziemlich außergewöhnlich", stimmte da auch Chandrina widerstrebend zu. Also war die stumme Entscheidung gefallen, den Strauß zu behalten.

Keleigh verspürte das starke Verlangen, den Strauß zu packen und ihn im Feuer verbrennen zu sehen. Statt seiner Wut freien Lauf zu lassen, beherrschte er sich.

„Korallenrote Rosen sind extrem selten", lenkte er die Aufmerksamkeit der beiden Frauen auf sich und verbarg die Genugtuung, die ihm die Reaktion seiner kleinen Pianistin bei seinen nächsten Worten bereitete.

„Sie stehen für pures Begehren und erotische Lust."

Clair ließ fast die Rosen fallen.

„WAS?!"

X

Sie hätte wissen müssen, dass die Rosen von *ihm* waren.
Wer sonst wusste schon, wo sie zu finden war? Clairs
Blick hing an den leuchtenden Blüten, die nun in einer
kunstvollen Vase auf ihrem Schreibtisch standen.
Sie hatte es einfach nicht über sich gebracht, diese
Schönheit wegzuwerfen.
Trotz der Bedeutung.
Und der Worte auf der Karte erst! Baldiges Wiedersehen!
Sie wollte ihn im ganzen Leben nie wieder vors Gesicht
bekommen!
Mi princesa. Das bedeutete doch „meine Prinzessin".
Der Kerl hatte vielleicht Nerven!
Erst bezeichnete er sie als Hure und dann erhob er sie zur
Prinzessin!
Seufzend sank Clair auf ihr Bett. Was sollte sie denn jetzt
machen? Die Karte sagte deutlich, dass er sie wiederse-
hen wollte und würde. Nur bei dem Gedanken lief es ihr
kalt den Rücken hinunter.
Um sich abzulenken, beschloss Clair sich genauer in ihrem zu Hause umzusehen. Das Haus war viel größer, als
sie gedacht hatte.
Zimmer um Zimmer bestaunte sie und ein Ende war nicht
in Sicht. Jeder Raum war modern und geschmackvoll
eingerichtet und doch wirkte er auf eine angenehme Art
und Weise alt. Dabei fand sie sogar den ein oder anderen
Fernseher.
Kurz überlegte sie, sich einfach auf eine Couch zu
schmeißen und ganz schnöde fernzusehen. Dann erin-

nerte sie sich jedoch an die Werbung, die ständig eingeblendet wurde und verwarf den Gedanken.

Zudem war das Auskundschaften des Hauses viel aufre-
gender. Immer wieder überraschte sie die gewagte Kombination von sehr alten mit hoch modernen Möbeln und
deren perfekte Harmonie.

Wer wohl die Wohnungseinrichtung ausgesucht hatte?
Keleigh oder Chandrina? Vielleicht beide. Keleigh kam ihr
auch wie der Typ Mann vor, der durchaus etwas von
Stimmigkeit verstand.

Allein wie er sich kleidete. Er trug zwar teure Marken-
klamotten und Uhren. Diese kombinierte er jedoch so
geschickt, dass er kaum aus der Masse hervortrat.

Wären da nicht diese Augen gewesen. Clair hatte sie nun
in den knappen Tagen in allen Gefühlslagen gesehen.
Immerzu war sein Blick neutral, distanziert und sogar
etwas kühl. Doch die goldenen Punkte darin verrieten
ihn.

Wenn er belustigt war, blinkten sie keck. War er wütend,
so glitzerten sie wie Feuer.

Seine Augen waren hinter der kalten Neutralität so aus-
drucksstark. Wieso also verbarg er seine Gefühle derart?
Dies machte ihn zwar auf eine gewisse Art mysteriös und
geheimnisvoll, da man nie wusste, woran man bei ihm
war ... aber es machte ihn auch einsam. Selbst Chandrina,
seiner eigenen Ziehtochter gegenüber, verbarg er seine
Gefühle.

Nachdenklich öffnete Clair die nächste Tür. Sie war im
ersten Stock angekommen und blickte in eben diese ein-
samen, dunklen Augen.

Überrascht blieb sie stehen, den Türknauf noch in der
Hand. Auch Keleigh, der an seinem Schreibtisch saß, sei-

nen silbernen Füllfederhalter in der Hand, sah sie überrascht an. Offenbar war sie in seinem Arbeitszimmer
gelandet.

Ohne zu klopfen.

Sofort fingen ihre Wangen verlegen an zu prickeln.

„Es tut mir leid, ich hab mich nur ein bisschen umgese-
hen. Hätte ich gewusst, dass du hier bist, hätte ich geklopft", entschuldigte sie sich sofort pflichtbewusst.

Seine Antwort war ein freundliches Lächeln und er legte
seinen Stift zur Seite, widmete ihr all seine Aufmerksamkeit.

„Hast du denn etwas Interessantes gefunden?", erkundigte er sich ganz entspannt, als hätte sie ihn nicht gerade bei der Arbeit gestört.

„Na ja. Du hast mehr Schlafzimmer in deinem Haus, als
ich je gesehen habe", lächelte sie und schloss die Tür.

Auch er lächelte und wies auf den Stuhl vor seinem
Schreibtisch. Clair setzte sich.

„Da hast du wohl recht. Chandrina beschwert sich regel-
mäßig darüber und verlangt, wenigstens die Zimmer im
Erdgeschoss in einen Pool zu verwandeln."

Gar keine schlechte Idee.

„Mit Sauna und Whirlpool", fügte Clair hinzu und er lachte auf.

„So in etwa. Wie ich sehe, habt ihr die gleichen Vorstel-
lungen, wie man die Zimmer sinnvoller als jetzt verwen-
den könnte."

„Ja, einige", grinste Clair.

Kurz herrschte Stille zwischen ihnen.

„Störe ich dich gerade bei etwas? Wenn du willst, kann
ich auch wieder gehen …", wollte sie schon aufstehen, als

ihr Blick zu den vielen Dokumenten auf seinem Schreibtisch schweifte.

„Nein, nein, bleib ruhig sitzen", hielt er sie zurück.

„Ich arbeite nur gerade an der Presseerklärung und an einer Option, deinen ersten Auftritt zu planen", erklärte er ihr.

„Wirklich?", lehnte Clair sich interessiert vor. Sie hatte sich auch schon Gedanken gemacht, wie sie das hinbekommen sollten, ohne dass die Presse Wind davon bekam.

„Ich habe mir gedacht, beide Ereignisse auf einen Tag zu legen", erklärte Keleigh ihr seine Idee und Clair hörte gespannt zu.

„Wenn wir morgens der Presse das Schreiben über deine Vertragsunterzeichnung zukommen lassen und du noch am selben Abend deinen ersten Auftritt hast, wird niemand mit zwei so schnell aufeinander folgenden Reaktionen deinerseits rechnen. Immerhin hast du dich bisher sehr bedeckt gehalten."

Damit hatte er nicht mal Unrecht.

„Aber wir müssten einen Ort finden, an dem ich spielen kann, ohne dass man Karten verkaufen muss oder so", gab Clair zu bedenken.

„Genau. Ich dachte gleich, nachdem die Presse, wohl gegen Mittag, einen Sonderartikel über dich herausgebracht hat, rufe ich ein Lokal deiner Wahl als dein Manager an und bitte um die kurzfristige Möglichkeit, dich dort noch am selben Abend spielen zu lassen. Natürlich ohne, dass das Lokal dafür Werbung macht."

„Sie würden die ersten sein, die mich offiziell gebucht hätten und alle würden ihnen danach die Bude einrennen."

Keleigh nickte zustimmend und schien sehr zufrieden zu sein, dass sie mitdachte.

„Genau. Der Grund, dass du nur ohne vorherige Werbung bereit bist zu spielen, wird sie dazu bringen, zuzustimmen."

Ja, man würde sich um sie schlagen, wie die Süchtigen um das letzte Tütchen weißen Glücks, wie Keleigh es so schön umschrieben hatte.

„Und danach? Es wird bestimmt nur einmal klappen", gab Clair zu bedenken.

„Darüber zerbreche ich mir schon die ganze Zeit den Kopf. Selbst wenn wir gar keine Werbung schalten, werden die Reporter vor sämtlichen öffentlichen Orten mit einem Flügel stehen und warten."

„Es wird eine Hetzjagd geben."

Keleigh nickte betrübt.

„Man müsste sie ablenken, sie alle an einen anderen Ort locken", überlegte Clair.

„Einen Insidertipp geben?", fragte Keleigh interessiert nach. Clair nickte langsam.

„Selbst das würde spätestens nach dem ersten Mal herauskommen ... doch dann kann man es umdrehen", dachte Clair laut.

„Und selbst wenn dort Reporter wären, könnte man die paar mit Leichtigkeit in Schach halten", folgte er ihren Überlegungen.

„Genau. Wie ein Versteckspiel."

„Ein sehr gewagtes Versteckspiel", gab Keleigh zu bedenken.

„Wo wäre denn sonst der Spaß an der ganzen Sache?"

Da lachte er leise.

„Du überraschst mich immer wieder von neuem, Clair Evans", sagte er leise und seine Augen sprühten Funken.

„Lazerus dreht vor Eifersucht bestimmt gerade durch", freute sich Chandrina. Sie hatten ihren Plan tatsächlich wie besprochen umgesetzt. Das ausgewählte Lokal hatte nach der Presseerklärung sofort zugestimmt und jede kleine Bedingung widerstandslos geschluckt.
Jetzt saßen sie im Restaurant und warteten auf das vereinbarte Zeichen.
Clair bebte vor Aufregung. Noch nie hatte sie geplant vor Publikum gespielt. Sie hatte nicht viel Ahnung von Wirtschaft oder gar Politik, doch sie glaubte einige wichtige Personen wiederzuerkennen.
Nervös knetete sie ihre Hände. Da legte sich eine kühle, schlanke Hand auf die ihre und drückte sie beruhigend.
Clair sah auf und blickte direkt in Keleighs dunkle Augen.
„Du schaffst das schon, vertrau auf dich", schienen diese zu sagen.
Tief atmete sie durch und schenkte ihm einen dankbaren Blick, den er mit einem Nicken annahm.
„Tatsächlich plagt mich der Neid, liebe Chandrina, aber ich kann dir versichern, dass ich mit Nichten ‚durchdrehe', wie du der Annahme bist", erklang eine ihr nur allzu bekannte Stimme.
Sofort versteifte Clair sich und auch Keleigh straffte sich.
„*Lazerus*", zischte Chandrina seinen Namen. Bei ihr klang dieser Name wie ein Schimpfwort.
„Die Freude ist ganz auf meiner Seite", verneigte sich der engelhafte Mann.
Entsetzt blickte Clair zu Keleigh. Dieser war die Ruhe selbst. Nervös zuckte ihr Blick zum Flügel.

Wie hatte er wissen können, dass sie hier waren? Ausgerechnet heute, ausgerechnet jetzt?!

„Welch überraschende Widrigkeit", fauchte Chandrina und war nahe dran aufzuspringen. Keleigh warf ihr einen warnenden Blick aus den Augenwinkeln zu. Es kostete die junge Frau sichtlich Mühe, sich zu beherrschen. Doch sie beschränkte sich auf giftige Blicke, die sie Lazerus zuwarf.

„Keleigh", nickte Lazerus gerade ihm zu und ignorierte Chandrina damit vollkommen.

„Miss Evans", neigte er auch den Kopf vor ihr. Clair sah ihn ebenso böse an, wie es Chandrina tat. Vielleicht mit etwas weniger Mordlust, aber nicht minder hart.

„Meine Überraschung war in der Tat groß, als ich von ihrer Vertragsunterzeichnung erfuhr", lächelte Lazerus galant. Hatte Clair eben noch das kurz bevorstehende Signal gefürchtet, so sehnte sie es nun sehnlichst herbei.

„Haben sie meine kleine Aufmerksamkeit erhalten?", erkundigte Lazerus sich weiter und ignorierte die Tatsache, dass sich bisher jeder von ihnen geweigert hatte, ein Gespräch mit ihm zu führen.

„Klein kann man das wohl nicht nennen", murmelte Clair, bevor sie sich zurückhalten konnte.

Lazerus Lächeln vertiefte sich noch und er sah noch mehr aus wie ein Engel.

„Ich hoffe, die Blumen haben ihnen gefallen?"

Innerlich wand sich Clair, sagte dann aber doch die Wahrheit.

„Sie sind wunderschön", gestand sie leise und er lachte sein Engelslachen.

„Dennoch habe ich mich nicht sehr gefreut, als ich sah, von wem der Strauß kam", versetzte sie ihm einen Hieb.

Sein Lachen erstarb sofort und Chandrina grinste hämisch. Sogar Keleigh lächelte kaum merklich. Die blauen, strahlenden Augen waren nun direkt auf sie gerichtet. Kurz flackerte Wut darin auf, sodass Clair schon Angst hatte, diese Begegnung würde genauso enden, wie die erste.

Da verschwand die Wut genauso schnell, wie sie gekommen war und purer Charme sprühte aus jeder seiner Poren.

„Sie zürnen mir noch immer? Miss Evans, sie brechen mir das Herz", sagte Lazerus genauso dramatisch, wie er sich an die Brust fasste.

„Ich bin mir sicher, da gibt es nicht viel zu brechen", murmelte Clair sehr leise.

Offenbar hatte Lazerus sie dennoch gehört, denn sein Mund öffnete sich. Kein Zweifel, um ihr zu widersprechen. Da erklang ihr Signal.

Es war weniger ein Ton, als vielmehr die Tatsache, dass fast alle Lichter ausgingen.

Den verwundert dreinblickenden Lazerus vollkommen ignorierend, zog Clair sich schnell ihre dünne Kapuze über den Kopf, strich die Haare nach vorne und bedeckte ihre Nase und Mund mit einem ebenfalls hauchdünnen Schal.

Dann stand sie auf und machte sich auf den Weg.

Sie war bereit.

Kaum, dass Clair sich auf den Weg zum Flügel gemacht hatte, fing sein Schützling auch schon an und ging auf Lazerus los. Keleigh seufzte.

„Warum kriechst du nicht in das Loch zurück, aus dem du gekommen bist?!", zischte Chandrina angewidert.

Lazerus grinste nur und setzte sich auf den Stuhl, der nun frei geworden war.

„Aber warum denn? Gott sei gedankt, sind nicht alle Frauen in der heutigen Zeit so zickig wie du, meine Liebe."

„Oh!", spie sie ihm entgegen und war offensichtlich sprachlos über seinen derartigen Mangel an Taktgefühl.

„Welche Frau könnte schon solch ein Schwein wie dich begehren?!"

Chandrinas Stimme wurde immer lauter. Unmissverständlich legte Keleigh ihr eine Hand auf den Arm.

„Ruhig, mein Kind."

Lazerus lachte auf.

„Du würdest dich wundern, kleine Chandrina", lachte er dann. Lazerus genoss das Spiel, dass er seit Jahrzehnten mit Keleighs Schützling spielte sichtlich.

Doch anstatt vor Wut zu explodieren, wurde Chandrina ganz ruhig und lächelte süß.

„Clair mag dich jedenfalls nicht", sagte sie in zuckersüßem Ton. Belustigt sah Keleigh Lazerus Grinsen schwinden und lehnte sich in seinem Stuhl zurück.

„Das wird sie noch, das verspreche ich dir", zischte Lazerus nun nicht mehr belustigt.

Bevor sein Schützling darauf hätte eingehen können, erklang der erste Ton und beide schwiegen, drehten sich um und sahen zu Clair.

Diese wurde nun immer deutlicher, mit jedem folgenden Ton stärker, von einem Scheinwerfer direkt von oben angestrahlt, sodass nur noch ihre Gestalt als dunkler Schemen zu sehen war. Dies war die Idee des Lokalbesitzers gewesen. Er hatte sich als sehr zuvorkommend und hilfsbereit erwiesen.

Tatsächlich war es ein leichtes gewesen, ihn dazu zu bringen genau das zu tun, was Keleigh wollte. Im Ganzen war ihr Plan zur Perfektion aufgegangen. Alle Reporter versammelten sich seit der Presseerklärung vor seinem Haus. Bis sie dieses Lokal erreicht hätten, selbst wenn sie sofort informiert würden, wären sie schon lange verschwunden.

Es war wie im Bilderbuch.

Nur mit Lazerus hatte niemand gerechnet. Gerade ihn hatten sie in ihren Planungen vergessen. Ein fataler Fehler, der jedoch gewiss nicht erneut vorkommen würde.

Clair hatte ihm unmissverständlich zu verstehen gegeben, dass sie nichts mit ihm zu tun haben wollte. Dies war einerseits gut, andererseits schlecht.

Lazerus hatte vorhin nicht übertrieben, als er von seiner Beliebtheit beim weiblichen Geschlecht sprach. Bisher war noch jede seinem Charme verfallen.

Clair war somit eine Ausnahme und machte sie in Lazerus Augen zu einem noch größeren Schatz.

Keleigh hatte das Glühen in seinen Augen gesehen.

Er würde es als persönliches Ziel betrachten, sie für sich zu gewinnen.

Sie mussten nun extrem vorsichtig sein. Zwar hatte Keleigh die unmittelbare Gefahr abgewendet, indem er sie unter Vertrag genommen und es öffentlich gemacht hatte. Doch Lazerus stellte noch immer eine Bedrohung für sie da. Besonders, da er selbst seit Jahren in der Musikbranche tätig war. Keleigh selbst hatte sich erst im letzten Herbst dafür zu interessieren begonnen.

Doch sie würden es schaffen.

Das wusste er genau. Keleighs Blick glitt zu seiner kleinen Pianistin und Wärme erfüllte sein Herz.

Clair war mutig und schlau. Er selbst war alt und weise. Zusammen würden sie es schaffen, dass sie frei sein konnte.

Die letzte Tonfolge erfüllte den Saal, der in Grabesstille versunken war, bevor der tosende Applaus losbrach.

Sie mussten es einfach schaffen.

XI

Besorgt blickte Clair auf die Menschenmenge, die sich vor Keleighs Tor angesammelt hatte. Es waren nicht nur Reporter, sondern auch viele Fernsehsender und Gaffer mit dabei.

„Die rätselhafte Pianistin wurde gefunden"

„Sie ist wieder da!"

„Aus den Schatten aufgetaucht und unter Vertrag genommen"

„Pianistin der Herzen kehrt zurück"

Dies waren nur einige der Zeitungsartikel, die im Laufe der Woche erschienen waren. Jede Zeitung berichtete über sie. Jeden Tag war sie auf der Titelseite.

„Der ganze Trubel wird sich bald legen, du wirst sehen", versuchte Chandrina sie zu beruhigen.

„Bald schon werden sie sich eine neue Beute gesucht haben, an die sie sich heften können", meinte Keleigh und wirkte vollkommen entspannt.

Clair wusste nicht, was sie davon halten sollte, dass er sie als Beute bezeichnete.

„Wenn du noch ein paar Mal in der Öffentlichkeit auftrittst, werden sie sich daran gewöhnen und wenigstens ein wenig Ruhe geben."

Tatsächlich waren noch am Abend dutzende Angebote bei Keleigh eingegangen. Es war sogar soweit gekommen, dass er den Stecker des Telefons gezogen hatte. Genau das, was sie immer befürchtet hatte, war eingetreten. Sie war in den Fokus der allgemeinen Aufmerksamkeit geraten. Zwar kannte niemand ihren Namen und schon gar nicht ihr Gesicht. Doch ein falsches Foto genügte und alles wäre aus. Ein paar Recherchen und sie hätten ihr ganzes Leben vor sich.

Wie Lazerus es getan hatte.

Genau dies hieß es nun zu verhindern. Besonders, da sie ihren Künstlernamen mit Clair bekannt gegeben hatten. Sie selbst hatte gezweifelt, doch Keleigh hatte ihr versichert, dass niemand darauf kommen würde, so geheimnisvoll sie sich doch immer gab.

Damit hatte er wohl recht … dennoch. Es gab immer einen, der schlauer war, als die anderen und sie wollte nicht den Tag erleben, an dem es soweit war.

„Komm, wir gehen uns einen Film ansehen", schob Chandrina sie da aus dem Raum und riss sie aus ihren Gedanken.

„Welchen denn?", wollte Clair wenig begeistert wissen.

„Wie wäre es mit dem, der neu herausgekommen ist?", fragte Chandrina. Als wüsste Clair, welcher Film neu war!

„Irgendetwas mit Chroniken, es ist eine Buchverfilmung. Ich habe ihn schon mindestens fünfmal gesehen, so neu ist er also nicht mehr. Doch er ist echt klasse. Clary, die Hauptfigur, wird dir gefallen", versprach die junge Frau und legte da auch schon den Film ein.

Tatsächlich war der Film richtig gut. Besonders das Ende fand sie klasse, auch wenn ihr dieser Valentin etwas suspekt war.

„Gibt es noch einen Teil?", erkundigte sich Clair deswegen.

„Ich hoffe mal! Auf jeden Fall gibt es sechs Teile in der Buchreihe, soweit ich weiß."

Dann bestand ja noch Hoffnung.

Gerade wollte sich Clair auf in ihr Zimmer machen, da ergriff die junge Frau erneut ihre Hand.

„Wo willst du denn hin?", fragte diese etwas zu schnell.

„In mein Zimmer", antwortete Clair zögernd. Was war denn jetzt los?

„Aber du kannst ... lass uns doch ein bisschen Tischkicker spielen!", unterbrach Chandrina sich selbst und zog sie mit sich.

„Warum denn?", wollte Clair wissen. Irgendetwas heckte sie doch wieder aus!

„Wir haben noch nie zusammen gespielt! Das wird lustig!"

Zweifelnd blickte Clair von dem Gerät zu ihr.

„Jetzt komm schon oder hast du etwa Angst zu verlieren?", stichelte Chandrina.

„Von wegen!"

Also fingen sie an, zu spielen. Chandrina war überraschend gut und versenkte die Kugel, kaum dass ihre Spieler den Ball berührten.

„Das ist nicht fair! Ich habe das noch nie gespielt!", beschwerte sich Clair, nachdem sie nun schon zum dritten Mal in Folge verloren hatte.

„Dann zeigen wir ihr mal, wie es richtig geht", erklang da Keleighs Stimme neben ihr und er stellte sich in Position.

„*Das* ist jetzt unfair!", beschwerte sich Chandrina.

„Mit mir spielst du nie!"

Überrascht blickte Clair zu ihm. Na ja, er sah, um ehrlich zu sein auch nicht wirklich nach dem Typ aus, der Tischkicker spielte.

„Es gibt für alles ein erstes Mal", lachte Keleigh und warf den Ball ein, womit er jedes Gespräch zum Erliegen brachte.

Clair glaubte ihm nicht ein Stück, dass er noch nie gespielt hatte, dafür war er zu gut. Zwar nicht so gut wie

Chandrina, aber trotzdem gut. Und viel besser als Clair. Obwohl sie Fortschritte machte.

Irgendwann klinkte sie sich dennoch aus und sah ihnen nur zu. Es war schön die beiden lachen zu sehen. Dies war das erste Mal, dass Clair Keleigh vollkommen gelöst erlebte. Es war wunderschön.

Die Freude in seinen Augen und sein spitzbübisches Grinsen ließen ihn jünger aussehen ... attraktiver.

Kaum war der Gedanke gedacht, lief sie auch schon rot an und sah zu Boden. Wie kam sie denn darauf?

Keleigh war gutaussehend, daran gab es keinen Zweifel. Doch er war eben nur ... Keleigh. Er war ebenso ihr Retter, wie er ihr Manager war. Wieso also ... dachte sie nur so etwas? So plötzlich? Es ergab keinen Sinn.

„Komm Clair, du bist dran", sprang da Chandrina freudig auf sie zu und zog sie auch schon vom Sofa auf die Füße. Die junge Frau strahlte über das ganze Gesicht. Ihre Lippen formten lautlos ein Wort: „Danke."

Also hatte Keleigh tatsächlich noch nie mit ihr gespielt. Clair war froh, dass sie ihr so eine Freude hatte machen können. Es war das Mindeste, was sie als Gegenleistung tun konnte.

„Jetzt zeig ihm, was in dir steckt", lachte die junge Frau und ihre hellen Augen strahlten. Zögernd nahm Clair die Griffe in die Hand. Verunsichert flog ihr Blick zu Keleighs Augen.

Wann war es geschehen, das sie anders von ihm dachte?

Keleigh sah noch immer einen Hauch rosa auf ihren Wangen schimmern. Seiner kleinen Pianistin war irgendetwas extrem peinlich. Nur wusste Keleigh nicht, was es war. Jedoch erahnte er es, als er ihren scheuen Blick bemerkte.

Neutral lächelte er ihr zu und das Spiel begann.

Konzentrieren konnte er sich jedoch nicht, da seine Gedanken nur ihr galten.

Die Presse würde sie in der Luft zerreißen. Der erste Auftritt war wie geplant über die Bühne gegangen. Doch der nächste würde kompliziert werden. Dutzende Angebote waren eingegangen. Talkshows und Fernsehsender telefonierten die Leitungen heiß.

Und Clair fühlte sich immer mehr bedrängt. Das sah er ihr an der kleinen Stupsnase an. Sie bereute es vielleicht noch nicht, sich der Öffentlichkeit gestellt zu haben, aber sie machte sich Gedanken.

Deswegen war es so wichtig, dass sie sie ablenkten.

Chandrina hatte ihren Teil perfekt erfüllt. Fast vier Stunden hatte sie Clair abgelenkt und es ging dem Abend entgegen. Doch seine kleine Clair hatte den Braten gerochen.

Da war er eingeschritten.

Ohne Zweifel hatte sie die Hinhaltetaktik durchschaut. Aber sie hatte sich nichts dabei gedacht, keinen Verdacht geschöpft.

Keleigh begegnete Chandrinas fragendem Blick und gab ihr mit den Händen zu verstehen, dass sie Clair nur noch fünf Minuten ablenken mussten. Deren Blick war nun skeptisch. Sie hatte sein Zeichen wohl gesehen. Doch erneut ließ sie sich ablenken. Eine Bemerkung Chandrinas und sie lachte auf, vergaß ihr Misstrauen.

Seine kleine Pianistin war zu gutgläubig, zu naiv.

Jede schöne Blume hatte Dornen, die sie vor einem Räuber schützten. Je schöner, desto mehr Dornen. Aber seine kleine Blume hatte keinerlei Dornen. Sie war schön und sanft, eine Naturgewalt in ihrem Spiel und doch so verwundbar, so ungeschützt. Er machte sich Sorgen.

Was sollte werden, wenn er nicht mehr bei ihr war? Seine Zeit mit ihr war nur begrenzt. Bald, schon in einigen Jahren, würden ihr die Besonderheiten auffallen und er würde gehen müssen. Wut und Bitterkeit stiegen in ihm auf und sein Kiefer kribbelte gefährlich, seine Augen verengten sich.

Er könnte sie nur noch von der Ferne beobachten und beschützen. Er wäre nur noch ein Schatten in ihrem Leben.

„Ich habe gewonnen!", kreischte da seine kleine Pianistin begeistert und hüpfte lachend herum. Ein bitteres Lächeln stahl sich auf sein Gesicht.

Sie würde im Wind zerrissen werden.

Erneut suchte Chandrina seinen Blick und er nickte.

„Dann komm mal mit, Champion", lachte sie und führte Clair aus dem Raum. Keleigh selbst blieb etwas zurück und beobachtet nur.

„Irgendwie habt ihr heute alle beide ne Meise, oder?", fragte seine kleine Pianistin und drehte sich zu ihm um. Stumm erwiderte er ihren Blick. Und dennoch war kein Funken Misstrauen in dem ihren.

„Das liegt daran, dass wir eine Überraschung für dich haben", strahlte Chandrina und zog sie weiter.

„In meinem Zimmer?", fragte Clair skeptisch nach.

„Genau!", sagte Chandrina und öffnete die Türen weit. Belustigt sah Keleigh, wie Clair die Züge aus dem Gesicht fielen. Ihr Kinn fiel wortwörtlich herunter und ihre Augen wurden kugelrund.

„Überraschung!", lachte Chandrina, ergriff Clairs Hand und zog sie lachend in das umgestaltete Zimmer.

„Zwei Wochen sind um und dein Zimmer erstrahlt in neuem Glanz!"

„Aber warum? Wieso? *Zwei Wochen*?!"

Seine kleine Pianistin war vollkommen verwirrt.

Keleigh blieb im Türrahmen stehen und beobachtete, wie Clair ehrfürchtig über die teuren Stoffe des Bettes strich, an einer dunklen Rose roch.

Er hatte sich die Freiheit genommen, Lazerus Strauß zu ersetzen. Ärgerlicherweise begann der verfluchte Strauß noch nicht einmal zu welken.

Mit Entsetzen sah er, wie Tränen in die Augen seiner kleinen Pianistin traten und überliefen.

„Clair? Was ist denn?!", lief Chandrina zu ihr und nahm sie in den Arm.

„Ihr seid doch verrückt!", schluchzte diese kläglich. Sie war vollkommen aufgelöst. Keleigh zögerte. Sollte er etwas tun? Etwas sagen?

„Das könnt ihr doch nicht machen!", heulte seine kleine Clair laut auf.

„Ist doch alles gut. Es ist doch nur ein Zimmer!", sah Chandrina ihn nun ebenfalls Hilfe suchend an.

Ratlos hob er leicht die Schultern. Wie sollte er, der sich jahrzehntelang aus der Gesellschaft zurückgezogen hatte wissen, was in solch einer Situation zu tun war?

Ein böser Blick seines Schützlings wegen setzte Keleigh sich schließlich seufzend in Bewegung und berührte Clair sanft an der Schulter.

„Clair, es ist doch alles in Ordnung. Wir können auch … hmpf."

Schwungvoll hatte seine kleine Pianistin sich ihm um den Hals geworfen, dass er sich fast auf die Zunge biss. Ihr betörender Duft stieg ihm in die Nase, als sich ihr schlanker Körper fest an ihn drückte. Überrumpelt stand er einfach nur da, die Arme schlaff an den Seiten hinabhängend.

Chandrina lachte leise.

Wütend blitzte er sie an, da schluchzte seine kleine Pianistin erneut auf. Zögernd hob Keleigh die Arme und drückte sie leicht an sich. Ihr kleiner Körper zitterte vor lauter Tränen.

„Warum weinst du so bitterlich?", fragte er leise und strich ihr über das weiche Haar.

Clair murmelte unverständliche Sachen in seine Schulter und sein Hemd wurde feucht.

„Wie?", fragte er sanft nach und zog ihren Duft genüsslich ein, schloss die Augen. Ein Ziehen in seinem Kiefer warnte ihn und er spürte die Veränderung. Chandrina keuchte auf.

Da hob Clair den Kopf, was ihn dazu brachte, die Augen wieder zu öffnen und in ihre rehbraunen Tiefen zu blicken.

„So was hat noch keiner für mich getan", heulte sie da los und ihre Augen verschwammen erneut in Tränen.

Eine Weile sah er sie stumm an, wischte mit dem Daumen ihre Tränen davon. Dann drückte er sie noch einmal fest an sich, badete in dem Gefühl ihrer Nähe und ihres Dufts, bevor er ihr einen federleichten Kuss auf die Stirn hauchte und sich sachte von ihr löste.

„Ich würde dir die Welt zu Füßen legen, wenn ich könnte", wisperte er und strich ihr eine verirrte Haarsträhne hinters Ohr. Genau in diesem Moment zog Clair jedoch die Nase geräuschvoll hoch und hörte seine Worte so nicht.

Nur Chandrina bedachte ihn mit einem sonderbaren Blick.

„Es tut mir leid. Ich bin nur so überwältigt", nuschelte Clair und eine sanfte Röte legte sich auf ihre Wagen.

„Das weiß ich doch", lächelte er.

Weswegen Chandrina und er sie bis zum Abendessen erst einmal in Ruhe ließen.

„Sie ist so verdammt zerbrechlich", meinte Chandrina besorgt. Sie hockte auf der Kante des Tischkickers und drehte die Stäbe träge herum.

Schweigend blickte Keleigh aus dem Fenster. Die Sonne versank langsam am Horizont und färbte den Himmel blutrot.

Seine Zeit, die Nacht, begann.

„Wir müssen die Medien so weit wie möglich von ihr fernhalten", beschloss Chandrina, stand auf und ging zu ihm.

„Der Sturm wird kommen und sie mitreißen. Ob sie zerrissen wird oder nicht, obliegt ihr."

Sein Schützling seufzte gereizt.

„Wir können sie nicht einfach den Wölfen überlassen", sagte sie harsch.

„Sie hat das einzigartige Talent die Herzen der Menschen zu berühren", seufzte Keleigh und da begann ihr Spiel.

Er schloss die Augen.

„Sie werden sie jagen", murmelte er in die Dunkelheit, in den Klang ihrer Melodie.

„Das werde ich zu verhindern wissen", grollte Keleigh und seine Augen öffneten sich.

Erstrahlten die Nacht.

XII

Seufzend wälzte Clair sich in ihren Kissen. Das Bett war ein Traum. Sie hatte bis zum Mittag geschlafen und konnte noch immer nicht fassen, dass das alles nun ihr gehören sollte. Seufzend drehte sie sich auf den Rücken und blickte dem dunklen Himmel ihres Bettes entgegen. Clair hatte vollkommen vergessen, dass sie mit Chandrina ein neues Zimmer bestellt hatte. Da war ihr erster Auftritt gewesen, dann die ganzen Medien …

Sie hatte es einfach aus dem Blick verloren. Selbst als sie Keleighs und Chandrinas merkwürdiges Verhalten bemerkte, hatte sie keinen Verdacht geschöpft.

Gerade hatte sie durch den ersten Auftritt genug Geld zusammen bekommen, um Keleigh die Ausgaben für die Klamotten zurückzuzahlen.

Jetzt musste sie wohl noch öfters auftreten, bis sie ihr Zimmer abbezahlt hatte.

Dabei hatte er ihr mehr als deutlich zu verstehen gegeben, dass sie ihm nichts zurückzahlen musste. Das konnte wirklich nur jemand sagen, der in Geld schwamm und daran gewohnt war, einfach mal Hunderte an einem Tag auszugeben.

Für Clair war es noch immer surreal. Sie hatte nie viel Geld besessen, selbst vor ihrer … sie hatte nie viel gehabt, war aber dennoch glücklich gewesen. Damals. Stöhnend drückte sie sich ein Kissen aufs Gesicht. Sie musste unbedingt die Angebote durchgehen und eins auswählen. Immerhin konnte sie nicht für immer in seiner Schuld stehen. Vor allem, da ihr das Spiel vor Publikum eigentlich recht gut gefiel.

Jedes Mal, wenn sie endete, sah sie diese gefühlsge-
tränkten Blicke. Blicke die vorher noch kalt und abschät-
zig gewesen waren und nun in Tränen schwammen. Es
ging ihr nicht um den Applaus oder die Aufmerksamkeit.
Es ging ihr darum, die Gefühle der Menschen zu errei-
chen und ihnen wieder zurückzugeben, was sie in der Eile
des Alltags verloren hatten.
Noch eine Weile blieb Clair im Bett liegen, dann stand sie
auf und tapste barfuß zu ihrem Kleiderschrank. Dieser
war schon voller geworden. Chandrina hatte, da Clair nur
fünf Outfits besaß, einige ihrer eigenen Sachen geschenkt.
Als Gegenleistung, dass sie Keleigh dazu gebracht hatte,
mit ihr Tischkicker zu spielen. Wie hatte Clair da nein
sagen sollen? Vor allem, da Chandrina so glücklich wirkte.
Seufzend zog sie also ein Shirt und eine lange Strickjacke
hervor und zog sich an.
Die Haare band sie zu einem unordentlichen Dutt. Im Bad
wusch sie sich dann noch Gesicht und Hände. Gerade
wollte sie sich auf den Weg zum Mittagessen machen, da
hörte sie ein metallisches Klackern.

Keleigh sah auf seine Uhr. Seine kleine Pianistin war spät
dran. Er hatte sie den ganzen Morgen noch nicht gesehen. Schlief sie womöglich noch immer?
Er beschloss nach ihr zu sehen.
Auf seinem Weg nach oben zu ihrem Zimmer kam er an
einer müde aussehenden Chandrina vorbei.
„Ich begreife nicht, wie du das schaffst, den ganzen Tag
wach und ausgeruht zu sein", maulte sie und gähnte zur

Begrüßung herzhaft. Wie es schien, hatte sein Schützling ebenso wie Clair den ganzen Morgen verschlafen.

„Ich bin um einiges älter und mächtiger, mein Kind. Gräme dich nicht und ruhe noch etwas", riet er ihr lächelnd und strich ihr über das schwarze Haar.

„Ein Nickerchen wäre wirklich nicht schlecht", murmelte Chandrina und schlurfte in die Bibliothek. Dies war ihr Lieblingsort, wenn sie sich ausruhen wollte. Sie liebte Bücher über alles. Es hatte Jahrzehnte gedauert sie davon einigermaßen loszureißen und in die Gesellschaft zu integrieren. Mittlerweile war sie ihm trotz ihrer Jugend oder gerade deswegen in diesem Bereich um einiges voraus.

Wenn nicht uneinholbar.

Gewaltsam riss er sich aus seinen düsteren Gedanken der Vergangenheit und setzte seinen Weg fort. An der Tür seiner kleinen Clair angekommen, klopfte er leise, für den Fall, dass sie noch schlief. Es schien sich nichts zu rühren und er wollte schon gehen, da hörte er etwas scheppern und einen unterdrückten Fluch.

Sofort ging er in den Raum, konnte Clair jedoch nirgends sehen. Dafür stand die Badezimmertür sperrangelweit offen. Seine Besorgnis wurde schnell durch Überraschung ersetzt, als er sah, was seine kleine Pianistin tat. Sie hockte unter dem Waschbecken, vor einem Haufen durchnässter Handtücher, eine Rohrzange in der Hand. Verwirrt blieb Keleigh stehen und sah dem sonderbaren Schauspiel, das sich vor seinen Augen abspielte, stumm zu.

Clair drehte an einem Ventil oder ähnlichem herum, setzte all ihre Kraft ein, um es festzuziehen und hockte sich schließlich auf die Fersen zurück. Dann öffnete sie den Wasserhahn und beobachtete das Rohr genau.

Wassertropfen bildeten sich schnell und Wasser lief das Rohr hinab, was die nassen Handtücher erklärte. Fluchend schloss sie den Hahn wieder und begann erneut am Waschbeckenrohr herumzuschrauben.

Gerade wollte Keleigh sich bemerkbar machen, da hob sie den Blick und sah ihm direkt in die Augen.

„Oh, du bist es!", begrüßte sie ihn und ließ die Zange sinken. Er konnte sich ein Schmunzeln nicht verwehren.

„Darf man erfahren, was Ziel deiner … Bemühungen ist?", fragte er sachte nach. Clair sah verzweifelt aus.

„Ich habe den Ring, den Chandrina mir geschenkt hat, ins Waschbecken fallen lassen. Da hab ich ihn wieder aus dem Rohr geholt, in dem ich es abgeschraubt habe. Aber jetzt bekomme ich es nicht mehr dran und es leckt!", erklärte sie ihm aufgebracht.

Vor lauter Aufregung hatten ihre Wangen einen leichten Rotton angenommen und ihr Herz schlug schneller.

„Ich hätte die ganzen Sachen gar nicht annehmen sollen. Ich werde sie ihr wieder zurückgeben", beschloss Clair.

„Erst musst du meine ganze Zimmerausstattung bezahlen und jetzt zerstöre ich auch noch dein Haus", jammerte sie im nächsten Moment den Tränen nahe.

„Aber, aber. Du zerstörst mit Nichten mein Haus. Du hast lediglich ein Rohr zum Lecken gebracht und das nicht mit bösem Willen", tadelte er und kniete sich neben sie. Bereitwillig machte sie ihm Platz.

„Und Chandrina wäre sehr enttäuscht, würdest du ihre Geschenke wieder zurückgeben. Sie hat sich sehr gefreut, dir eine Freude machen zu können", belehrte er sie und nahm ihr die Zange aus der Hand. Zwar hatte er auch

116

nicht den Hauch einer Ahnung, wie man ein Rohr fachgerecht zusammenschraubte, aber so schwer konnte es schon nicht sein.

„Hast du den Ring denn wenigstens gefunden?", fragte er nach. Als Antwort hielt Clair ihre Hand hoch, an dem ein feiner, silberner Ring blitzte. Den also hatte Chandrina ihr geschenkt. Sie selbst hatte ihn von ihrem verstorbenen Bruder erhalten und es zeigte, wie wichtig seine kleine Pianistin auch ihr war.

Er schmunzelte.

„Kannst du so was?", fragte Clair nach und schien sich wieder etwas beruhigt zu haben.

„Ich könnte nicht sagen, dass ich so etwas schon einmal gemacht habe", gestand er.

Dennoch versuchte er sein Glück. Dabei stellte er sich viel schlimmer als Clair an. Irgendwie hatte er es geschafft, das Rohr so anzubringen, dass das Wasser nach allen Seiten spritzte und sowohl er, als auch Clair tropfnass wurden.

„Grundgütiger!", rief er aus und schloss schnell den Hahn.

„Ich glaube, du hast die Dichtung vergessen", meinte Clair neben ihm. Skeptisch sah er zu ihr, da er das Lachen in ihrer Stimme hörte. Sie bemühte sich sichtlich, ihn nicht auszulachen. Doch er sah es dennoch. Freude stieg in ihm auf. Sobald er selbst angefangen hatte leise zu lachen, gab es auch für Clair kein Halten mehr.

„Was ist denn hier los?", erklang da die ernste Stimme Chandrinas. Schweigend sahen sie ihr entgegen.

„Ich habe zwar gesagt, ich will einen Pool haben, aber doch nicht in Clairs Badezimmer!"

Diese prustete wieder los. Keleigh setzte sich auf die Fersen zurück und stand auf, wobei er Clair gleich mit auf die Füße zog.

„Ich habe aus Versehen deinen Ring ins Becken fallen lassen. Ich konnte ihn noch retten, nur will das Rohr jetzt nicht mehr aufhören zu tropfen", erklärte Clair ihr schließlich schuldbewusst.

„Den Ring meines Bruders?", fragte Chandrina nach.

„Ja, aber hier, er ist vollkommen unversehrt … deines *Bruders*?!"

Clair klang vollkommen entsetzt und schaute zwischen ihm und Chandrina panisch hin und her.

„Äh, ja" begann sein Schützling.

Offenbar hatte sie dieses kleine aber feine Detail ausgelassen, als sie Clair den Ring gab.

„Den Ring hat mir mein Bruder geschenkt, bevor er … einen Unfall hatte", erklärte sie schließlich. Nur Keleigh wusste, dass es mit Nichten ein Unfall gewesen war, der das Leben ihres Bruders forderte.

Schon setzte Clair zu einer Erwiderung an, da hielt Chandrina sie auf.

„Ich habe dir nichts davon gesagt, weil ich wollte, dass du ihn besitzt. Er ist mir trotz all der Jahre noch immer sehr wichtig, aber noch wichtiger ist mir, dass du etwas von mir hast, das dich an mich erinnert."

Keleigh horchte auf und musterte Chandrina genauer. Ihr Blick war auf den Boden gerichtet und Kummer lag in ihren Augen. Hatte sie sich also die gleichen Gedanken über die Zukunft gemacht, wie er?

„Außerdem steht er dir viel besser, als mir", tat sie das Thema ab. Ein unangenehmes Schweigen erfüllte den Raum.

„Wir sollten uns wohl umziehen, bevor uns noch eine Erkältung droht", ergriff da Keleigh das Wort. Er konnte nicht mehr krank werden, seine kleine Pianistin jedoch schon. Sie beide sahen aus, als hätten sie im Regen getanzt. Clairs Strickjacke hatte sich vollgesogen und ihr Shirt klebte an ihrem Körper. Sein eigenes Hemd hing ihm selbst wie eine zweite Haut am Oberkörper. Zudem war das Wasser nicht wirklich warm gewesen.

Interessiert verfolgte Keleigh Clairs Blick, der erst auf ihren durchnässten Sachen lag und schließlich zu ihm wanderte. Ihre Augen wurden groß und er konnte fast körperlich fühlen, wie ihr Blick über seinen Körper glitt. Da er ein weißes Hemd trug, war es an einigen Stellen durchscheinend geworden. Ohne sein Zutun richtete sich Keleigh etwas auf, dass sein muskulöser Körper noch mehr betont wurde.

Der Blick seiner kleinen Pianistin wurde noch intensiver und fast schon brennend. Ein verlangendes Knurren stieg in ihm auf und Hitze durchlief seinen ganzen Körper.

„Und ich rufe einen Klempner", sagte Chandrina und verließ den Raum. Dabei rempelte sie ihn etwas an, dass sein Blick zu ihr flog. Der Ausdruck in ihren Augen war warnend.

„Reiß dich am Riemen!", zischte sie leise, bevor sie verschwand. Keleigh schien aus einer Art Trance zu erwachen und schüttelte sich.

„Ich werde mich nun zurückziehen", neigte er den Kopf und verließ den Raum, eine errötende Clair zurücklassend.

Clair hatte Mühe sich zusammenzureißen. Sie saßen in Keleighs Büro und besprachen ihren nächsten Auftritt.

Dabei ging ihr sein Blick von vorhin nicht aus dem Kopf. Dieser hatte auf ihrem durchnässten Shirt gelegen, dass jede ihrer Kurven betont hatte. Sein Blick war ebenso feurig gewesen, wie ihrer.

Sie wusste gar nicht, was in sie gefahren war. Doch kaum, dass sie seinen klar definierten Oberkörper gesehen hatte, hatte sie den Blick nicht mehr abwenden können. Auch jetzt dachte sie die ganze Zeit über daran, was sich unter seinem nun schwarzen Hemd verbarg.

„Clair?"

Überrascht sah sie auf und begegnete seinem Blick.

„Du bist mit deinen Gedanken gerade ganz woanders, oder?", fragte er sanft nach. Verlegen nickte sie.

„Nun ja, dein letzter Auftritt ist noch nicht mal so lange her. Ich denke, wir verschieben die Planungen noch etwas und lassen es auf uns zukommen", meinte er und legte seinen Stift zur Seite.

Stumm nickte Clair und konnte ihm nicht mehr in die Augen sehen.

„Wie wäre es, wenn wir uns erst einmal einige infrage kommende Orte anschauen? Es müssen ja nicht immer Lokale sein?", fragte er dann.

„Ja, das ist eine gute Idee", stimmte sie ihm zu.

„Gut, dann werde ich mich nach geeigneten Plätzen umsehen", entließ er sie.

Erleichtert schlüpfte sie aus seinem Büro und ging direkt Richtung Musiksalon. Dort ließ sie sich auf den Klavierhocker fallen und entspannte fast sofort.

Wie von selbst griffen ihre Finger in die Tasten. Normalerweise hatte Clair die Melodie immer im Kopf und spielte danach. Doch dieses Mal war es anders.

Dieses Mal war die Melodie, das Lied, nicht in ihrem Kopf, es entstand ohne ihre Kontrolle.

Sie selbst wurde verzaubert und atemlos. So zart waren die Töne. Man meinte, sie würden beim genaueren Hinhören zerbrechen.

Genauso unbekannt, wie ihr die Melodie war, war ihr die aufwühlende Unruhe, die sie daraufhin erfasste.

Sonst war sie immer ruhig und besänftigt, wenn sie spielte. Nun aber war sie von einem inneren Drang so aufgewühlt, dass es schon fast schmerzhaft war. Diesem Drang folgend, stand Clair auf und eilte aus dem Raum. Sie rannte schon fast.

In aller Eile lief sie in ihr Zimmer und griff sich ein Blatt und Stift.

Diese in den Händen rannte sie wieder zurück, bemerkte in ihrer Hektik die beiden Köpfe nicht, die sich im Salon drehten, als sie an den geöffneten Türen vorbeihuschte. Wieder beim Flügel angekommen, fing sie sofort an, ihr neues Lied zu Papier zu bringen.

Da sie Noten weder lesen noch schreiben konnte, schrieb sie nur deren Laut auf.

„C, C und dann ein … E …", murmelte sie vor sich hin.

Noch nie im Leben hatte sie eines ihrer Lieder aufgeschrieben, sich auch nur Gedanken über die Noten gemacht. Immer nur war die Melodie in ihrem Kopf gewesen und sie hatte gewusst, welche Tasten zu drücken waren.

Jetzt das gespielte Lied wieder zu rekonstruieren, war müßig und anstrengend. Sie wusste, welche Tasten zu welcher Note gehörten, mehr hatte sie nie gebraucht.

Doch nun wollte sie ihr Hobby zum Beruf machen. Vielleicht sollte sie Notenlesen lernen. Wer wusste schon, was in der Zukunft noch auf sie zukam?

Doch dafür musste sie in die Stadt. Clair sah aus dem Fenster. Dafür war es wohl schon zu spät. Die Sonne ging schon unter. Gott, wie lange hatte sie denn versucht, das Rohr zu reparieren?!

Na ja, jetzt war es eh zu spät. Ging sie halt morgen.

Nach weiteren zwanzig Minuten hielt sie das fertige Lied in den Händen. Sie würde es nicht noch einmal spielen. Dafür war es zu besonders. Denn Clair wusste nun genau, *welches* Lied es war.

XIII

Die Tüte mit Büchern schlug ihr gegen die Beine, als sie schnell die Straße überquerte, bevor die Ampel umsprang. Gerade noch geschafft.

Es war früh am Morgen, also waren nur wenige Menschen auf der Straße. Clair hatte tatsächlich einige vielversprechende Bücher gefunden.

Gott sei Dank hatte Keleigh ihr noch erklärt, wie man die Kontokarte benutzte.

Die Bücher waren nicht ganz billig gewesen. Ganz in Gedanken versunken, merkte sie erst, dass sie ihrer alten Gewohnheit, Geld aufzusammeln, ganz automatisch wieder nachging.

Waren diese Tage wirklich erst wenige Wochen her? Wie sich ihr Leben doch gewandelt hatte! Hatte sie so viel Glück überhaupt verdient?

Sie wusste es nicht.

Heute sah sie die Straßen, die so lange ihr zu Hause gewesen waren, mit ganz anderen Augen und Kummer kam in ihr auf. Nicht, dass sie ihr altes Leben vermisste. Dennoch …

Es war einfach schwer.

Um ihrem schlechten Gewissen wenigstens etwas entgegenzusteuern, warf sie die aufgesammelten Münzen in den Becher eines Bettlers.

Doch sie fühlte sich nicht besser.

Clair besaß nun alles, was man sich wünschen konnte und hatte eine strahlende Zukunft vor sich.

Warum also war sie nicht glücklich?

Gedankenverloren schlenderte sie durch die Straßen, als ihre Hose anfing zu vibrieren. Nun ja, es war vielmehr das Handy, das in ihrer Hosentasche steckte.

Verdammt. Chandrina hatte ihr doch letztens noch ganz genau gezeigt, wie das doofe Ding zu benutzen war.

Doch Clair hatte es vergessen!

Fluchend tippte sie also auf dem Display herum und drückte Knöpfe. Doch das einzige was sie erreichte war, dass sie den Anrufer wegdrückte. Schon nach wenigen Sekunden fing das Handy jedoch erneut zu klingeln an. Jetzt konnte sie den Namen erkennen, der zu der Nummer eingespeichert war.

Es war Keleigh.

Verdammt, sie hatte sich nicht bei ihm abgemeldet! Bestimmt machte er sich Sorgen und wollte wissen, wo sie war. Würde sie nur den doofen Anruf entgegennehmen können! Es klingelte und klingelte, bis offenbar die Mailbox dran ging.

„Verdammtes Teil!", knurrte Clair wütend und war versucht, das Ding einfach auf den Boden zu donnern, vor lauter Frust. Jetzt dachte er bestimmt, ihr sei etwas zugestoßen und sie konnte deswegen nicht ans Telefon gehen!

Warum hatte sie ihm auch nicht vorher Bescheid gesagt? Weil es ihr peinlich war. Welche Pianistin konnte schon keine Noten lesen?

Da riss das Quietschen von Reifen sie aus ihren düsteren Gedanken und Clair sah auf. Eine schwarze Limousine hatte direkt vor ihr eine Vollbremsung hingelegt. Erstaunt sah Clair das riesige Gefährt an.

Doch schnell wandelte sich ihr Erstaunen in Entsetzen. Denn der Mann, der nun aus dem Wagen stieg, war nicht

etwa Keleigh oder einer seiner Männer, der sie zurück-
bringen wollte. Nein.

Es war Lazerus.

„Oh, nicht der", murmelte Clair niedergeschlagen und
wollte schnell davon huschen. Der hatte ihr zu ihrem
Glück noch gefehlt.

Bevor sie jedoch weit gekommen war, griff eine blasse
Hand nach ihr und hielt sie fest.

Toll. Jetzt saß sie in der Falle.

„Miss Evans, welch glückliche Fügung des Schicksals",
lächelte ihr der Engel entgegen.

Widerstrebend drehte Clair sich um und blieb stehen.

„Mr. Lazerus", sagte sie ausdruckslos und er lachte.

„Aber nicht doch! Nennen sie mich einfach nur Lazerus!"
Clair wand sich innerlich. Warum immer sie?

„Was führt sie zu solch früher Stunde in die Stadt?", hielt
er die Konversation am Laufen.

„Ich habe nur einige Besorgungen gemacht", hielt Clair
ihre Tüte empor und wollte sich schon einige Schritte
entfernen. Doch er hielt noch immer ihren Arm in festem
Griff. Es gab kein Entkommen.

„Ah, immer fleißig bei der Arbeit", strahlte er ihr sein
Engelslächeln entgegen, als er die Aufschrift auf ihrer
Tüte las.

„Genau, ich muss jetzt aber wirklich ...", wand sie sich
aus seinem Griff, oder versuchte es zumindest, da klingelte ihr Telefon erneut.

Fluchend sah sie darauf, da sie das verwünschte Teil
noch immer in der Hand hielt. Lazerus sah ihr schweigend dabei zu, wie sie mit dem Gerät rang. War ja klar,
dass sie sich von allen Leuten ausgerechnet vor ihm zum
Deppen machte.

Irgendwann hörte auch dieser Anruf auf und sie blickte wütend auf das Gerät. Es einfach auf den Boden zu schmeißen und freudig darauf herumzutanzen wurde immer verlockender.

„Neues Model?", fragte Lazerus und nahm ihr das Handy so schnell aus der Hand, dass sie nur verwirrt blinzeln konnte.

„Sie wollen einen Anruf entgegennehmen?"

Er sah nur kurz auf, um ihr Nicken zu sehen, bevor er auf ihrem Handy herumzutippen begann. Nicht mal mit einem hellrosa Handy, an dem eine glitzernde Schneeflocke hing, sah er weniger männlich oder anziehend aus. Der Kerl würde wohl mit dem sprichwörtlichen Kartoffelsack noch heiß aussehen.

Verwirrt sah Clair zu, wie Lazerus sein eigenes, tiefschwarzes Telefon aus der weißen Anzugjacke zog und ebenfalls etwas eintippte. Dann trat er auf sie zu und stellte sich dicht neben sie. Nervös blickte sie zu ihm empor und sein Mund verzog sich zu einem charmanten Lächeln. Gegen ihren Willen wurde sie rot und sein Lächeln vertiefte sich zu einem Grinsen.

Dann sah sie endlich auf ihr Telefon in seinen Händen. Dieses klingelte erneut, nur wurde jetzt Lazerus Name angezeigt.

„Wenn sie einen Anruf entgegennehmen wollen, müssen sie nur hier drücken und wischen. Sehen sie?", erklärte er ihr und hielt sich dann sein eigenes Telefon ans Ohr. Mit einer Geste forderte er sie auf, das Gleiche zu tun.

„Hallo?", fragte sie zögernd nach einer weiteren Geste in den Hörer.

„Sehen sie, ganz einfach", strahlte Lazerus und seine Worte kamen durch das Telefon doppelt an, weil er noch in Hörweite war.

Stumm nickte sie.

„Da der liebe Keleigh nun schon einige Male offensichtlich vergebens versucht hat, sie anzurufen, gehe ich davon aus, dass er nicht weiß, wo sie sind?"

Noch immer stumm schüttelte sie mit gesenktem Blick den Kopf. Und hätte er es gewusst, hätte er darauf bestanden, mit ihr zu kommen und sie wäre jetzt nicht in dieser verhängnisvollen Situation, dachte Clair wütend.

„Dann steigen sie ein, ich bringe sie zurück", hielt Lazerus ihr auf einmal die Wagentür auf.

Verdutzt schaute sie zu ihm empor.

„Na ja, ich denke, er wird sich Gedanken machen, wo sie sind. Je schneller sie also zurückkehren, desto besser", sagte er freundlich und streckte ihr die Hand entgegen, um ihr ins Auto zu helfen.

Verunsichert sah Clair sich um. Die Limousine versperrte den ganzen Weg und dutzende Leute gafften sie an. Sofort stieg ihr die Röte ins Gesicht.

Clairs Blick flog zu der offenen Tür und Lazerus Hand. Doch sie hatte ein ungutes Gefühl bei der Sache. Er würde ihre missliche Lage nur wieder ausnutzen, um sie in irgendetwas hineinzuziehen. Genauso wie mit den Rosen.

„Ich weiß nicht ...", begann sie. Da seufzte er gereizt, ergriff ihre Hand und zog sie nicht gerade sanft in den Wagen. Hart stieß sie sich die Nase an den weichen Polstern.

Kaum, dass sie im Wagen saßen, gab der Fahrer auch schon Gas und sie schossen los.

Der Begriff Entführung kam ihr in den Sinn. Lazerus hingegen schien es als das Normalste der Welt zu betrachten, Leute in seinen Wagen zu reißen und dann Vollgas zu geben.

„Lassen sie mich aussteigen", verlangte Clair heftig. Der Blick aus seinen türkisblauen Augen traf sie. Erst jetzt realisierte sie, wie nah er ihr war. Keine fünf Zentimeter waren zwischen ihnen Platz und auf der anderen Seite befand sich die Autowand. Um ihm das selbstgefällige Grinsen aus dem Gesicht zu treiben, stopfte sie ihre Tasche mit den Büchern zwischen sich.

Doch sein Lächeln vertiefte sich nur erneut und er schien viel Spaß zu haben.

„Was sie da tun, nennt man Kidnapping", stellte sie mürrisch fest und sah aus dem Fenster. Die Häuser flogen viel zu schnell an ihnen vorbei. Würde sie jetzt aus dem Wagen springen, würde sie wohl nicht nur überfahren werden, sondern sich auch gleich jeden einzelnen Knochen im Körper brechen.

„Aber, aber, ich will sie doch nur nach Hause bringen, kleine Clair", säuselte er.

„Nennen sie mich nicht so!", herrschte sie ihn an.

„Ist ihnen mi princesa lieber?", fragte er scheinheilig nach.

„Nein!", fauchte sie. Wie war sie nur wieder in diese schreckliche Lage gekommen? Nun beugte sich Lazerus auch noch zu ihr herüber, dass sie ihm noch näher war und sich immer mehr wie in einem Käfig fühlte.

„Nicht? Dabei werden wir uns in nächster Zeit doch noch näher kommen. Da finde ich kleine Kosenamen doch angebracht", grinste er.

„Unter Freunden."

Clair kochte fast vor Wut, war aber auch eingeschüchtert genug, um ihm nicht erneut eine zu kleben.

„Dann nenne ich sie ab heute Perversling, wenn ihnen das besser gefällt, Mr. Lazerus", sagte sie verschnupft.

Er lachte doch tatsächlich.

„Biss hat die Kleine, sieh an."

Er kam ihr, soweit das möglich war, sogar noch näher.

Clair ging seine Worte im Kopf noch einmal durch.

„Was soll das heißen, dass wir uns näherkommen werden?", wollte sie wissen.

Was für einen Schwachsinn faselte er da bitte?!

Sie wollte den Kerl nicht mal mit der Kneifzange anfassen, geschweige denn besser kennenlernen!

„Oh, ich plane demnächst mit ihnen zu arbeiten, kleine Clair", sagte er locker, als stände das schon seit langem fest.

„Sagt wer?", wollte sie wissen und ein ungutes Gefühl machte sich in ihr breit.

„Ich sage das, mi princesa, ich", meinte er ruhig und seine Engelsaugen waren fest auf ihr Gesicht geheftet. Unwohl, ihm so nahe zu sein, rutschte sie so weit wie möglich an die Tür.

Wechselte er jetzt zwischen seinen angeblichen Kosenamen hin und her, um zu sehen, welcher sie am meisten auf die Palme brachte oder was?

„Sie elender … halten sie sofort an!", rief Clair da panisch aus und hing mit der Nase an der Fensterscheibe. Sie hatte es zwar nur aus den Augenwinkeln gesehen, dennoch musste sie sich vergewissern. Wohl ihres panischen Blicks wegen gab Lazerus seinem Fahrer tatsächlich ein Zeichen und er hielt an.

Noch ehe die Reifen ganz still standen, war Clair schon aus dem Wagen gesprungen und den Weg zurück gehetzt, den sie gerade gefahren waren. Irgendwo hier war es gewesen, irgendwo ... da!

Vage nahm sie Lazerus fast lautlose Schritte hinter sich wahr, da hatte sie auch schon den durchweichten und zerrissenen Pappkarton erreicht.

Dieser war schimmlig und konnte nur knapp als Karton identifiziert werden.

„Was wollen sie denn bei dem Müll?", fragte Lazerus pikiert. Fehlte nur noch, dass er sich ein Taschentuch vor die Nase hielt.

Doch Clair ließ ihn einfach links liegen. All ihre Sinne waren auf die kleinen Wesen in dem vermoderten Karton gerichtet.

Es waren zwei kleine Welpen. Ein vollkommen weißer und einer, dessen Gesicht halb schwarz, halb weiß war. Winselnd sahen die kleinen Tiere mit ihren großen Babyaugen zu ihr empor. Sanft hob sie die zwei auf die Arme und stellte fest, dass der Helle verletzt war.

„Wir müssen sie zu einem Tierarzt bringen", wandte Clair sich an Lazerus. Dessen Miene war sonderbar.

Teils angeekelt, wofür sie ihm gerne eine gedonnert hätte, teils verwundert und ... noch etwas anderes.

„Diese Viecher kommen mir nicht ins Auto!", bestimmte er und sein Blick war kalt.

„Dann bringe ich sie halt selbst zu einem Arzt!", zischte sie und machte sich auf den Weg. Grob stieß sie ihn zur Seite und marschierte los.

Tatsächlich trieb der Kerl es soweit, dass er den ganzen Weg, immerhin zehn Blocks mit großer Kreuzung inklusive, im Leerlauf neben ihr herfuhr.

Am liebsten hätte sie ihn erwürgt.

Und dann hatte er auch noch den Nerv, sich neben sie zu setzen, als sie im Wartebereich platz nehmen sollte. Mit ordentlicher Wut im Bauch ignorierte sie ihn und kümmerte sich um die beiden kleinen Welpen.

Der, der wie ein Yin Yang Symbol aussah, war munter und schnupperte an ihrer Jacke herum. Seinem Bruder ging es da wesentlich schlechter. Schlaff hing er in ihren Armen und konnte die Augen kaum offen halten. Eine tiefe, eitrige Wunde glänzte auf einer seiner Vorderläufe. Sanft rückte sie den kleinen Kerl, der nur ein schwaches Winseln zustande brachte, auf ihrem Schoß zurecht und wickelte ein Taschentuch um die Wunde.

„Alles wird gut", murmelte sie dabei beruhigend.

Auch ohne hinzusehen wusste Clair genau, dass Lazerus sie ohne Unterlass genau im Auge behielt.

Gerade hatte der gesunde der zwei Welpen sich neben seinen schwachen Bruder gelegt und ihn mit seiner Nase angestupst, da gingen die Schiebetüren auf und eine dunkle Gestalt trat in die Tierarztpraxis.

Auch mit der Sonnenbrille sah Clair sofort, wie wütend Keleigh war. Prompt verspannte sie sich und hielt die Welpen fester im Arm.

Mit langen Schritten kam er zu ihr und nahm seine Sonnenbrille ab. Keleighs Blick war mörderisch. Doch er galt nicht ihr, sondern Lazerus.

„Was tust du hier?", fauchte er ihn an und etwas Dunkles umgab ihn. Clair bekam Angst. So kannte sie Keleigh gar nicht. Er war furchteinflößend.

Lazerus hingegen grinste und schlug die Beine lässig übereinander.

„Ich leiste der lieben Clair nur etwas Gesellschaft", grinste er breit.

„Du mieser ...", fing Keleigh an, da unterbrach Clair ihn. „Keleigh, es tut mir leid."

Bei dem Klang seines Namens aus ihrem Mund wurde seine Miene gleich weniger mörderisch.

„Ich bin es nicht gewohnt, anderen erst Bescheid zu geben, bevor ich gehe. Ich hätte etwas sagen sollen. Es tut mir leid", entschuldigte sie sich erneut.

Da verschwand das dunkle Glitzern in seinen Augen langsam wieder und er wurde zu dem Keleigh, den sie kannte.

„Du hättest ans Telefon gehen sollen", seufzte er schließlich ruhig und setzte sich auf ihre andere Seite. Da fiel sein Blick auf die Welpen in ihrem Schoß.

„Wo hast du die denn aufgelesen?", fragte er und sein Blick wurde noch weicher.

„Am Straßenrand. Sie lagen in einem vergammelten Pappkarton. Ich konnte sie nicht einfach liegen lassen, immerhin ..."

Hatte auch sie einmal in einem Karton gelebt.

Keleigh schien zu verstehen, denn er fragte nicht weiter nach.

„Der eine ist verletzt?", wies er auf das Taschentuch, das nun von gelblichem Schleim durchtränkt war.

„Ja, ich habe sie so gefunden. Ich mache mir wirklich Sorgen ...", da stand Keleigh auch schon wieder auf und ging zum Empfang.

Wenige Minuten später kam er wieder und sie wurden aufgerufen. Dankbar strahlte sie ihm entgegen. Zu ihrem Bedauern begleitete Lazerus sie mit in das Behandlungszimmer. Seine Miene war noch immer kühl und distanziert.

Was also tat er noch hier?!

„Wen haben wir denn hier?“, betrat der Arzt, ein Mann in den späten Vierzigern, den Raum.

„Ein Straßenfund“, sagte Clair und legte die Welpen sanft auf den Behandlungstisch.

„Ah, ich sehe schon.“

Clair zerriss es fast das Herz, als sie sah, wie leblos der verletzte Welpe auf dem Tisch lag, während sein Bruder versuchte ihn zu wärmen. Sie biss sich auf die Lippen und krallte die Finger in ihre Handflächen, um nicht in Tränen auszubrechen.

„Sie haben beide gemeinsam gefunden?“, fragte der Arzt über seine Brille hinweg. Clair konnte nur stumm nicken.

Zuerst nahm der Tierarzt sich den munteren Welpen vor. Dieser wurde getestet, die Augen und Nase untersucht und Fieber gemessen.

„Dieser hier scheint ganz in Ordnung zu sein. Unterernährt und dreckig, aber nicht bedenklich“, diagnostizierte er.

„Dieser hier entgegen …“, fuhr er fort und ging zu dem hellen Welpen.

„Sie haben die Wunde verbunden?“

„Notdürftig“, sagte Clair gepresst. Ihre Handflächen brannten, so fest krallte sie ihre Fingernägel hinein.

„Die Wunde ist schwer entzündet. Der Wundbrand hat den Knochen angegriffen.“

Der Arzt sah auf.

„Für ihn kommt jede Hilfe zu spät. Die Bakterien sind schon in seinem Kreislauf. Von seiner jetzigen Schwäche zu schließen, wird er nur noch wenige Stunden haben", erklärte er und strich dem Welpen über das Fell.

Es traf sie wie ein Schlag ins Gesicht.

„Kann man denn nichts mehr machen? Wie wäre es mit Amputation?", griff sie nach Strohhalmen und Tränen sammelten sich in ihren Augen.

„Die Infektion ist ins Blut geraten. Wir können nichts mehr tun. Wir können den Kleinen nur von seinen Schmerzen befreien und ihn einschläfern."

Fest biss Clair sich auf die Lippen, bis sie Blut schmeckte. Genau in dem Moment leckte der kleine Welpe ihr die Finger und sah sie aus seinen dunklen Augen an. Vielleicht kam es ihr nur so vor, aber sein Blick wirkte dankbar, bevor er die Augen schloss.

Da fiel die erste Träne.

Das hatte der Kleine nicht verdient. Er hätte ein glückliches Leben mit seinem kleinen Bruder verdient. Eine nette Familie, die beide Welpen aufgenommen hätte. Aber nicht … das!

Verzweifelt versuchte Clair die Tränen zurückzuhalten und ließ die Haare in ihr Gesicht fallen. Der Arzt entschuldigte sich und meinte, eine Schwester würde kommen und sich um den gesunden Welpen kümmern. Er würde gleich wiederkommen, um den anderen Welpen zu erlösen.

Eine kühle Hand legte sich auf ihre Schulter. Aus den Augenwinkeln sah sie Keleighs dunkle Augen.

„Du hast alles getan, was du konntest. Ohne dich wäre er unter Schmerzen gestorben. So muss er nicht mehr leiden", sagte er leise.

Doch Clair hörte es kaum. Verzweifelt presste sie sich die Faust vor den Mund, um nicht laut aufzuschluchzen und mit der anderen strich sie über das struppige Fell des Welpen.

Tatsächlich kam nach wenigen Minuten eine Schwester und gab ihm ein Schmerzmittel. Clair bekam einen Stuhl und sie streichelte den Kleinen die ganze Zeit über. Auch, als der Arzt zurückkam und ihm erst ein Schlafmittel gab und dann das Medikament, welches ihn erlöste.

Mit einem großen Klumpen im Hals sah Clair zu, wie sich der kleine Brustkorb vor ihr langsam hob und senkte, hob und senkte, hob und … Ende.

Er war tot. Ein Wimmern kam ihr über die Lippen und sie schloss die Augen. Keleigh stand neben ihr und drückte kurz ihre Schulter. Durch einen Schleier aus Tränen sah sie, wie der Arzt noch einmal den kleinen Körper abhörte.

„Es tut mir leid", sagte er dann leise.

Er deckte den Kleinen zu und sein Körper wurde weggebracht. Er war noch warm gewesen.

Clair wusste nicht, warum ihr der Tod des kleinen Hundes so nahe ging, doch es brach ihr das Herz.

Sie konnte nur noch auf ihre nun leere Hand starren, die den Welpen die ganze Zeit gestreichelt hatte.

Keleigh verschwand und sie war mit Lazerus allein im Raum. Seine Anwesenheit hatte sie ganz vergessen und nur das leise Rascheln seiner Kleidung verriet seine Präsenz.

Irgendwann kam Keleigh wieder zurück und berührte sacht ihren Rücken.

„Wir müssen fahren. Der nächste Patient wartet", sagte er leise und Clair erhob sich. Als sie zur Tür kam, sah sie Lazerus Blick. Er sah sie mit einem sonderbaren Ausdruck an, ganz so, als sähe er sie gerade zum ersten Mal.

Im Wartebereich stoppte Clair abrupt.

„Was ist mit dem anderen? Was wird aus ihm?", fragte sie heißer. Bevor Keleigh antworten konnte, kam eine Schwester mit dem Kleinen auf dem Arm um die Ecke und reichte ihn Keleigh. Unbeholfen hielt er den Welpen in den Armen, bevor er ihn an sie weiterreichte.

„Er kommt mit uns", beschloss er.

Mit geschlossenen Augen vergrub Clair ihr Gesicht in dem klammen Fell.

XIV

Keleigh saß schweigend neben Clair im Auto. Sie hatte noch immer die Nase tief in dem gefleckten Fell des Welpen vergraben. Dieser hatte seine Nase an ihre Schulter gelegt und schien eingeschlafen zu sein.

Sie hatte dieses kleine Wesen so schnell ins Herz geschlossen. Wie hätte er ihn nicht aufnehmen sollen? Gefragt hätte sie ihn niemals. Weil sie ihm nicht auf der Tasche liegen wollte, wie man es heute wohl sagte.

Ihre Reaktion auf den Tod des anderen Welpen hatte ihn tief erschüttert.

Was andere weggeworfen hatten, wie Dreck liegen lassen, hob sie auf. Sie hatte dem Tier nicht nur seine Schmerzen genommen, hatte viel mehr getan.

Sie hatte ihm Wärme, Geborgenheit und … Liebe in seinen letzten Momenten geschenkt.

Selbst Lazerus war weich geworden. Keleigh hatte es in seinem Blick gesehen.

Seufzend tippte er auf sein Telefon.

Unbändige Wut hatte ihn erfüllt, als Lazerus Anruf ihn erreicht hatte und er ihm sagte, seine kleine Pianistin wäre bei ihm. Dabei hätte er die Lage nicht mehr verkennen können.

Nachdenklich vergewisserte Keleigh sich, dass er alles hatte, dann schickte er seine Forderungen an den Angestellten, den man heute wohl als Sekretär betrachtete.

„Es tut mir leid", murmelte seine kleine Pianistin da leise.

„Wofür entschuldigst du dich denn?", fragte er nach. Die Sonne stach trotz der Brille in seine Augen.

„Ich hätte dir Bescheid geben sollen. Und jetzt hast du auch noch einen Hund an der Backe …"

Ein Schmunzeln stahl sich auf sein Gesicht.

„Mach dir nicht so viele Gedanken. Spätestens, wenn Chandrina von dem Kleinen erfahren hätte, hätte sie ihn zu uns geholt", beruhigte er sie.

Zustimmend lächelte sie und keine Spur war mehr von ihrer Traurigkeit zu sehen. Der kleine Welpe hatte sich in ihrem Schoß zusammengerollt.

Nachdenklich kraulte Keleigh die kleinen Ohren.

Früher hatte er auch Tiere besessen. Vor dem … Unfall.

„Wie willst du ihn denn nennen?"

Anscheinend hatte sie sich schon einen Namen überlegt, denn sie grinste verschlagen, auch wenn das Grinsen nicht ihre Augen erreichte. Sie schlug sich wacker, doch der Schmerz lag noch immer auf ihrer Seele.

„Na ja, da er wie ein Yin Yang Symbol aussieht, dachte ich an Ying."

Jeweils die ersten und letzten zwei Buchstaben der Worte. Keleigh schmunzelte. Gar keine schlechte Idee.

„Yin und Yang sind zwei Begriffe aus der chinesischen Mythologie. Sie bedeuten neben männlich und weiblich auch individuelles", erklärte er.

„Individuell ist er auf jeden Fall", stimmte Clair ihm zu. Kurz zögerte sie.

„Kann ich dich mal was fragen?"

Mit der Hand gab er ihr zu verstehen, sie solle fortfahren.

„Warum weißt du so viel?", fragte sie zögernd, was ihm ein Schmunzeln hervorlockte. Ihr zögerndes Nachfragen ließ den Schluss zu, dass sie sich neben ihm dumm und unwissend vorkam, wie ein Kind.

„Meine Erziehung war sehr streng", begann Keleigh und Bilder seiner Kindheit aus längst vergangenen Tagen tauchten vor seinem inneren Auge auf.

„Mein Vater war sehr … zielorientiert. Ich hatte gar keine andere Wahl, als alles zu lernen, was er für wichtig und nützlich hielt."

Kurz kehrte Schweigen zwischen ihnen ein und nur das Rauschen der vorbeiziehenden Autos und Häuser war zu hören.

„Mein Vater wollte auch, dass ich viel lerne", meinte seine kleine Pianistin dann leise. Trauer klang in ihrer Stimme mit.

„Wollte?", fragte er behutsam nach, drängte sie jedoch nicht. Sie zögerte lange, wog die Konsequenzen ihrer Antwort ab.

„Meine Eltern sind gestorben, als ich gerade aufs Gymnasium kam", sagte sie dann leise.

Den Rest der Fahrt über herrschte Schweigen.

„Wo seid ihr gewesen?!", empfing Chandrina sie und Keleigh seufzte innerlich.

„Ich habe mir verdammte Sorgen gemacht! Ihr seid einfach unverantwortlich! Wie könnt ihr einem denn so er … Oh wie *süß*!"

Kaum erblickte sein Schützling den kleinen Welpen, der noch immer in Clairs Armen schlummerte, war jeder Vorwurf vergessen.

„Wo habt ihr den denn her?"

Keleigh blieb so lange, bis seine kleine Pianistin ihr die ganze Geschichte erzählt hatte und sie sich auf den Weg machten, das Findelkind zu waschen. Erleichtert stellte er fest, dass die Trauer in den Augen seiner kleinen Pianistin ein wenig geschrumpft war.

Er wollte ihr nun etwas Ruhe gönnen und Chandrina wusste ohnehin besser, was man in einer solchen Lage tun sollte. Und doch war er unruhig und aufgebracht. Was hatte Lazerus in der Stadt zu suchen gehabt? War er Clair womöglich gefolgt? Was hatte er ihr gesagt? Welche Lügen erzählt?

Vor sich hin brummend begab er sich schließlich in den großen Salon und goss sich einen doppelten Scotch ein. Brennend lief ihm der edle Tropfen die Kehle hinab und er seufzte. Keleigh hatte heute noch nicht gespeist, was seine Übellaunigkeit noch verstärkte.

Und dann hatte er das Zimmer seiner kleinen Pianistin verwaist vorgefunden, ihr Mantel verschwunden. Als sie dann seinen Anruf nicht annahm und ihn sogar wegdrückte, hatte er es mit der Angst bekommen.

Dann war die SMS von Lazerus gekommen und Zorn war in ihm explodiert, wie der Scotch in seiner Kehle.

„Die kleine Clair ist in guter Gesellschaft."

Keleigh hatte getobt wie ein Teufel und auch jetzt bekam sein Glas Risse und knackte bedrohlich. Sein Kiefer juckte unerträglich und das überwältigende Verlangen, die Zähne in jemanden, *irgendetwas* zu schlagen, wurde fast übermächtig.

Da erklangen die leichten Schritte seiner kleinen Pianistin auf dem Gang und er kerkerte die Bestie in seiner Brust wieder zurück in ihren Käfig. Clair schien etwas oder jemanden zu suchen. Also wartete Keleigh. Ihre Schritte kamen immer näher. Er goss sich einen weiteren Drink ein und stellte sich ans Fenster, sah hinaus.

Vor der Tür zum Salon stoppten ihre Schritte. Durch die Reflexion der Scheibe beobachtete er sie, drehte sich jedoch nicht um. Zögernd trat sie näher und schien darauf zu warten, dass er sie bemerkte.

„Ich denke, der Kleine ist nun so sauber, dass er quietscht", scherzte er, noch immer den Blick scheinbar auf den Garten vor sich gerichtet. Clair schien seine Anspannung zu spüren, obwohl Keleigh sich Mühe gab, unbefangen zu wirken.

„Kann man so sagen. Auf jeden Fall riecht jetzt alles nach nassem Hund", meinte seine kleine Pianistin zögernd, trat hinter ihn.

Durch die Scheibe sah er, dass sie die Hand hob. Ohne Zweifel, um ihn am Arm oder Schulter zu berühren. Er konnte schon ihre Wärme spüren, da zog sie die Hand wieder weg und ließ sie sinken.

Er schloss die Augen.

„Ich wollte dir etwas sagen, beziehungsweise dich etwas fragen", fing sie nach weiterem Zögern schließlich an.

Noch einmal seufzte Keleigh leise, drehte sich dann mit ihrem berauschenden Duft in der Nase zu ihr um.

Der Blick seiner kleinen Pianistin war besorgt.

„So?"

Sie schien schwer zu schlucken. Seine Distanziertheit machte ihr sichtlich zu schaffen.

„Lazerus … also er hat im Wagen so etwas angedeutet", begann sie. Keleigh bemühte sich um einen neutralen Gesichtsausdruck.

„Er sagte, er wolle mit mir zusammen arbeiten oder etwas in der Richtung, dass wir uns bald besser kennenlernen würden. Deswegen … Ich wollte nur wissen, ob du davon etwas weißt", kiekste sie unter seinem Blick.

Keleigh schwieg, bevor er antwortete.

„In der Tat ist mir sein … Anschreiben kürzlich in die Hände gefallen", gab er ihr Auskunft, ging an ihr vorbei und füllte sein Glas neu. Er nippte daran.

„Ah … und was sagst du dazu?", fragte Clair unschlüssig. Da stahl sich ein Lächeln auf Keleighs Gesicht. Also zog sie ihn ihm doch vor.

„Es ist sehr großzügig vergütet, doch ich halte es für keine gute Idee", sagte er ehrlich.

Ein großer Stein schien vom Herzen seiner kleinen Clair zu fallen, denn sie sackte vor Erleichterung fast in sich zusammen.

„Gott sei Dank!", stieß sie gelöst hervor.

„Ich dachte schon, ich müsste mit ihm arbeiten."

Seine Wut kühlte etwas ab und er schenkte ihr ein Lächeln, das auch seine Augen erreichte.

„Hast du dich denn schon für ein anderes Angebot entschieden?", fragte er nach und wechselte so geschickt das Thema. Vor einigen Tagen hatte er ihr die Angebote gegeben, damit sie sich eines aussuchen konnte.

„Ich finde das im Schlosspark gut", meinte Clair.

„Doch es wird schwer dort den Reportern zu entkommen."

Damit hatte sie leider Recht. In einem Restaurant gab es immer eine Hintertür … oder einen Balkon. Doch in einem Park war nur freie Fläche. Es wäre zu riskant.

„Ich dachte, das alte Opernhaus am Ende der Stadt wäre ganz gut", überspielte seine kleine Pianistin ihren Ärger über den unmöglichen Auftritt im Park.

„Du sollst vor und nach der Aufführung spielen, so war es doch?", erinnerte Keleigh sich. Das Opernhaus war nahezu perfekt. Sobald Clair spielte, würden sie eine weiße Wand hinablassen und die Scheinwerfer so einstellen, dass ihr Schatten an die Wand geworfen wurde. Zudem gab es Garderoben im hinteren Bereich der Bühne. Dort konnten sie sich zur Not zurückziehen.

Reporter waren in diesem Gebäude ohnehin verboten. Als Gast konnten sie kommen und zusehen, danach ihren Bericht schreiben. Doch Kameras waren nicht erlaubt. Nur vom Opernhaus selbst geschossene Bilder wurden der Presse zugesandt, so war es seit jeher.

„Das ist eine fabelhafte Idee", stimmte er ihrer Entscheidung zu und die Kühle zwischen ihnen wich.

„Dann werde ich dem Opernhaus Bescheid geben."

Clair nickte und wandte sich ebenfalls zur Tür.

„Und ich werde mal nachsehen, ob Chandrina den kleinen Racker trocken bekommen hat."

Gerade betraten sie die Eingangshalle, da kam Chandrina mit Ying in den Armen die Treppe hinunter. Es klopfte an der Tür.

Keleigh öffnete und sah sich Lazerus Butler gegenüber.

„Seid gegrüßt", verbeugte sich der Butler galant. Misstrauisch stand Keleigh einfach nur da. Was sollte dies nun schon wieder?

„Mein Herr sandte mich ihnen dies zu bringen", hielt der Mann ihm eine Tüte und einen Brief entgegen. Noch immer wortlos nahm Keleigh die Sachen entgegen. Der Mann vor ihm verneigte sich erneut und ging.

Verwirrung überkam ihn. Was war in der Tüte und wieso sandte Lazerus ihm diesen Brief zu?

Mit beiden Sachen in den Händen drehte Keleigh sich um, da schrie Clair erschrocken auf.

„Meine Bücher!" und schon war sie bei ihm und nahm die Tüte an sich.

„Die hab ich ja ganz vergessen!", murmelte sie dabei vor sich hin und sah nach, ob alles vorhanden war.

„Wo kommen die denn her?", fragte sie ihn.

Mit neutraler Miene berichtete Keleigh ihr von dem Butler, der die Sachen brachte. Den Brief ließ er dabei bewusst unerwähnt. Zum Glück hatte Clair es sehr eilig, ihre Bücher in ihr Zimmer zu bringen, dass er sich ungestört dem Schreiben widmen konnte.

„Der ist von *ihm* nicht?", wollte Chandrina wissen. Er neigte den Kopf leicht zur Seite.

„Was steht drin?", drängte sie ihn den Brief zu öffnen.

Keleigh tat es und seine eben erloschene Wut flammte zu unbändigem Zorn erneut auf.

„Das ist eine Frechheit!", donnerte er und warf das Schriftstück auf den Tisch im Salon. Tausend Gedanken rasten auf einmal durch seinen Kopf.

Dass er sich erdreistet!

Dieser elende Hund!

Wie konnte er es auch nur wagen?! In seiner Wut bekam Keleigh nur nebenbei mit, wie auch Chandrina den Brief las. In diesem Schreiben verlangte Lazerus danach, ein Stück samt zugehörigem Musikvideo zu produzieren. Ansonsten würde er an die Öffentlichkeit gehen, würde ihnen Clairs Vergangenheit auf einem Silbertablett servieren!

Er selbst hatte nie Nachforschungen angestellt, doch etwas Schreckliches musste seiner kleinen Pianistin widerfahren sein.

Etwas Grausames.

Und dieser Hund drohte nun damit, alles preiszugeben! Obendrein drohte er ihm auch noch, sie ihm wegzunehmen, sie zu zeichnen.

Keleigh konnte nichts dagegen tun, dass seine Zähne länger wurden und seine Augen sich verwandelten.

Den Göttern sei Dank, war Clair in ihr Zimmer gegangen.

„Das kann er doch nicht machen!", rief da Chandrina aus und kam auf ihn zu. Er unterdrückte ein wütendes Fauchen. Normalerweise hatte er diese niederen Instinkte unter Kontrolle. Doch nicht hierbei. Nicht, wenn es um *sie* ging.

„Und wie er das kann", grollte Keleigh. Er wollte etwas zerschlagen, zerschmettern. Er wollte Blut fließen sehen. Dieses herrliche Rot im Licht glitzern, den betörenden Duft riechen … er wollte *töten*.

„Wir können das nicht zulassen!", beharrte Chandrina weiter darauf.

„Wir haben keine andere Wahl! Du weißt, dass er es tun wird! Gerade du!", knurrte er und schlug mit der Faust auf den Tisch, dass dieser erbebte.

Er musste eine Lösung, einen Ausweg finden, irgendeinen! Bei seinen harschen Worten zuckte sein Schützling zusammen und Schmerz legte sich auf ihr Gesicht, bevor er von Wut verdrängt wurde und auch ihre Augen anfingen zu glühen.

„Gerade deswegen müssen wir sie beschützen!", schrie sie und ihre Stimme überschlug sich vor lauter Aufregung.

„Aber wir können es nicht! Wir können es nicht! Einst warst du in seinen Fängen und ich konnte dich retten. Nun ist sie bei mir und er entreißt sie mir dennoch! Es gibt keinen Ausweg!", brüllte er in seiner Wut und Verzweiflung.

„Ich kann nichts tun. Ich kann ihr nicht helfen, meiner kleinen Pianistin", sagte er wesentlich leiser und wandte sich ab.

„Doch, du kannst etwas tun! Wenn du nur wolltest!", keifte Chandrina.

„Nein! Wir werden akzeptieren und das beste aus der Lage machen", wehrte er erschöpft ab, seine Wut verrauchte und nur noch die Verzweiflung blieb.

„Keleigh, bitte!", wurde nun auch Chandrina ruhiger, ergriff seine Hand, drückte sie.

„Wir können sie nicht in ihr Verderben stürzen! Sie kann nicht das Gleiche durchmachen, wie ich! Dafür ist sie nicht stark genug!"

Traurig drückte Keleigh auch ihre Hand und seine Augen und Zähne nahmen wieder ihre normale Form an.

„Wir können nichts anderes tun, als ihn gewähren zu lassen. Oder er wird sie zerstören", machte er ihr begreiflich. Als wüsste er nicht selbst, wie zerbrechlich seine kleine Clair war!

„Das wird er ohnehin!", rief sein Schützling wütend aus und ließ seine Hände los.

„Du bist mächtig und stark. Keleigh ... *Meister*, bitte!", bettelte sie regelrecht. Dass sie ihn bei seinem eigentlichen Stand ansprach, zeigte ihm nur zu deutlich, wie verzweifelt und unglücklich Chandrina selbst war.

„Wir können ihr nur beistehen und hoffen, dass alles ein gutes Ende nimmt", sagte er eindringlich und legte ihr die Hände auf die Schultern, wollte ihr Kraft und Zuversicht schenken, obwohl ihn diese soeben selbst verlassen hatte.

„Er ist viel stärker als ich, hat mehr Verbündete. Ich habe mich zu lange aus der Welt der Sterblichen zurückgezogen, zu lange im Verborgenen gelebt. Doch er war wach, hat die Welt zu seinem Nutzen geformt. Wenn er mich besiegt, steht Clair ganz ohne Schutz da. Willst du das?" Lange, so schien es ihm, sah sein Schützling ihn an und Wut kämpfte mit Verzweiflung in ihr.

„Du bist ein elender Feigling!", zischte sie ihm schließlich mit all ihrer Enttäuschung und Wut ins Gesicht. Dabei füllten Tränen ihre hellen Augen.

„Du versuchst ja noch nicht einmal sie zu beschützen!" Da riss sie sich von ihm los, wirbelte herum und floh aus dem Zimmer.

Lange sah Keleigh ihr nach.

Sie hatte ja Recht. Trotz all der Jahre, die er nun schon auf dieser Erde wandelte, war er noch immer ein Feigling. Nur aus diesem Grund ging er ihr nicht nach und strafte sie für ihren Ungehorsam ihres Herrn gegenüber. Weil sie Recht hatte.

Doch in einem Punkt irrte sich seine Chandrina. Er würde Clair nicht in ihr Verderben stürzen. Er würde bei ihr sein und sie so gut beschützen, wie er eben konnte.

Keleigh würde sie sich nicht nehmen lassen. Um keinen Preis würde er die Frau gehen lassen, die seine Seele wieder mit Licht erfüllte.

XV

„Das hast du super gemacht!", begrüßte Chandrina sie.
Gerade hatte Clair ihren Auftritt im Opernhaus hinter
sich gebracht. Es war der letzte und die Show war nun
offiziell beendet.

„Danke", strahlte sie und gemeinsam gingen sie schnell
Richtung Ausgang, wo Keleigh schon wartete.

Clair spürte genau, dass er und Chandrina Streit hatten.
Doch sie konnte sich einfach nicht erklären, warum.

„Kommt, wir müssen uns beeilen", trieb Keleigh sie zur
Eile und Chandrina wich seinem Blick aus.

Clair tat es in der Seele weh, die beiden so zu sehen.
Schon seit einigen Tagen ging es so und die junge Frau
zog sich immer mehr zurück. Clair beschloss so schnell
wie möglich den Grund ihres Streits in Erfahrung zu bringen und die Wogen wieder zu glätten.

„Die Reporter sammeln sich am Haupteingang, wenn wir
uns beeilen, werden wir weg sein, bevor sie etwas bemerken", scheuchte Keleigh sie weiter und riss die Hintertür auf. Sie kamen nur wenige Schritte weit, dann
blitzte es von allen Seiten.

„Zum Teufel auch", hörte sie Keleigh fluchen, da war es
aber schon zu spät. Wie ein Reh im Scheinwerferlicht
blieb Clair stehen und starrte in die Linsen.

„Wir haben sie! Wir haben sie!", schrien die Leute
durcheinander.

Sollte das schon alles gewesen sein? War nun schon alles
vorbei? Clair konnte es nicht glauben. Wie betäubt starrte sie in die große Linse einer Videokamera.

„Hier sehen wir Keleigh Morgan mit seiner Tochter und der geheimnisvollen Pianistin Clair. Endlich wurde das Geheimnis ihres Aussehens gelüftet!", ratterte die dazugehörige Nachrichtensprecherin herab und sah vor lauter Aufregung ganz so aus, als würde sie gleich hyperventilieren.

„Sagen sie, was brachte sie dazu, die Maske fallen zu lassen?", wurde Clair das riesige Mikrofon unter die Nase gehalten, doch sie konnte nur blinzeln.

Es war alles vorbei?

„Mr. Morgan, können sie uns sagen …", wandte sich die Frau wieder an Keleigh, da aus Clair offenbar nichts herauszuholen war. Da ging Chandrina dazwischen.

„Das ist nicht Clair!", rief sie und alle Kameras richteten sich auf sie.

„Das ist Abigail, meine Freundin", schlang die junge Frau ihren Arm um ihre Schultern. Clair stand noch immer da wie eine Salzsäule und die Worte sickerten nur langsam zu ihr durch.

„Clair ist gerade auf dem Weg zum Hotel", erklärte Chandrina und grinste breit.

„Sie haben sie um Haaresbreite verpasst!"

Die Enttäuschung der Reporter hätte nicht größer sein können. Die so sehr ersehnte Schlagzeile war soeben vor ihren Nasen geplatzt. Und sie glaubten es!

Clairs Hände fingen unkontrolliert an zu zittern.

„Und sie sind ebenso ein Fan, wie ihre Freundin?", wandte sich da die Moderatorin an Clair. Sie fiel vor Schreck fast in Ohnmacht und starrte erneut stumm in die Kamera.

Da gab Chandrina ihr einen Stoß und sie riss sich zusammen.

„Klar!", stotterte sie darauf los.

„Ich liebe ihre Lieder! Sie sind so voller Gefühl, ich könnte jedes Mal weinen."

Weinen könnte Clair auch im Moment. Sie fühlte sich fast so, als hätte ihr jemand den Boden unter den Füßen weggezogen.

„Und da sind sie nicht die einzige, wie ich hörte. Es gibt Gerüchte, dass die Engelsstimme Lazerus Oscuridad zusammen mit Clair produzieren will", ging die Reporterin wieder zu Keleigh über, der pure Ruhe ausstrahlte.

„Was ist an diesen Gerüchten dran?"

Zu ihrem Entsetzen, sagte Keleigh nicht, dass es wohl beim Gerücht bleiben würde, sondern stimmte zu! Clair fiel aus allen Wolken. Man hatte ihr den Boden nicht untern den Füßen weggerissen, sondern weggesprengt!

Nach Stunden, so kam es ihm zumindest vor, saßen sie endlich im Wagen und waren auf dem Weg nach Hause. Clair, die neben Chandrina auf der Rückbank saß, war noch immer bedenklich blass.

„Gibt es etwas Schlimmeres als Fernsehsender?", versuchte sein Schützling Clair auf andere Gedanken zu bringen.

Warum saß er eigentlich wieder vorn beim Fahrer, wenn die Rückbank für drei Personen ausgelegt war?

„Es war so verdammt knapp", murmelte Clair vor sich hin und lenkte seine Aufmerksamkeit wieder auf sich.

„Fast wäre es vorbei gewesen."

Sie schien kurz zu überlegen, dann sah sie ihm durch den Rückspiegel direkt in die Augen.

„Was sollte das heißen, ich werde mit Lazerus zusammenarbeiten?", stellte sie die Frage, die er gefürchtet hatte. Eigentlich hatte Keleigh geplant, es ihr schonend beizubringen. Nun hatte sie es so, unter den schrecklichsten Bedingungen, erfahren müssen. Innerlich seufzte er, blieb aber äußerlich ganz ruhig. Chandrina hingegen spannte sich und sah demonstrativ aus dem Fenster. Von ihr hatte er keine Hilfe zu erwarten.

„Es stimmt", bejahte er schließlich ihre Vermutung.

„Aber du hast doch gesagt …!", wollte sie schon loslegen, da unterbrach er sie.

„Es stimmt, dass ich sagte, wir würden sein Angebot ablehnen. Ich habe dich nicht angelogen", stellte er erst klar.

„Jedoch …", kam er jedem Einwand zuvor, „hat Lazerus mir ein Schreiben zukommen lassen, dass es mir unmöglich macht, seine Forderung nicht zu akzeptieren."

Kurz zögerte seine kleine Pianistin, dann legte sie los und Keleigh schloss kurz die Augen.

„Welches Schreiben? Wann hat er das denn geschickt?" Dann mit kurzer Verzögerung: „Er erpresst dich?!"

Jetzt seufzte Keleigh doch. Seine Augen waren noch immer fest auf den Rückspiegel geheftet, doch er wandte sich nicht um.

„Weniger mich, als vielmehr dich."

„Inwiefern?", drängte Clair auf eine Antwort. Dann sollte sie sie bekommen.

„Er droht damit, deine Vergangenheit an die Presse zu verkaufen."

Chandrina konnte sich ein aufgebrachtes Schnauben nicht verkneifen, doch Clair beachtete sie gar nicht. All ihre Sinne waren auf ihn fixiert.

„Dann soll er doch! Ist mir egal! Soll er doch alles ans Licht bringen! Ich werde aber *nicht* mit ihm zusammen-arbeiten!", fauchte sie und in ihren Augen blitzte Wut. Keleigh war sich nicht sicher, ob sie ihm, Lazerus oder ihnen beiden grollte.

„Sprich keinen Unsinn!", erwiderte er ernst und auch seine Augen blitzten nun wütend auf. Sie würde nicht alles über Bord werfen, nur weil ein Monster wie Lazerus ihr in die Quere kam! Das würde er nicht zulassen!

„Ich habe doch deine Reaktion gesehen, als du dachtest, alles wäre erfolglos gewesen. Du bist ja noch immer bleich wie der Tod!"

Da beschloss sein Schützling nun doch einzugreifen, auch wenn Keleigh genau wusste, dass sie es nicht für ihn tat.

„Clair, er hat Recht. Wir beide wissen nicht was du so panisch versuchst zu verbergen. Wir wollen es auch gar nicht wissen", beteuerte sie. Keleigh hielt sich zurück und ließ die junge Frau reden.

„Lazerus hingegen wird alles daran setzen, dich zu be-kommen. Ich spreche aus Erfahrung, also hör mir zu", bat sie und Clairs grimmige Miene glättete sich etwas.

„Wir können nichts gegen seine Forderung tun, aber wir können sie zu unseren Bedingungen auslegen. Wir kön-nen in dem Arbeitsvertrag eine Klausel einschieben, die besagt, dass er nach eurer Zusammenarbeit nie wieder auf eine weitere bestehen kann und deine Vergangen-heit im Dunkeln lassen muss."

Kurz schien Clair erleichtert, doch Keleigh sah den Zwei-fel, der sich schon im nächsten Moment in sie fraß.

„Aber was, wenn ihm das vollkommen egal ist?"

Eine berechtigte Frage.

Chandrina sah kurz zu ihm und sie wussten beide, dass Lazerus sich an die Klausel halten würde. Sie waren einem ganz anderen Gesetz unterworfen, als es die Sterblichen waren. Er hatte gar keine andere Wahl, als sich daran zu halten, hätte er erst einmal unterschrieben. „Das wird er, vertrau mir", versprach Chandrina und in ihren Augen leuchtete es gefährlich.

Wieder zu Hause angekommen, schnappte Clair sich Ying und verließ das Haus fluchtartig. Dabei musste sie sich an den Reportern vorbeischleichen. Clair, die Pianistin war zwar angeblich in einem Hotel, doch sie wollte nicht zu viel Aufmerksamkeit auf sich lenken. Einmal eine Kameralinse vor der Nase zu haben, reichte ihr für den Tag. Der kleine Racker war genauso neugierig wie immer. Im Ganzen stand sie mehr und sah ihm dabei zu, wie er alles ganz genau beschnüffelte, als das sie tatsächlich spazieren gingen. Das wiederum bot ihr mehr als genug Zeit, um nachzudenken.

Sie hatte es im Wagen durchaus ernst gemeint. In diesem Moment hätte sie lieber alles hingeschmissen, als mit Lazerus zusammenzuarbeiten. Weil er ihr Angst machte. Natürlich, von außen war er eine Augenweide und charmant bis zum Gehtnichtmehr. Doch da war etwas Dunkles in seiner Ausstrahlung, etwas Böses. Clair glaubte nicht, eine gute Menschenkenntnis zu besitzen, doch das nahm sie wahr.

Jedes Mal, wenn sie ihn bisher getroffen hatte, war es ihr eiskalt den Rücken hinabgelaufen. Wie Lazerus, hatte auch Keleigh diese dunkle Ausstrahlung. Die beiden waren sich in manchen Fällen ähnlicher, als sie dachten. Doch in Keleighs … Aura? Clair wusste nicht, wie sie es anders ausdrücken sollte, war nichts Böses. Dunkel war sie auch. Besonders, wenn er wütend wurde. Da stellten sich ihr ebenfalls die Nackenhaare auf. Doch hinter der Dunkelheit seines Erscheinens lag Licht. Hinter einer dicken Wand aus Einsamkeit, die er wohl selbst aufgebaut hatte, wenn man von seiner Distanziertheit Menschen gegenüber ausging, lag etwas Gutes, Strahlendes.

Je länger Clair darüber nachdachte, desto dümmer kam ihr ihre Entscheidung vor, alles hinzuwerfen. Was für einen Sinn hätte es denn?

Und Chandrina hatte Recht. Man könnte ihn zum Stillschweigen verpflichten. Wenn er sich denn daran hielt. Jedoch kam ihr Lazerus trotz seiner unangenehmen Art wie ein Mann vor, der etwas von Ehre verstand und sich daran halten würde.

Wenn schon nicht für sie, dann doch wenigstens für seinen verfluchten Stolz.

Also würde sie mit ihm zusammenarbeiten. Sofort setzte sich ein Kloß in ihrer Kehle fest. Es war nur für ein einziges Mal. Was konnte schon schief gehen? Clair hoffte inständig, dass dies nicht die berühmten letzten Worte waren.

Nach einer Stunde machte sie sich auf den Rückweg und wurde von einem Angestellten an der Hintertür eingelassen. Ying folgte ihr in einen der Salons im Erdgeschoss und legte sich zu ihr aufs Sofa. Den kleinen Hundekopf kraulend, schaltete sie den Fernseher an und blieb schließlich bei einer Reportage von Geistern und Spukschlössern hängen, in der ein Mann durch alte Burgen rannte, um Geister zu finden.

Es war ganz lustig.

Ying blieb ruhig bei ihr liegen und gähnte herzhaft. Sie war wirklich froh, dass es ihm besser ging und er den Verlust seines kleinen Bruders verkraftet hatte. Clair hingegen war immer noch traurig, wenn sie daran zurückdachte.

Sie hatte kein Licht angemacht und so erhellte nur der Fernseher den großen Saal spärlich. So kam es, dass sie tatsächlich vor dem Fernseher einschlummerte. Sie wurde erst geweckt, als sich etwas Weiches über sie legte und Ying sich bewegte. Verwirrt hob sie den Kopf und blinzelte. Vor ihr stand jemand.

Erst nach mehrmaligem Blinzeln klärte sich ihre Sicht und sie erkannte Keleigh. Er hatte die Fernbedienung in der Hand und sah so aus, als würde er gerade den Fernseher ausschalten, damit sie in Ruhe schlafen konnte.

„Lass ruhig an", gähnte sie und reckte sich. Überrascht sah er zu ihr und ließ die Fernbedienung sinken.

„Habe ich dich geweckt?"

„Weniger du, als vielmehr der kleine Scheißer hier", lächelte sie und zeigte auf Ying, der gerade versuchte vom Sofa aus Keleigh anzustupsen, damit er ihn streichelte. Keleigh kam seiner stummen Bitte nach und er bellte einmal dankend, so kam es ihr zumindest vor.

Clair setzte sich nun vollkommen auf und zog die Beine an, legte die Arme darum.

„Ich habe das Gefühl, dass ich mich entschuldigen muss", fing sie dann an, um die Stille zwischen ihnen zu brechen. Keleighs Blick wanderte von dem Hund zu ihr.

„So?"

Nur das eine Wort, ansonsten nichts.

„Ich habe im Wagen total überreagiert", erklärte sie, den Blick auf ihre Füße gesenkt.

„Es tut mir leid."

Als Keleigh nichts erwiderte, sah sie auf. Sein Blick war nun vollkommen auf sie gerichtet.

Sich noch immer in Schweigen hüllend, schob er die Decke seufzend zu ihr und setzte sich neben sie auf das Sofa.

Eine Weile sah er, scheinbar nachdenklich, auf den noch immer laufenden Fernseher.

„Du brauchst dich nicht zu entschuldigen", sagte er schließlich leise. Nun war seine Stimme mehr ein Murmeln, als ein Flüstern.

Da er ihren Widerstand sowieso gleich wieder zerschlagen würde, sagte Clair nichts.

„Ich wollte es dir ganz anders sagen, nicht so abrupt. Ich sollte mich entschuldigen, dass ich es dir nicht gleich gesagt habe, nicht du."

Clair gab nur ein unverbindliches Brummen von sich und legte den Kopf auf die Sofalehne. Wie spät war es denn? Sie war hundemüde.

Dabei schien Ying total wach zu sein.

Eine Weile herrschte Stille zwischen ihnen und Clair hörte nur ihren gleichmäßigen Atem, der sie langsam aber sicher einlullte.

„Als Entschädigung würde ich dich gerne morgen zu einem Ausflug einladen", riss er sie aus ihrer Schläfrigkeit.

„Mmh? Gerne, wann soll es denn losgehen?"

Kurz zögerte er.

„Um elf."

Ein Schmunzeln lag in seiner Stimme, doch sie sah nicht nach, ob dem tatsächlich so war, sondern schloss die Augen. Sie war so müde.

„Wohin geht es denn?", nuschelte sie verschlafen.

„Ich dachte an ein Lokal etwas abgelegen am Stadtrand. Wie man hört …"

Mehr bekam Clair nicht mehr mit, da sie schon im nächsten Moment eingeschlafen war.

Keleigh sah auf seine kleine Pianistin hinab, die doch tatsächlich eingeschlafen zu sein schien. Federleicht strich er über ihr Haar. Ganz in Gedanken versunken tauchte er erst wieder daraus auf, als Ying aufs Sofa sprang und von Clair gestreichelt werden wollte.

Es reichte ein strenger Blick von ihm und das Tier sprang wieder vom Sofa, sah ihn aber mit freudigem Schwanzwedeln erwartungsvoll an.

„Komm", befahl er dem Hund, als er seine kleine Clair sanft auf die Arme hob. Der Fernseher lief noch immer und beschien ihr Gesicht in einem dunklen Licht. Sie wirkte so friedlich und alle Sorgen schienen von ihr abgefallen zu sein.

Wenn es nur wirklich so sein könnte.

Ying folgte ihm, als er Clair in ihr Zimmer trug. Dabei war er so aufgeregt, wo die Reise wohl hingehen würde, dass er vergnügt bellte.

„Ruhig, Hund", forderte er ihn sofort auf.

„Er heißt nicht Hund, sondern Ying", rührte Clair sich in seinen Armen. Keleigh sah den Hund böse an. Dieser wedelte nur noch stärker mit dem Schwanz.

Verwirrt blinzelte Clair und sah sich um.

„Hast du den Fernseher ausgemacht?", fragte sie. Dann, etwas verspätet: „Warum trägst du mich?"

Schmunzelnd trug Keleigh sie die Treppe zu ihrem Zimmer empor.

„Ja. Und weil du nicht im kalten Salon schlafen kannst", antwortete er ihr leise. Sie schien noch immer halb zu schlafen. Was erklären würde, warum sie sich nicht dagegen wehrte, dass er sie trug.

„Ach so", murmelte sie und rieb die Wange an seiner Schulter, schlang die Arme um seinen Hals, damit sie es bequemer hatte und sog tief seinen Geruch ein.

Keleigh zischte kaum merklich. Hatte sie eine Ahnung, wie intim dieser Moment war?

Seine kleine Pianistin murmelte etwas.

„Wie bitte?"

Mürrisch seufzte sie, antwortete ihm aber mit geschlossenen Augen.

„Ich habe gesagt, dass du gut riechst", murmelte sie.

„Und das du gruselig bist."

Keleigh hielt inne.

„Wie darf ich das denn verstehen?", wollte er wissen.

„Na ja, heutzutage würde keiner eine erwachsene Frau ins Bett tragen. Deswegen bist du gruselig, genau wie Lazerus."

Wie bitte?! Er war mit Nichten genauso wie Lazerus, dieses Monster!

„Ich meine, ihr seid beide so anders, so dunkel", seufzte sie. Ohne sie viel zu bewegen, öffnete er ihre Zimmertür. Ying schoss sofort hindurch und sprang auf das Bett, bellte freudig.

„Aber er ist angsteinflößend gruselig. Du hingegen bist cool gruselig, sexy."

Sie schien wirklich sehr müde zu sein, dass sie so etwas laut aussprach. Vorsichtig legte er sie auf ihr Bett und breitete die Decke über sie aus.

„Ich bin also sexy?", wollte er erheitert wissen.

„Unglaublich", murmelte sie. Ying gesellte sich zu ihr und leckte ihr über den Arm. Doch sie war schon wieder eingeschlafen.

Gerade wollte Keleigh gehen, da hielt sie ihn am Handgelenk fest.

„Vertrag dich wieder mit Chandrina. Ich will nicht, dass ihr meinetwegen Streit habt", bat sie leise, mit geschlossenen Augen. Keleigh versprach es ihr und ging dann. Er schaute noch lange in den dunklen Nachthimmel, ganz in seinen Gedanken versunken.

XVI

Ihr Herz raste und ihr stand der Schweiß auf der Stirn. Panisch sprang ihr Blick durch das spärlich erleuchtete Zimmer.

Jemand war hinter ihr her, jemand war ... ein Traum.

Kraftlos ließ Clair sich zurück in die Kissen fallen. Nur ein Traum. Noch immer schlug ihr Herz wie verrückt und ihre Hände zitterten leicht.

Was hatte sie geträumt? Was hatte ihr solche Angst eingejagt?

Sie wusste es nicht mehr. So sehr sie sich auch anstrengte. Sie sah nur Schwärze. Doch dort war etwas Dunkles gewesen, etwas Böses.

Nervös blickte sie sich noch einmal im Zimmer um, doch es war niemand zu sehen.

Ihr Zimmer.

Wie war sie hierhergekommen? Sie wusste noch, dass sie im Salon mit Keleigh geredet hatte. Er wollte sie heute irgendwohin mitnehmen. Doch wie war sie von dort hierhergekommen? War sie gelaufen? Hatte sie jemand ins Bett gebracht? Sie konnte sich auch daran nicht erinnern.

Um diesen fantastischen Start in den Morgen abzurunden, stellte Clair sich unter die Dusche, um den kalten Schweiß abzuwaschen.

Sie fühlte sich gleich etwas besser.

Dennoch war ihre Laune nicht die beste, als sie die Treppe hinabstieg und ins Esszimmer ging. Dort saßen Keleigh und Chandrina schon am Frühstückstisch. Letztere hatte erstaunlich gute Laune, obwohl sie ein chronischer Morgenmuffel war, wie Clair herausgefunden hatte. Ersterer las vertieft in der Zeitung. Die Anspannung, die zwischen ihnen die letzten Tage über geherrscht hatte, war verschwunden.

Also hatten sie sich wieder vertragen. Clair war sehr froh darüber. Um ehrlich zu sein, hatte sie sich schon überlegt, wie sie die beiden wieder versöhnen konnte.

„Morgen", ließ sie sich auf einen Stuhl fallen. Keleigh sah von seiner Zeitung auf, dabei war Clair fast sicher, dass er schon seitdem sie den Flur betreten hatte, genau gewusst hatte, dass sie kam.

„Guten Morgen", grüßte er und faltete seine Zeitung zusammen.

„Morgen, Clair!", strahlte Chandrina.

Sich am Kopf kratzend nahm Clair ein Brötchen und riss es in kleine Stücke. Sie hatte eigentlich gar keinen Appetit.

„Ist alles in Ordnung?"

Clair schaute auf und sah, dass beide sie verwundert ansahen.

„Mmh, ja. Ich habe nur schlecht geschlafen. Irgend so ein komischer Traum, an den ich mich nicht mehr richtig erinnere", erklärte sie.

„Und ich weiß nicht mehr, wie ich ins Bett gekommen bin", fügte sie nachdenklich hinzu.

„Oh, das kann ich dir sagen", schmunzelte Keleigh. Also hatte sie *doch* jemand ins Bett gebracht. Und allem Anschein nach war es Keleigh gewesen.

„Ich habe dich ins Bett gebracht", bestätigte er ihren Verdacht. Clair wand sich innerlich. Warum hatte sie auch nicht einfach selbst ins Bett gehen können?

„Gebracht im Sinne von über die Schulter geworfen und los geht's oder wie ein kleines Kind im Arm?", fragte sie misstrauisch nach.

„Was denkst du denn, wie ich es gemacht habe?"

Seine Miene war total neutral, keine Gefühlsregung zu erkennen.

Chandrina hingegen schien viel Spaß zu haben. Clair trat ihr unter dem Tisch leicht gegen das Bein und sah sie böse an.

„Huckepack?", hoffte Clair auf ihr Glück. Keleigh setzte sich zurück und hüllte sich lächelnd in Schweigen. Also hatte er sie wie ein kleines Kind in den Armen getragen. Nur hatte das Ganze nicht das Flair vom kleinen Kind und es war ihr extrem peinlich.

Sie merkte, wie sie langsam aber sicher rot wurde und senkte den Kopf.

„Ach, Clair! Das muss dir doch nicht peinlich sein!", lachte Chandrina und tätschelte ihr den Arm. Sie hatte den starken Verdacht, dass die junge Frau sie gerade verarschte.

„Mich hat er früher auch immer so ins Bett gebracht."

„Nur weil du dich standhaft geweigert hast, ins Bett zu gehen!"

Beide lachten leise, Clair hingegen wurde es noch heißer.

„Bei dir ist das ja auch was anderes", wehrte sie ab.

„Immerhin ist er dein Vater. Bei mir ist er aber mein ..."

Sie zögerte. Doch warum nur?

Was war Keleigh denn für sie? Die Pause war nur kurz, den Hauch eines Moments. Dennoch sah sie das Leuchten in seinen Augen.

„ ... Manager", beendete sie krächzend ihren Satz.

Chandrina, die von ihrem Zögern nichts bemerkt zu haben schien, winkte lachend ab.

„Ihr seid doch auch Freunde! Und als diese kann man sich schon mal gegenseitig ins Bett bringen!"

Das Bild von ihr, wie sie Keleigh versuchte in ein Bett zu schleppen, erschien in Clairs Kopf und sie prustete in ihren Orangensaft.

Keleigh schien das Gleiche durch den Kopf zu gehen, denn er schmunzelte über den Rand seiner Kaffeetasse.

Das ganze Frühstück lang ließ Clair die Frage nicht los, was Keleigh eigentlich für sie war. Ihr Manager, das war klar. Aber er war auch zu einem guten Freund geworden. Obwohl alles so rasant schnell gegangen war, war er immer höflich und nett gewesen, ein Freund eben … und mehr?

Sie wusste es nicht.

Clair war noch nie verliebt gewesen. Sie kannte die Liebe nicht. Wie also sollte sie wissen, was da zwischen ihnen vorging? Vielleicht interpretierte sie auch zu viel hinein, da sie noch nie freundschaftlichen Kontakt mit einem Mann gehabt hatte? Nur … anderen, verstörenden Kontakt.

Schnell verdrängte sie die Bilder ihrer Vergangenheit und besann sich auf das Hier und Jetzt.

„Ich gehe mal nach Ying sehen", wollte sie sich aus der komischen Situation schleichen. Keleigh erhob sich mit ihr.

„Würdest du danach bitte in den Salon kommen? Ich würde dir gerne etwas zeigen", bat er.

„Sicher."

Schnell schlich sie davon. Erneut stellte sie sich die Frage, wann sie begonnen hatte, ihn mit anderen Augen zu sehen.

Seine kleine Pianistin kam zusammen mit Ying, der ihr freudig um die Beine sprang, in den Salon. Der Welpe war in den vergangenen Wochen stark gewachsen. Und er hatte an Gewicht zugelegt. Nun sah man ihm das Elend, welches er erlitten hatte, nicht mehr an. Zumal er so lebensfroh war.

„Ich habe eine Überraschung für dich", sagte er, als Clair ihm gegenüber Platz genommen hatte.

Überrascht suchten ihre rehbraunen Augen seinen Blick und er erinnerte sich daran, wie sie ihn vorhin angesehen hatte. Ihm war die kaum merkliche Pause zwischen ihren Worten sehr wohl aufgefallen.

Schweigend reichte er ihr eine flache Schachtel, die mit einer schwarzen Samtschleife verschlossen war.

„Wofür ist das?", wollte sie wissen.

„Ich möchte dir ganz einfach eine Freude machen."

Dies schien sie nicht zu glauben, denn seine kleine Clair wirkte skeptisch. Er beobachtete genau, wie ihre filigranen Finger das schwarze Band lösten, den Deckel abhoben und das Seidenpapier zurückschlugen.

In seinem langen Leben hatte er schon viele Frauen und ebenso viele von ihnen Geschenke öffnen sehen. Sie rissen an den Verpackungen, zogen grob, ungeduldig die Schleifen auseinander, rissen die Deckel ab und zerknüllten das Seidenpapier.

So jedoch nicht seine kleine Pianistin.

Sie war so ganz anders, so zärtlich und sanft. Langsam zog sie die Schleife auf, befühlte den samtenen Stoff, legte ihn sorgsam zur Seite. Ehrfürchtig hob sie den Deckel der Schachtel, schlug andächtig das raschelnde Papier zurück.

Erfreut studierte er ihre Reaktion.

Vages Erkennen, ein Stutzen huschte über ihr zartes Gesicht. Dann riss sie die Augen auf, ihr Mund öffnete sich automatisch, als sie überrascht die Luft tief einsog. Ihre Finger stürzten zu dem feinen Stoff, hielten im nächsten Moment jedoch kurz inne, zögernd.

Dann ergriffen sie den Stoff, zogen das Stück langsam heraus. Seine kleine Pianistin erhob sich, starrte mit offenem Mund an dem langen Kleid entlang, ließ den Blick von oben nach unten wandern.

Dann huschte ihr Blick zu ihm und mit Entsetzen sah Keleigh, dass Tränen in den Augen seiner kleinen Pianistin glänzten.

Stumm ließ sie das Kleid in die Schachtel fallen und kam auf ihn zu.

Fest schloss er sie in die Arme, zögerte dieses Mal keine Sekunde. Er wollte nicht einen Augenblick verpassen.

Wie zwei zusammengehörige Teile schmiegten ihre Körper sich aneinander. Ihre Wärme erleuchtet ihn, ließ ihn sich wieder stark und lebendig fühlen.

Keleigh schloss die Augen und badete in diesem Gefühl, in ihrem Glanz.

Du bist das Licht meines Lebens, dachte er im Stillen, ganz für sich.

„Das kannst du nicht machen", murmelte seine kleine Pianistin an seiner Schulter.

„Ich weiß, wie viel das Teil gekostet hat."

Schluchzte sie etwa?!

„Das kannst du nicht machen!"

Da hob sie den Kopf, trat einen Schritt zurück, um ihn ansehen zu können. Widerstrebend ließ er sie los.

„Warum tust du das?"

Ein trauriges Lächeln stahl sich auf sein Gesicht.

„Ich sah, wie sehr dir das Kleid gefiel. Ich sah, dass du es wolltest, dich aber nicht trautest mich danach zu fragen."

Sehr undamenhaft zog sie die Nase hoch und wischte sich mit dem Handrücken über die Augen.

„Außerdem möchte ich, dass du es heute trägst. Ich will dich darin sehen."

Nun strahlte sie.

Viel zu schnell kam sie auf ihn zu, umarmte ihn erneut stürmisch.

„Danke, Keleigh. Ich bin dir sehr dankbar", murmelte sie in sein Ohr und war schon aus dem Raum, bevor er ihre Umarmung erwidern konnte.

Sie sah fantastisch aus in dem Kleid. Es war wärmer geworden, sodass sie es mit einem leichten Mantel tragen konnte, ohne zu frieren. Hauchzart umspielte der Stoff ihren Körper, brachte die Farbe ihrer Augen zum Leuchten. Und der Rückenausschnitt erst!

Keleigh war froh, dass sie eine Jacke darüber trug, ansonsten hätte er sie so nicht aus dem Haus gelassen.

Sie war einfach atemberaubend.

Gemeinsam fuhren sie in die Stadt. Keleigh fuhr selbst, was seine kleine Pianistin zwar zu überraschen schien, doch sie sagte nichts dazu.

Gemeinsam schlenderten sie durch die Stadt. Dabei waren sie sich nahe genug, um sich berühren zu können. Doch sie taten es nicht.

„Wo wolltest du denn hin?", fragte Clair und drehte sich zu ihm.

„Hattest du nicht irgendetwas von einem Lokal gesagt?"

„Ja, hab ich. Bevor du mitten im Gespräch eingeschlafen bist", neckte er sie.

Sofort lief sie hochrot an und er lachte leise.

Ihre Reaktion war so herrlich vorhersehbar.

„Was? Wirklich?", fragte sie bestürzt.

„Ja, wirklich."

Nachdenklich sah er sie an.

„Kannst du dich wirklich nicht mehr erinnern?"

Sie schüttelte den Kopf.

„Nein, wirklich nicht."

Ihr Herz schlug nicht schneller und sie sah ihm nach wie vor in die Augen. Also log sie nicht.

Vielleicht war es auch besser so. Sie würde sich nur wieder selbst zerfleischen, wenn er ihr erzählte, was sie gesagt hatte.

„Ist es sehr weit?", wechselte sie das Thema.

„Es ist ein Stück außerhalb, doch ich dachte, es wäre ganz angenehm ein Stück zu gehen. Immerhin hat der Himmel endlich aufgeklärt."

Wie um sich zu vergewissern, sah seine kleine Pianistin nach oben. Ihr zarter Hals reckte sich und entblößte ihre Kehle.

Keleigh verkrampfte sich, tat jedoch gleichgültig, als sie zu ihm sah. Es würde schwerer werden als er gedacht hatte.

„Stimmt. Es ist ein herrlicher Tag", sagte Clair und ging los.

Ihr Verhalten zu beobachten war ebenso ablenkend, wie faszinierend. Schon fast tänzerisch schien sie sich zu bewegen, huschte mal nach da, mal nach dort, blieb vor einem Schaufenster stehen und sah in die Auslage.

Durch sie fühlte er sich, als hätte man ihm die Scheuklappen abgenommen. Trotz seiner geschärften Sinne nahm er nun viel mehr wahr als sonst, sah mehr Dinge und Menschen.

Es war unbeschreiblich.

Viel zu schnell erreichten sie das Lokal. Da Ying mit ihnen gekommen war, setzten sie sich auf die Terrasse und Clair band die Leine um eines ihrer Stuhlbeine.

Sie bestellten und Stille kehrte ein.

„Ich weiß noch immer nicht so genau, was wir hier machen", meinte seine kleine Pianistin langsam, als der Kellner kam und Ying einen Napf mit Wasser hinstellte.

„Ich dachte, es wäre eine gute Ablenkung und schöne Abwechslung bei dem ganzen Trubel", erklärte er und breitete seine Serviette auf seinem Schoß aus. Seine Sonnenbrille lag neben dem Teller und die Versuchung war groß, sie aufzusetzen. Doch dies wäre extrem unhöflich gewesen, also ließ er es. Obwohl die Sonne in seinen empfindlichen Augen brannte.

„Zudem wollte ich mich hiermit bei dir entschuldigen, dass ich dir nichts wegen der Sache mit Lazerus erzählt habe."

Seine förmliche Entschuldigung schien ihr peinlich zu sein und Keleigh schmunzelte ihrer Jugend wegen.

Sie würde noch lernen, nicht jede ihrer Gefühlsregungen so offen zu zeigen.

„Schon gut. Ich kann dich ja verstehen."

Der Kellner kam und stellte ihre Teller vor sie. Belustigt sah er ihre Reaktion, als er neben ihrer Bestellung auch noch einen kleinen herzförmigen Kuchen auf den Tisch stellte. Ihr Blick flog zu ihm und Unsicherheit war darin zu lesen.

„Da hat es jemand wohl besonders gut mit uns gemeint", scherzte sie. Doch er sah die Frage in ihren Augen. Sie fragte sich, ob man sie für ein Paar hielt.

„Durchaus nicht. Gerade heute kommt man leicht zu diesem Schluss, wenn man einen Mann und eine Frau zusammen sieht."

Seine kleine Pianistin hatte keine Ahnung. In aller Ruhe nahm Keleigh sein Besteck auf, bevor er ihre stumme Frage beantwortete.

„Heute ist Valentinstag."

Ihre Reaktion war herrlich. Panisch sah sie sich nach kurzer Schockstarre hektisch nach allen Seiten um, als könne ihr jemand das Gegenteil sagen.

„Was? Heute?", fragte sie dabei. Dann wanderte ihr Blick wieder zu ihm, ein Vorwurf lag darin.

„Warum hast du mir das nicht gesagt?"

Weil sie dann nicht mitgekommen wäre. Außerdem hatte er unbedingt ihre Reaktion sehen wollen.

„Ich dachte, du wüsstest es", meinte er unbefangen.

Er sah an ihrem Blick, dass sie ihm nicht glaubte. Schweigend aßen sie ihr Mittagessen. Als die Teller abgeräumt wurden, starrte seine kleine Pianistin lange auf den herzförmigen Kuchen zwischen ihnen.

„Was beschäftigt dich?", fragte er nach, während er den Kuchen in der Mitte teilte und ihr eines der Stückchen zuschob.

Sie ließ sich Zeit mit ihrer Antwort.

„Ich habe mich gefragt, ob das hier ein Date ist", meinte sie leise. Dabei flog ihr Blick kurz zu ihm, bevor sie ihn wieder auf ihren Teller richtete.

Es war eine berechtigte Frage, dass musste Keleigh zugeben.

„Als was siehst du es denn?", fragte er leise, lehnte sich in seinem Stuhl zurück. Überrascht sah sie auf, gerade als sie einen Bissen Kuchen in den Mund stecken wollte. Dabei hatte Ying eine Hundedame erspäht und riss genau in jener Sekunde an der Leine, die an ihrem Stuhl befestigt war, dass sie den Kuchen an ihre Wange schmierte. Überrascht blinzelte sie, bevor sie laut auflachte.

„Ich weiß nicht. Ich hatte noch nie ein Date", wischte sie sich den Kuchen aus dem Gesicht. Ungläubig zog er eine Augenbraue hoch. Das nahm er ihr nicht ab.

„Bei solch einer entzückenden jungen Dame werden die Männer doch Schlange gestanden haben", meinte er und bereute seine Äußerung sofort. Schmerz und Trauer legten sich über das Gesicht seiner kleinen Clair und ihr Lachen verschwand spurlos.

„Bitte entschuldige. Es war nicht sehr taktvoll von mir …", begann er und wünschte sich ihr Lachen zurück. Zu oft war sie traurig und einsam. Dabei wollte er doch nur ihr Lächeln sehen, ihr Lachen hören und ihre Augen in dieser puren Freude leuchten sehen.

„Nein!", unterbrach sie ihn da entschlossen und sie schien eine Entscheidung getroffen zu haben.

Gehorsam schloss Keleigh den Mund und hörte zu.

„Ich werde dir sagen, was mich verfolgt", sagte sie. Geschockt sah er sie an. Wollte sie nun über ihre Vergangenheit sprechen? Mit ihm?!

„Du bist mein Manager. Du musst wissen, was dich erwartet, wenn es herauskommt. Und du bist … mein Freund."

Sie hob den Blick und ein trauriges Lächeln erschien auf ihrem Gesicht.
„Ich vertraue dir."

XVII

Clair fiel es nicht so leicht ihm davon zu erzählen, wie sie es vorgab. Doch sie musste es jemandem erzählen. Der Drang war einfach zu stark. Jahrelang hatte sie die Last mit sich herumgeschleppt.

Immer Angst gehabt, jemand könnte es herausfinden, eine Verbindung herstellen. Besonders in den ersten Jahren.

Doch Keleigh würde ihr schweigend zuhören, sie ihr Herz ausschütten lassen, sie verstehen.

Das wusste Clair tief in ihrer Seele. Er *würde* sie verstehen.

„Du weißt schon, dass meine Eltern starben, als ich gerade aufs Gymnasium kam?"

Er nickte, schwieg ansonsten. Seine dunklen Augen waren kühl auf sie gerichtet, seine ganze Aufmerksamkeit lag auf ihr. Diese Kühle half ihr Distanz zu wahren und ihre Geschichte zu erzählen. Dabei ließ sie bewusst gewisse Details aus, um nicht erneut in die Vergangenheit gezogen zu werden.

„Damals war ich gerade elf Jahre alt. Ich hatte keine weiteren Verwandten, also kam ich in ein Heim."

Die Bilder zogen vor ihre Augen. Diese Bilder, die sie jahrelang tief in sich vergraben hatte. Clair hatte sie für ausgelöscht, vergessen, verdrängt gehalten. Wie sehr sie sich doch getäuscht hatte!

Trotz der warmen Sonne auf ihrem Rücken und dem Vogelgesang in ihren Ohren, wurde ihr kalt. So entsetzlich kalt.

„Von Anfang an war ich ein Außenseiter, was alles nur noch schlimmer machte. Kaum einer ging zur Schule, trotz Schulpflicht. Vielmehr mussten sie arbeiten. Jeder. Ich kämpfte darum weiter in die Schule gehen zu können. Jeden Tag kämpfte ich erneut darum. Meine Eltern hatten doch gewollt, dass ich viel lerne, stark und erfolgreich werde. Wie hätte ich sie enttäuschen können? Ihnen ihren letzten Wunsch verwehren können?"

Sie zögerte, spürte Tränen in sich aufkommen. Doch nun hatte sie begonnen. Sie konnte jetzt nicht einfach aufhören.

„Das Heim war nicht staatlich, sondern privat. Also kümmerte es keinen, wenn man nicht zur Schule ging. Das Haus war alt, abrissreif. Vieles war kaputt, noch mehr verrottet. Wir sollten es in stand halten. Kinder und Jugendliche ohne Bildung und Anleitung. Die, die alt genug waren, sollten arbeiten gehen, damit sich der Inhaber daran bereichern konnte und ihnen nichts mehr blieb.

Es herrschte viel Gewalt. Wer nicht hörte, wurde im Schrank eingesperrt, geschlagen oder schlimmeres.

Ich war anders, weil ich mich widersetzte. Doch ich schrie und tobte nicht, wie es die anderen taten. Ich redete ruhig und leise, argumentierte.

Deswegen wurde ich gehasst. Und weil ich etwas konnte, was die anderen nicht konnten. Ich konnte den Leiter überzeugen. Er ließ mich zur Schule gehen.

Doch es hatte seinen Preis.

Jeden Abend musste ich für ihn spielen. Mein bestes Kleid sollte ich tragen, die Haare aus dem straffen Zopf lösen. Ich bemerkte seine Blicke, sah seine perverse Gier und sein Verlangen."

Tränen traten ihr in die Augen und liefen über. Sie blinzelte sie weg.

„Anfangs war es nicht weiter schlimm. Ich ging ihm, so weit es ging, aus dem Weg, versteckte mich vor ihm. Die anderen hänselten mich, nannten mich Schlampe, Miststück, Hure.

… Sie klauten mir die Schulsachen, warfen mein Essen in den Müll und schubsten mich sogar die Treppe hinunter. Doch ich hielt es aus.

Eines Tages, ich spielte wieder für ihn, wollte er, dass ich mich auf seinen Schoß setzte."

Clair schluckte schwer. Ihre Stimme war nur noch ein heiseres Flüstern.

„Ich wollte nicht, doch er zwang mich. Langsam schob er meinen Rock hoch … ich schrie und schlug ihn."

Kurz hielt Clair inne.

„Ich konnte es abwenden. Doch es hatte wie alles seine Folgen. Er brach mir die Hand. Wochenlang konnte ich sie nicht bewegen, konnte mich gegen die Schikane nicht wehren. Mir war es nun verboten zur Schule zu gehen. Doch ich besorgte mir Bücher, versuchte so viel wie möglich zu lernen … Er verbrannte sie vor meinen Augen."

Clair musste kurz innehalten, bevor sie weiterreden konnte.

„Ich wurde schließlich adoptiert. Ich war so froh! Ich glaubte der Hölle entronnen zu sein, endlich etwas Glück im Leben zu haben. Doch ich kam nur von einer Hölle in die nächste. Meine sogenannten ‚Eltern‘ waren Sadisten wie sie im Buche stehen. Sie schlugen mich, ließen mich hungern. Ich arbeitete mich auf ihrem Acker fast zu Tode. In den Medien hatte man von dem Waisenhaus erfahren und alle Kinder gerettet.

Nun suchte man nach den Opfern, die gezielt an sadistische Menschen regelrecht verkauft worden waren. Ein Mädchen, sie war die Einzige, die je nett zu mir gewesen war, erzählte meine Geschichte und bat die Beamten nach mir zu suchen.

Die Polizei kam zu uns. Meine ‚Eltern' flohen, zwangen mich, mitzukommen. Sie schlugen mich halb tot, als ich mich wehrte. Doch sie entkamen.

Ich war sechzehn, als wir in eine andere Stadt zogen, den Namen änderten. Ich durfte nicht mehr vor die Tür gehen, war ihren Handlungen regelrecht ausgeliefert. Schließlich ertrug ich es nicht mehr und … versuchte mich umzubringen. Fast wäre es mir gelungen."

Clair sah, wie sie die Tablettenpackung nahm, jede einzelne Tablette herausdrückte, sie in der Hand sammelte und alle auf einmal hinunterwürgte. Sie hatte nur noch sterben wollen, nur noch ein Ende herbeigesehnt.

„Ich erstickte fast an den Tabletten. Irgendwann war ich dann weg, wachte im Krankenhaus auf … Es stellte sich heraus, dass die Polizei mich just in dem Moment fand, an dem ich alle Hoffnung aufgegeben hatte.

Meine Geschichte raste durch die Medien. Meine „Eltern" wurden lebenslänglich hinter Gitter gebracht. Ich lag wochenlang im Krankenhaus, war wegen der Überdosis sogar ins Koma gefallen."

Clair erinnerte sich an die Schmerzen, all das Leid, die Hoffnungslosigkeit. Wie oft hatte sie gebetet, es solle alles enden? Dass sie einfach sterben konnte?

„Jeder wollte aus meiner Geschichte Profit schlagen. Jeder wollte wissen, was ich erlebt, durchgemacht hatte. Dabei wollte ich einfach nur vergessen … Gleich nachdem ich mich besser gefühlt hatte, floh ich aus dem Krankenhaus. Ich landete auf der Straße. Dabei erging es mir dort wesentlich besser, als an allen anderen Orten, an denen ich seit dem Tod meiner Eltern hingekommen war."

Sie lächelte traurig und ihre Tränen waren versiegt.

„Die Medien vergaßen mich. Ich ließ meine Jacke in einem Bach zurück. Sie hielten mich für tot. Ich war endlich frei."

Schweigen trat zwischen sie und Clair sah auf den zermatschten Kuchen auf ihrem Teller. Sie hatte keinen Appetit mehr, zum zweiten Mal an diesem Tag.

Ying schien ihren Schmerz zu bemerken, denn er stupste sie mit seiner feuchten Nase am Bein an, bis sie ihn hochhob und streichelte. Er leckte ihr über die Wangen, leckte die Tränen, die Zeichen ihres noch immer tief sitzenden Schmerzes weg.

Keleigh saß schweigend da. Vorsichtig sah sie zu ihm auf. Eine drückende Leere hatte sich in ihr breitgemacht. Dabei war es eine wirkliche Erleichterung gewesen, endlich jemandem davon erzählen zu können, nicht alles selbst tragen zu müssen. Einen Teil der Last abzugeben. Keleigh erwiderte ihren Blick.

„Du hast meinen größten Respekt", sagte er leise und ernst.

„W-was?", fragte sie verwirrt. Mit solch einer Antwort hatte Clair nicht gerechnet.

„Du hast all das erlebt und doch bist du zu solch einer starken und empfindsamen jungen Frau herangereift", erklärte er sich.

„Trotz all der Jahre bist du noch tief gezeichnet, was nur zeigt, was du alles durchmachen musstest. Ich bin unendlich stolz auf dich, dass du es dennoch geschafft hast, dein Leben zu leben, auch wenn du es aufgabst", sagte er ernst. Clair war vollkommen baff und ihr fiel nur eine Frage ein: „Für wie alt hältst du mich?"

Jetzt war es an ihm verwirrt zu blinzeln.

„Wie bitte?"

„Du sprichst von vielen Jahren. Ich war siebzehn, als ich abhaute", erklärte sie ihm.

„Jetzt bin ich neunzehn."

Er verschluckte sich nicht an seinem Kaffee, doch er war nahe dran.

„Neunzehn?!", fragte er bestürzt nach.

Sie nickte nur stumm. Clair wusste, dass sie älter aussah. Mitte zwanzig wohl. Ihre Vergangenheit hatte sie alt gemacht.

Keleighs Gesichtsausdruck wechselte von Stolz zu Entsetzen und schließlich zu absoluter Wut.

„Leben diese Wesen, die sich deine Eltern nennen noch?", fragte er gefährlich ruhig.

„Nein, sie sind ein halbes Jahr nach ihrer Inhaftierung gestorben. Mit Kinderschändern springt man im Knast genauso gut um, wie mit Vergewaltigern."

Der blanke Zorn verschwand aus seinem Blick, genauso wie der Wunsch nach Gewalt.

Dennoch fröstelte Clair und schlüpfte wieder in ihren Mantel. Diese einfache Geste schien Keleigh aus seinen Gedanken zurückzubringen.

Clair wusste nicht, wie sie sich nun fühlen sollte.

„Ich denke, wir sollten gehen", meinte Keleigh schließlich und winkte dem Kellner. Dem hatte sie nichts entgegenzusetzen.

„Wären sie nicht so zornig gewesen, hätte ich ebenfalls abgewartet, bis sie mir die kleine Geschichte selbst erzählt hätten?", kam es da von einem Nebentisch.

Erschrocken sah Clair zur Seite und erblickte Lazerus Gesicht.

Sie brauchte einen Moment, bis sie realisiert hatte, dass er tatsächlich neben ihr saß. Galant stand er auf und schmatzte ihr einen Kuss auf den Handrücken, bevor sie es verhindern konnte.

„Eigentlich wollte ich nur auf *unsere* baldige Zusammenarbeit anstoßen", lächelte er.

Clair fühlte sich so, als wäre sie gerade gegen eine Wand gelaufen.

Keleigh schien einmal genauso sprachlos zu sein, wie sie.

„Warum?", brachte sie schließlich ein schwaches, zittriges Wort heraus. Was sie damit eigentlich meinte war: Warum hatte er sie belauscht? Sie erpresst? Warum war er hier? Ließ er sie nicht einfach in Ruhe?

Warum tat er ihr das an?

Doch sie brachte nur dieses eine Wort heraus.

„Ich war gerade auf dem Weg zu einem … Kunden, da sah ich sie hier sitzen und dachte, ich sage mal hallo", tat er, als wäre nichts gewesen und zog sich einen Stuhl heran.

„Wenigstens ein wenig Anstand hätte ich dir zugesprochen", fand schließlich auch Keleigh seine Stimme wieder. Seine Augen glühten gefährlich und Clair begann zu frösteln.

„Ach wo! Wer spricht schon von Anstand, wenn ich einer Kollegin einen guten Tag wünsche?"

„Sie haben mich erpresst!", brach es da aus Clair heraus, dass sie ihm das letzte Wort regelrecht ins Gesicht schrie. Tatsächlich schien er für einen Moment verdutzt.

„Ich bin mir sicher, das kann man auch anders nennen. Sagen wir doch, ich habe sie zum Umdenken gebracht, ja?"

Sein Verhalten war so scheinheilig, so rechthaberisch! Als hätte er jedes Recht sich in ihr Leben zu drängen.

„Sie sind ein Schwein, Mr. Oscuridad."

Verwunderung zog über seine engelsgleichen Züge. Offenbar fragte er sich gerade, woher sie seinen Nachnamen kannte.

Dann stieg Erkenntnis in ihm auf und er lachte.

„Die verdammte Presse auch!"

Lässig nahm er einen Schluck seines Espresso.

„Dabei dachte ich schon, sie würden mir mein kleines Druckmittel nehmen", sinnierte er vor sich hin.

Clair wollte einfach nur noch weg von diesem schrecklichen Mann!

„Sie müssen sich die Überraschung vorstellen, als ich ihr zartes Gesicht in den Nachrichten sah. Mich traf fast der Schlag!"

„Zu schade, dass er daneben gegangen ist", knurrte sie leise und nahm Blickkontakt mit Keleigh auf. Er schien ihre stumme Bitte zu verstehen, denn er erhob sich.

„Lazerus, du wirst uns entschuldigen müssen. Wir haben noch einen Termin."

Clair sah in den himmelblauen Augen sofort, dass Lazerus genau wusste, dass das gelogen war.

„Schade", lächelte er jedoch strahlend.

Gerade wandten sie sich zum Gehen, da hielt Lazerus sie noch einmal zurück.

„Ach, Miss Evans. Wie geht es denn ihrem Hund? Geht es ihm besser?"

Sein Blick lag auf Ying.

Die Frage kam so überraschend, dass sie ihn zunächst nur verwirrt anstarren konnte.

„Gut. Ying geht es gut."

Bevor er sie noch weiter aufhalten konnte, führte Keleigh sie davon. Ein Wirrwarr an Gefühlen durchsauste sie. Eben war sie noch erleichtert, aber gleichzeitig auch traurig und ängstlich gewesen, dass sie sich endlich jemandem anvertraut hatte. Nun war sie verwirrt ... und wütend. Und auch irgendwie noch immer traurig. Doch vor allem war sie verwirrt.

„Was sollte das denn?", fragte sie Keleigh schließlich. Sie hatten den Weg in den Park eingeschlagen und er führte Ying an der Leine.

„Ich weiß es nicht. Es war sicher ein erneuter Versuch sein perfides Vergnügen zu befriedigen."

Da hatte Keleigh ohne Zweifel recht.

„So einen schrecklichen Menschen habe ich noch nie gesehen."

Dabei hatte Clair schon mehr Widerlinge in ihrem Leben kennen gelernt, als ihr lieb war.

„Er ist ein Monstrum", stimmte Keleigh ihr zu, doch es klang eher, als würde er sie verbessern.

Ohne Zweifel war er dies. Doch warum hatte er sich dann nach Ying erkundigt? Anfangs hatte ihm der Kleine doch nicht gleichgültiger sein können. Doch sein Blick war ehrlich interessiert gewesen. Clair verstand ihn einfach nicht.

„Willst du heimkehren?", riss Keleigh sie da aus ihren Gedanken.

„Nein!", sagte sie schnell, etwas zu schnell. Das letzte, was sie nun gebrauchen konnte war, dass ihr daheim die Decke auf den Kopf fiel.

„Lass uns noch etwas spazieren gehen", bat sie deswegen.

Sie fühlte sich zittrig und angespannt. Nervös glitt ihr Blick immer wieder hin und her. Hatte sie womöglich noch jemand belauscht?!

Clair wollte gerade in Hysterie verfallen, da schlossen sich kühle, starke Finger um ihre klebrig schwitzenden.

„Ganz ruhig. Niemand hat etwas gehört oder gesehen", versicherte ihr Keleigh.

Komisch.

Der bloße Hautkontakt mit ihm ließ sie gleich ruhiger werden.

„Aber er hat es gehört", meinte sie leise und war den Tränen nahe. Von allen Leuten, die es nie erfahren sollten, hatte Lazerus nun nicht nur die Bestätigung seiner Recherchen, sondern auch Informationen aus erster Hand.

Sie wollte sofort tot umfallen.

„Ich weiß und es tut mir leid. Ich hätte besser acht geben sollen."

Beruhigend strich er mit dem Daumen über ihren Handrücken. Erst als ein Jogger grinste, wurde Clair klar, dass sie aussahen wie ein Paar. Wie sie so Händchen hielten. Sich verlegen räuspernd wollte sie ihre Hand wegziehen, doch Keleigh ließ sie nicht los.

Überrascht sah Clair ihm ins Gesicht. Seine Miene war wie so oft neutral. Langsam aber sicher hatte sie den Verdacht, dass er gerade dann, wenn es etwas zu verbergen gab, neutral blieb. Diese These würde sie überprüfen.

„Doch wie du siehst, wird er nichts sagen, solange wir mitspielen. Spätestens nachdem öffentlich bekannt war, dass du mit ihm produzierst, hätte er sich an die Presse wenden können", nahm Keleigh ihr die Unsicherheit.

„Für ihn ist das Ganze nur ein Spiel. Er erfreut sich daran, ein Druckmittel zu haben, solange du im Rampenlicht stehst. Er wird es also nicht leichtfertig verspielen."

Clair begriff.

„Sondern dann einsetzen, wenn es am schmerzhaftesten ist."

Kurz hielt sein Daumen inne über ihren Handrücken zu streichen.

„In der Tat."

Schweigend liefen sie nun Hand in Hand durch den Park. Zu ihrer eigenen Überraschung stellte Clair fest, dass Lazerus Erscheinen sogar etwas Gutes hatte. Bei dem Schreck hatte sie ganz ihren aufkommenden Schmerz vergessen, als sie von ihrer Kindheit sprach.

Ying riss so lange an der Leine, bis sie sie ihm abnahmen. Wie ein Pfeil schoss der davon.

„Den kannst *du* wieder einfangen", richtete sie sich an Keleigh, der leise lachte.

Gemeinsam gingen sie über die große Wiese und sahen dem Kleinen beim Toben zu. Eigentlich war ein Hund doch fast genauso wie ein Kind. Nur dass man ihm statt der Windeln die Hundehaufen nachtrug und er nicht schrie, sondern bellte, wenn er etwas wollte.

Noch einigen Minuten zog Clair sich seufzend die Schuhe aus.

Aus nicht definierbaren Gründen hatte Chandrina sie doch tatsächlich dazu gebracht, hohe Schuhe anzuziehen.

Was sie nun schmerzlich bereute.

„Nie wieder hohe Schuhe", sagte sie zu sich selbst, als ihre Füße den warmen Grasboden berührten. Es war die reinste Wohltat. Zum Glück lebten sie in den Breitengraden, die es so früh im Jahr tatsächlich schon so warm werden ließen.

„Chandrinas Werk nehme ich an?"

Keleigh kannte seine Tochter aber auch zu gut.

„Ja und ich bereue es, mich darauf eingelassen zu haben", sagte sie gequält.

Sie verbrachten den Nachmittag damit, Ying über die Wiese zu jagen. Was hieß, Clair tobte mit dem Welpen herum, während Keleigh mit der Leine in der Hand am Rand stand und ihnen zusah.

Immer, wenn Clair zu ihm schaute, sah er dabei so glücklich aus, als würde er selbst mit ihnen toben. Sie fühlte sich beschützt und bewacht.

Irgendwann wurde nicht nur Ying, sondern auch sie müde.

„Wir sollten aufbrechen", meinte Keleigh, als Ying sich zu seinen Füßen ausstreckte und laut zu hecheln begann.

„Ich glaube, du hast recht", stimmte sie ihm munter zu.

Ihr Haar, dass Chandrina noch sorgfältig in großzügige Wellen gelegt hatte, war wild und kringelte sich wirr um ihren Hals. Ihm schien es auch aufzufallen, denn sein musternder Blick war von solcher Wärme, dass Ihr ganz heiß wurde.

Skeptisch besah sie sich ihre Schuhe, um seinem Blick zu entgehen. Sie hatte so gar keine Lust wieder in die hohen Hacken zu steigen.

Da wurde sie auf einmal in die Luft geschleudert. Überrascht keuchte sie auf und wollte sich irgendwo festhalten. Keleigh hatte sie so schwungvoll auf die Arme genommen, dass ihre Beine in die Luft flogen.

„Dann lass uns heimkehren!", rief er begeistert aus und lachte dabei mit solch tiefer Freude, dass sie ihn einfach nicht bitten konnte, sie abzusetzen.

Verhindern, dass die anfänglich aufsteigende Hitze nun ihre Wagen zum Glühen brachte, konnte sie ebenso wenig.

Sie, die sie nie die Liebe gekannt hatte, war gerade dabei, sich bis über beide Ohren in Keleigh Morgan zu verlieben.

Das wurde ihr in diesem Moment klar, in dem sie seine vor reiner Freude strahlenden Augen sah.

XVIII

Neunzehn!
Neunzehn!
Seine kleine Pianistin war erst *neunzehn*! Er selbst hätte
wohl am besten wissen müssen, dass man nicht vom
Äußeren ausgehen sollte. Dennoch!
Neunzehn!
Sie war noch ein halbes Kind! Und dann diese Geschichte
erst! Keleigh hatte sofort verstanden, warum sie diese so
verzweifelt zu verbergen suchte. Die Presse würde sich
darauf stürzen, wie sie es damals taten. Wie die Geier.
Jedes Detail neu aufrollen, alles erneut aufwühlen, ohne
an den Schmerz zu denken, den seine kleine Pianistin
dadurch erleiden würde.
Dies schürte die Verachtung nur noch mehr, die er für
den Mann hegte, der ihr das alles anzutun bereit war.
Lazerus stand am anderen Ende des Raums und unterhielt sich mit einem Mann, der die Tonaufnahmen tätig-
te. Es war soweit und seine kleine Pianistin würde das
Lied mit Lazerus aufnehmen.
Sie stand etwas abseits, gemeinsam mit Chandrina und
redete hektisch auf eben diese ein. Sie musste Chandrina
wohl mal wieder von dummen Gedanken abbringen.
Er hatte mehr als genug Verständnis für ihre Reaktion,
kaum das sie Lazerus vor die Nase bekam. Doch ab und
an schlug sie doch zu sehr über die Strenge. Einige Minuten beobachtete er den heftigen Wortwechsel, dann
verließ Chandrina den Salon.
Der Musiksalon war genaustens auf die Tonlage des Kla-
viers ausgerichtet, weswegen sie nicht in ein beengtes

Tonstudio gingen, sondern hier die Aufnahmen tätigten. Keleigh hoffte auch, es seiner kleinen Pianistin so zumindest etwas leichter zu machen.

Extra für diesen Anlass waren alle anderen Instrumente aus dem Saal entfernt worden, um den Klang zu verbessern. Nur ein kleiner Beistelltisch mit Karaffen war geblieben.

Belustigt sah er, wie Clair zielstrebig darauf zuging. Sie hatte schon die ganze Zeit mit dem Alkohol geliebäugelt, das hatte er genau gesehen.

Bevor sie sich jedoch ein Glas füllen konnte, bedeckte er es mit seiner Hand. Verwundert blickte ihm Clair entgegen und Keleigh wurde klar, dass er sich zu leise bewegt hatte. In ihrer Gegenwart vergaß er einfach alle Vorsicht.

„Kein Alkohol für dich. Du bist noch zu jung", beantwortete er ihre stumme Frage. Heiterkeit stieg in ihm auf, als er ihr empörtes Gesicht sah.

„Was? Ich bin neunzehn! Mit achtzehn ist man volljährig!", regte sie sich auf und wollte nach einem anderen Glas greifen.

„Und in einigen Ländern erst mit einundzwanzig. Du bekommst dennoch keinen Alkohol, junge Lady!", tadelte er streng.

Von seiner überraschenden Wortwahl irritiert, hielt sie kurz inne, was jedoch nicht ihre Wut dämpfte. Zu allem Unglück musste sich Lazerus auch noch ausgerechnet diesen Moment aussuchen, um zu ihnen zu stoßen.

„Wir wären dann soweit", klatschte er freudig in die Hände. Als er die angespannte Atmosphäre zwischen ihnen bemerkte, sah er neugierig zwischen ihnen hin und her.

„Entweder das oder eine Keule", zischte seine kleine Pianistin warnend. Keleigh seufzte und ließ das Glas los. Jedoch nicht, um sie gewähren zu lassen, sondern um ihr die Flasche flink aus der Hand zu winden. Ihre hoffnungsvolle Miene wurde mörderisch.

„So früh schon einen Drink? Miss Evans, ich bin entsetzt", kam es von Lazerus.

Mit dem Anflug von Erleichterung registrierte Keleigh, dass sich ihre Wut nun gegen Lazerus und nicht mehr gegen ihn richtete.

„Wir können das Ganze auch lassen", knurrte sie wütend. Ein perfekter Anfang möchte man meinen.

Lazerus Lächeln wurde eisig und er trat näher an Clair heran.

„Ich unterschrieb den Vertrag, doch ich bin nicht willens meinen Trumpf so schnell scheiden zu sehen."

Sollte heißen, er würde nicht ruhen, bis er ein Schlupfloch gefunden hatte. Nach aller Wahrscheinlichkeit saßen bereits ein Dutzend Anwälte an dem Vertrag.

Um der Wahrheit die Ehre zu geben, hatte Keleigh dies schon von Anfang an vermutet.

Wütend wollte Clair auf Lazerus losgehen. Es schien ihm, sie hegte den gleichen Hass auf ihn, wie Chandrina.

„Nicht", ging er dazwischen und berührte ihren Arm. Er hielt sie dabei nicht fest.

Eine lange Zeit sah sie ihm in die Augen.

„Dann lasst es uns hinter uns bringen", seufzte sie resigniert und ging zum Klavier. Lazerus und er tauschten noch einen Blick, dann begannen die Aufnahmen.

Ihr kleiner Disput hatte nur wenige Minuten gedauert und doch hätte er alles gefährden können, was ihm Lazerus Blick nur bestätigt hatte.

Sie mussten die Sache so schnell wie möglich und nach allen Kräften unfallfrei über die Bühne bringen.

Alle Arbeiter, die heute in seinem Haus waren, waren private Angestellte. Entweder von Lazerus oder von ihm. Also konnte Clair ganz beruhigt sein und sich entspannen.

Der Aufnahmeleiter bat seine kleine Pianistin gerade darum, etwas zur Tonprobe zu spielen, da schlüpfte Chandrina wieder ins Zimmer. Erheitert sah er, dass sie eine große Tasse heißer Schokolade in den Händen hielt. Chandrina war einfach schon immer am besten mit der süßen Sünde namens Schokolade zu besänftigen gewesen. Besonders, wenn es sie in flüssiger Form gab.

„Hat sie schon angefangen?", wollte sein Schützling an ihrer Tasse nippend wissen, als sie neben ihn trat.

„Sie beginnt erst."

Einige schnelle Tonfolgen erfüllten den Raum. Der Aufnahmeleiter schien zufrieden. Mit einem flauen Gefühl im Magen, sah Keleigh, wie Lazerus sich ihr näherte und ein Gespräch anfing. Seine Starre löste sich jedoch schnell wieder, als er bemerkte, dass sie nur das Stück besprachen.

Dennoch würde er aufmerksam sein.

„Ruhe bitte!", erklang das Startsignal und alle verstummten auf der Stelle. Noch einige Aufnahmegeräte wurden eingestellt, dann bekam seine kleine Pianistin ihr stummes Zeichen.

Die Unsicherheit stand ihr ins Gesicht geschrieben. Er fing ihren Blick auf und nickte ihr aufmunternd zu. Sie lächelte.

Und schon begann ihr Spiel.

Keleigh erkannte es.

Es war das gleiche Stück, dass sie gespielt hatte, als sie Lazerus das erste Mal begegnet war. Auch er schien es zu erkennen, denn ein feines Lächeln stahl sich auf seine Lippen. Dies verhieß nichts Gutes.

Es war schon ein schweres Stück Arbeit gewesen, ihn dazu zu bringen, den Vertrag zu unterschreiben. Erst eine gut getarnte Drohung seinerseits hatte Lazerus einlenken lassen. Nicht nur er, sondern auch Keleigh hatte den einen oder anderen Trumpf in der Hand.

Fast noch mehr Arbeit hatte es dann gemacht, den Produzenten des Musikaufnahmestudios dazu zu bringen, für sie aufzunehmen. Bisher hatte er nur mit Lazerus allein gearbeitet. Nun einen kompletten Neuling, der sich zudem noch weigerte, nach Noten zu spielen aufzunehmen, war ein Ding der Unmöglichkeit gewesen.

Es war ein Wunder, dass sie es doch so weit geschafft hatten.

„Ihre Wahl ist interessant, findest du nicht auch?", erklang da Lazerus Engelsstimme neben ihm. Keleigh hatte seine Gedanken doch tatsächlich soweit abschweifen lassen, dass er ihn aus den Augen verloren hatte.

„Passend zur momentanen Lage", urteilte Keleigh und ließ sich seinen Ärger nicht anmerken.

„Dies wird ein Meisterwerk!"

Keleigh sah das Glitzern in den Augen des Mannes ihm gegenüber. Er sah die Gier und die Lust, den Drang, sie in Besitz zu nehmen.

„Ohne Zweifel", hielt Keleigh sich noch immer bedeckt und sah mit Erleichterung, dass Chandrina bei seiner kleinen Pianistin war.

„Die kleine Clair ist genauso, wie sie und doch vollkommen anders", sprach Lazerus und sein Blick war fest auf die beiden Frauen geheftet.

„Sie wird nicht das gleiche Schicksal erleiden", knurrte Keleigh und konnte seine Wut nun nicht mehr im Zaum halten.

„Sie wollte es selbst. Ich zwang sie zu nichts. Es war ihr eigener, freier Wille."

Beide sahen während ihrer Unterhaltung nur die beiden Frauen an, die angeregt plauderten.

„Sie war jung und naiv, ein Kind", stellte Keleigh kalt fest. „Du hast sie zerstört!"

Ein leises Lachen kam von seinem Gegenüber.

„Und sieh, was aus ihr wurde. Eine Schönheit in ihrer ewigen Jugend, ein Drache in ihrem Zorn. Ich bin fast versucht, sie erneut zu besitzen."

Die pure Habgier sprach aus seinem Ton.

Keleigh begriff, was Lazerus damit meinte. Ihm gefiel, was aus Chandrina geworden war, wie stark sie geworden war. Er wollte sie erneut besitzen, um ihren Stolz, den sie vor all den Jahren noch nicht besaß, zu brechen und sich erneut an ihrem Leid zu laben.

„Du bekommst sie nicht", zischte er und seine Hände ballten sich zu Fäusten, sein Kiefer zuckte.

„Du hast sie einmal gebrochen. Ein weiteres Mal wird es nicht geben!"

Freudig lachte Lazerus auf.

„Dabei wäre es nun um so vieles interessanter."

Ein erneutes Lachen und ein süffisantes Klopfen auf seiner Schulter ließ das Biest in ihm fast hervorbrechen.

„Doch ich werde mich gedulden. Die Zeit ist beständig, die Welt geduldig. Ich werde den richtigen Moment finden."

Ein Schmunzeln huschte über Lazerus engelhaftes Gesicht.

„Und ich werde ihn genießen."

Mit diesen Worten klatschte er in die Hände und ging auf die beiden Frauen zu.

Clair war erschöpft und wollte nur noch schlafen. Ganze zehnmal hatte sie ihr Lied spielen müssen. Dass das so anstrengend wäre, hatte sie nicht gedacht.

„Ich bin erstaunt, Miss Evans", erklang da Lazerus Stimme neben ihr.

Erschrocken zuckte sie zusammen. Wo kam der denn schon wieder her?!

„Bitte?", fragte sie ehrlich verwirrt.

„Nun ja, ist schon selten genug, dass ein bloßer Mensch eine solche Atmosphäre schaffen kann, dass die Zuhörer seine Gefühle teilen", begann er und lehnte sich lässig mit der Hüfte an den Flügel.

„Aber diese Atmosphäre fast ein Dutzend mal zu erzeugen ...", beugte er sich zu ihr hinunter, seine Augen fest auf ihre gerichtet. Seine Hand strich durch ihr Haar. Er war ihr viel zu nah, bedrängte sie. Clair konnte ihm nicht in die Augen sehen.

„Ist wirklich erstaunlich."

Seine Stimme war nur ein Flüstern. Doch etwas Dunkles erhob sich von ihm und Clair konnte kaum noch atmen. Ihr brach der Schweiß aus. Bilder aus ihrer Vergangenheit stiegen in ihr empor. Eine Hand, die nach ihr griff ...

Sie riss sich von seinem Blick los und stand stolpernd auf.

Lazerus Blick hing an ihr, wie der Blick eines Löwen an einer Gazelle. Sie bekam Angst.

„Ich ... ich muss aufs Klo", stotterte sie und stolperte nach hinten, verlor den Halt, fing sich gerade noch und eilte aus dem Raum. Sein Blick bohrte sich in ihren Rücken. Eine Gänsehaut kroch ihr über die Haut und ihr wurde schlecht.

Keuchend stürmte sie in ein kleines Badezimmer. Dort ließ sie sich vor der Kloschüssel auf die Knie fallen. Doch es kam nichts. Mit zitternden Fingern strich sie sich durchs Haar.

Was war das nur gewesen?

Es hatte sich angefühlt wie ... ein Monster aus einem Horrorfilm, das ihr entgegen starrte. Dazu ihre ausgelaugte Verfassung, die Bilder ... Clair kam gerade nicht mit der Situation klar. Noch eine Weile saß sie vor dem geschlossenen Klo und legte die Wange auf die kühle Oberfläche. Es hatte sich genauso angefühlt, wie damals. Dieser Blick ...

Ihr Herz beruhigte sich wieder und ihre Hände hörten auf zu zittern. Sie kam zu dem Entschluss, eine Art Panikattacke erlitten zu haben. Der Grund war wohl der Stress, ihre insgeheim große Angst vor dem engelhaften Mann und ihre Müdigkeit.

Gott, wie lange war sie denn schon hier drinnen?!

Um sich das schlechte Gefühl wenigstens etwas abzuwaschen, klatschte sie sich eine Ladung kaltes Wasser ins Gesicht. Mit den Händen auf das Waschbecken gestützt, sah sie in den Spiegel.

Sie war entsetzlich blass.

In dem verzweifelten Versuch, wenigstens etwas Farbe zurück ins Gesicht zu bekommen, schlug sie sich etwas auf die Wangen. Es half tatsächlich.

Noch einmal tief durchatmend öffnete Clair die Tür und trat in den Flur hinaus.

Dort prallte sie fast gegen Keleigh, der mit verschränkten Armen an der Wand genau gegenüber gelehnt hatte. Wortlos sah sie ihm in die Augen.

Mist, was dachte er jetzt wohl von ihr? Dass sie ein hysterisches Kind war? Eine Dramaqueen?

Doch seine Worte waren knapp und neutral.

„Geht es?"

Stumm und mit gesenktem Kopf nickte sie einmal kurz. War er etwa sauer?!

Eine kalte Hand legte sich auf ihren Rücken und drückte sie einmal sanft an eine starke Brust.

„Es ist alles in Ordnung. Ich bin bei dir."

Seine Worte waren leise und sanft. Clair ging es gleich etwas besser.

Gemeinsam kehrten sie in den Musiksalon zurück. Dabei hörte Clair den Gesang schon im Flur und wurde immer langsamer, bis sie schließlich stehen blieb.

„Damit der Schall gleichbleibend und übereinstimmend ist, wollte er gleich hier sein Lied aufnehmen", erklang Keleighs Stimme im Hintergrund.

Doch sie konnte nur dieser Stimme lauschen. Dunkel und tief erklangen die fremden Worte, erfüllten den Raum ganz ohne Musik.

Seine Stimme hatte etwas Magisches. Sie war wie gebannt.

„Welche Sprache ist das?", wollte sie wissen. Dabei flüsterte sie nur, um dieses musikalische Wunder nicht zu zerstören.

Gegen ihren Willen war Clair fasziniert und gefesselt. Seine Stimme allein war schon eine Wucht. Sein Gesang war ein Schlag in den Magen.

„Spanisch. Ursprünglich stammt Lazerus aus Spanien." Verwirrt sah sie Keleigh an, hatte schon vergessen, was sie gefragt hatte.

„Seine Stimme ist unglaublich", wisperte sie. So viel Gefühl lag darin, so viel Flair und Hoffnung. Zugleich strich einem eine Dunkelheit über die Haut, dass sich einem die Haare aufstellten. Erneut hatte Clair eine Gänsehaut.

„Durchaus. Männer beneiden ihn, Frauen liegen ihm zu Füßen."

Keleighs Stimme war noch immer leise und doch schwang eine wütende Note in seinen Worten mit. Diese unterschwellige Wut brachte Clair wieder in die Realität zurück.

„Das Stück wird unbeschreiblich werden", meinte sie leise und setzte ihren Weg fort. Schon wenn Clair alleine spielte, rührte sie die Menschen zu Tränen. Wie würde es da erst sein, wenn dies mit diesem engelhaften Gesang kombiniert wurde?

Sie traten genau in dem Moment ein, als das Lied endete.

Chandrina kam sofort zu ihnen geeilt und wollte wissen, ob alles in Ordnung sei.

Lazerus sang noch zweimal, bevor alles zu seiner Zufriedenheit war. Dabei fiel Clair sein Blick auf. Er war dunkel und leuchtend zugleich, verrucht.

„Worüber singt er?", wollte sie schließlich leise von Keleigh wissen.

Sein anfängliches Zögern und sein leises Seufzen verrieten ihr, dass er diese Frage schon befürchtet hatte und sie nur sehr ungern beantwortete. Langsam aber sicher wurde sie richtig gut darin aus seiner neutralen Miene, die er stets als eine Art Maske über seine Züge zu legen pflegte, zu lesen.

„Er spricht über Lust und Leidenschaft, über Dunkel und Zwielicht", meinte Keleigh schließlich. Clair überkam ein ungutes Gefühl.

„Ist sehr viel … Lust im Spiel?", fragte sie zögernd nach. Sie sah ihm dabei in die Augen und erkannte das Glitzern darin, als er ihrem Blick begegnete.

„Genug, um es … anrüchig klingen zu lassen, es aber eigentlich nicht ist", erklärte er.

Keleigh schien ihr ihren Gefühlsumschwung angesehen zu haben, denn er beruhigte sie sofort.

„Das ist ganz typisch für ihn. Jedes Lied von ihm handelt von Lust und Leidenschaft. Meist mehr direkt, als indirekt. Es wird niemanden stören, da die wenigsten spanisch sprechen."

Trotzdem konnte Clair das Lied nun nicht mehr genießen, da sie wusste, worum es ging.

So wie sie Lazerus kannte, war der Text viel schmutziger, als Keleigh vor ihr zugeben wollte.

Es dauerte eine Ewigkeit, bis Lazerus endlich ging. Das Aufnahmeteam war schon Stunden zuvor durch den Hinterausgang verschwunden. Doch er wollte unbedingt bleiben, um das Setting für das Musikvideo zu besprechen. Clair war so müde, dass sie gleich einschlief und ließ daher Keleigh diese Sache gerne übernehmen.

Gemeinsam mit Chandrina setzte sie sich in den kleinen Salon im Obergeschoss und sah sich die Nachrichten an. Dabei stießen sie auf einen Live-Report.

„Das ist doch unser Haus!", rief Chandrina aus und schaltete gleich lauter. Auch Clair, die bis dahin fast eingedöst war, richtete sich interessiert auf.

„Heute sollen die Aufnahmen der gemeinsamen Arbeit von Lazerus Oscuridad und Clair beginnen."

Der Bericht hatte wohl gerade erst begonnen.

„Lazerus Fans sind schon sehr auf die neue Single gespannt und auch Clairs enorme Fangemeinde reibt sich die Hände."

Von ausverkauften Läden war die Rede, da alle vorbestellten. Von Gerüchten über baldige Konzerte an verschiedenen Orten und von Promis, die auf eine Zusammenarbeit mit ihr spekulierten. Clair hätte nie gedacht, dass sich alles einmal derart entwickeln würde.

Und dann noch so schnell!

Vor knapp einem Monat noch hatte sie auf der Straße gesessen. Nun hatte sie ein Dach über dem Kopf, ein selbst eingerichtetes Zimmer, Geld, um darin zu schwimmen … und Menschen, die sie liebten.

Tränen schossen ihr in die Augen und sie blinzelte sie schnell weg, damit Chandrina nichts bemerkte. Ihr Leben hatte sich einfach so schnell um hundertachtzig Grad gedreht, dass sie es kaum glauben konnte.

Womit hatte sie dieses Glück verdient? Diese Menschen, die zu ihr standen, ihr vertrauten und sie beschützten, die sich Sorgen um sich machten? Denen sie selbst Vertrauen schenken konnte?

Ihr Start war mehr als holprig gewesen, wenn Clair zurückdachte. Und doch hatte sich alles so wunderbar entwickelt.

Aus einem inneren Impuls heraus drückte Clair Chandrina schon in der nächsten Sekunde ganz fest an sich. Die junge Frau war total überrumpelt und reagierte erst gar nicht.

„Was ist denn los?", wollte sie dann wissen und erwiderte ihre überschwängliche Umarmung.

„Ich bin nur so glücklich", meinte Clair schlicht und musste sich erneut die Tränen wegwischen.

„Das du Lazerus für heute los bist? Deswegen muss man doch nicht weinen!"

Clair lachte auf.

„Das auch. Aber nein. Ich bin nur so froh, dass ihr beide mich damals gefunden habt."

Die Züge der jungen Frau wurden sanft und sie ergriff Clairs Hände.

„Wir hätten das auch getan, hättest du uns abgelehnt", beteuerte sie ihr.

Clair nickte.

„Weiß ich doch."

Keine von beiden brauchte in diesem Moment mehr zu sagen.

„ … Ah! Die Wunderstimme Lazerus verlässt gerade das Gebäude!", rief da die Nachrichtensprecherin dazwischen und lenkte ihre Aufmerksamkeit wieder auf sich. Tatsächlich erfasste die herumschwenkende und heransummende Kamera Lazerus, wie er aus ihrer Tür trat. Sofort ging das Blitzlichtgewitter los. Souverän lächelte er in die Kameras und blieb neben der Sprecherin stehen, die ihm sofort das Mikro unter die Nase hielt.

„Mr. Oscuridad, wie sind die Aufnahmen gelaufen?",
wollte sie sofort wissen. Dabei quetschte sie sich so
zwanghaft neben ihn ins Bild, dass es schon fast lächerlich wirkte.

„Oh, es lief hervorragend. Die junge Clair ist an Schönheit
und Intelligenz wahrlich nicht zu übertreffen", grinste er
charmant. Verblüfft setzte Clair sich auf, auch Chandrina
schien verwirrt.

„Also haben sie ihr Gesicht gesehen?!", wollte die Reporterin fast schon hysterisch wissen. Lazerus legte eine
Kunstpause ein, die ihre Wirkung nicht verfehlte.

Selbst Clair war gespannt darauf, was er sagte. Jetzt war
der richtige Moment um zu sehen, ob er sich an den Vertrag hielt oder nicht.

„In der Tat und ich kann mich wahrlich glücklich schätzen. Nicht jeder Mann ist mit dem Glück gesegnet, einer
solchen Persönlichkeit zu begegnen."

Die Nachrichtensprecherin wollte trotz seines geschick-
ten Themenwechsels von ihrer Frage nicht ablassen und
Spannung stieg auf.

„Wie sieht sie denn nun aus?", beharrte sie. Clair sah
kurz die Wut in Lazerus Augen aufgrund dieser Beharr-
lichkeit aufblitzen. Er tarnte es jedoch schnell und geschickt mit einem weiteren charmanten Lächeln.

„Atemberaubend! Wahrlich einer Göttin würdig!"

Clair fiel die Kinnlade runter.

Bevor die Nachrichtensprecherin weiter auf dem Thema
herumhacken konnte, fuhr ihr Lazerus dazwischen.

„Und ihr Spiel erst!"

Theatralisch seufzte er.

„Balsam für die Seele und ein Geschenk für das Ohr!"

Also sprachen die beiden nun über die Single, die bald erscheinen sollte, bevor Lazerus den Abflug machte.

Sprachlos sahen die beiden sich an, als Chandrina den Fernseher ausgeschaltet hatte.

„Er pusht dich", stellte die junge Frau fest.

„Gewaltig", stimmte Clair ihr zu.

„Aber warum?", stellte Chandrina genau die Frage, die auch Clair durch den Kopf ging.

„Vielleicht um sein anfängliches Verhalten wett zu machen?", spekulierte sie.

„Oder um die Verkaufszahlen noch mehr anzutreiben", stimmte Chandrina zu.

Was es auch war, es war niemals weniger, als ein eigennütziger Grund. Soviel war Clair klar.

XIX

Weigern. Sie würde sich schlicht und ergreifend einfach weigern.

Gerade waren sie von der Besichtigung des Drehplatzes zurück und besprachen noch einmal alles mit Kameramann, Regisseur, Maskenbildner und tausend anderen Leuten. Hätte Clair gleich gewusst, wie viel Arbeit auf sie zukommen würde, hätte sie diese Zusammenarbeit niemals auch nur in Betracht gezogen.

„Also wir drehen erst im Schloss alle fünf Szenen, dann geht es zum Irrgarten", wies der Direktor auf eine Karte. „Hier drehen wir noch zwei weitere Szenen mit Ende.

Das Ganze wird rund zehn Stunden dauern, wenn wir uns beeilen. Da wir aber die Lichtverhältnisse beachten müssen, würde ich das Ganze gern auf mehrere Tage aufteilen. Wenn wir zum Beispiel nachts die Szene drehen, können wir davor nicht schon nonstop geschuftet haben, erklärt sich. Also schlage ich vor, dass wir …"

So oder so ähnlich ging es schon die ganze Zeit. Im Großen und Ganzen wurde der Ablauf einfach immer und immer wieder durchgekaut und jeder gab seinen Senf dazu.

Clair war völlig genervt und wollte nur noch ihre Ruhe haben. Keleigh und Lazerus hingegen wirkten noch genauso aufmerksam und entspannt, wie am Morgen als die Hölle begonnen hatte.

Dabei war das Setting wirklich wunderschön gewesen. Ein traumhaftes, altes Schloss mit einem bildschönen Garten. Es war wie im Märchen.

Und nun saßen sie stundenlang an einem Tisch und diskutierten!

Es war nicht zum Aushalten!

Ihre Aufmerksamkeit sank immer weiter, bis sie ganz deutlich desinteressiert durch den Raum blickte. Niemand schien es aufzufallen.

Bei ihrer Musterung fiel ihr Blick durch das Fenster, auf den strahlenden Himmel draußen.

Es war eine Verschwendung hier drinnen hocken zu müssen!

Gerade wollte sie sich seufzend wieder dem Gespräch widmen, dass endlich zu Ende zu gehen schien, da fiel ihr ein dunkles Knäuel in die Augen.

Es war Ying, der gemütlich vor dem Sofa lag und ihre Lieblingsturnschuhe im Maul hatte. In aller Seelenruhe kaute er darauf herum.

„Ying!", rief sie, sprang auf und eilte zu dem Hund, um den Schaden zu mindern. Doch viel gab es da nicht mehr zu retten. Mit seinen spitzen Zähnen hatte er das Gummi der Sohle genüsslich zerkaut, vom Stoff erst gar nicht zu reden.

„Böser Hund! Spuck es sofort aus!", forderte sie ihn streng auf. Er richtete seine dunklen Augen nur kurz auf sie, bevor er munter weiter kaute.

„Nein! Aus! Böser Hund!"

Doch er ignorierte sie einfach.

„Lass den Schuh los!"

Tatsächlich endete es so, dass sie ihm das zerkaute Ding zwischen den Zähnen hervorwinden musste. Er schien schon eine Weile damit beschäftigt gewesen zu sein.

„Knurr mich ja nicht an, junger Mann! Das ist immer noch *mein* Schuh!", wies sie ihn zurecht und da endlich reagierte er und schien begriffen zu haben, dass er etwas falsch gemacht hatte. Mit kläglichem Welpenblick sah er zu ihr auf und winselte leise.

„Komm mir nicht damit! Für den Welpenblick bist du viel zu alt, Mister!"

Trotz seines schlechten Benehmens konnte sie ihm nicht lange böse sein und sie nahm ihn auf den Arm, wo er ihr gleich einmal quer über das Gesicht schleckte.

„Nicht ins Gesicht, du Ferkel!", lachte sie und schob die feuchte Hundenase zur Seite.

Noch immer lächelnd drehte sie sich wieder um und wurde sich bewusst, dass sie alle anstarrten. Wie versteinert blieb Clair stehen und ihr schoss sofort die Röte ins Gesicht.

„Entschuldigung", kiekste sie und schlich auf ihren Platz. Sie konnte sehen, dass die Männer alle milde lächelten.

„Wir sind ja auch eigentlich durch", löste der Direktor die Spannung und erhob sich.

„Es war ein langer Tag und wir haben viel geschafft. In drei Tagen fangen wir mit den Aufnahmen an und sehen, wie es läuft."

Womit die Besprechung endlich offiziell beendet war. Erleichtert verbarg Clair ihre Nase in Yings langem Fell.

„Das ist alles deine Schuld!", schalt sie ihn und zog sanft an seinem Ohr. Er leckte ihr die Finger.

Das Filmteam verabschiedete sich und verschwand. Nur Lazerus blieb mal wieder als Einziger übrig und ging allen auf die Nerven.

„Erziehung ist wohl kein Thema, wie?", fragte er und besah sich dabei den zerkauten Schuh. Clair sah stumm an die Decke und zählte langsam bis zehn. Es half nicht.

„Bei ihnen ganz sicher ebenso wenig", murmelte sie und ließ Ying wieder runter, als er sich zu sträuben begann.
„Wie meinen?", wandte Lazerus sich an sie. Doch an dem Glitzern in seinen Augen sah sie genau, dass er sie sehr wohl verstanden hatte.
„Mein Hund. Meine Erziehung", schnappte sie, drehte sich um und ließ Keleigh mit dem Plagegeist allein.

Der Tag der Aufnahme kam viel zu schnell. Man hatte sich auf drei Tage Drehzeit geeinigt, womit Keleigh zufrieden war. Man konnte eben nur eine begrenzte Anzahl an Stunden mit einem Mann wie Lazerus ertragen.
Das Thema des Videos war in einem Wort erklärt.
Wie es die Jungend seit dem Auftauchen von in der Sonne glitzernden Männern verlangte, sollte es ein Vampirvideo werden.
Mit Lazerus in der Hauptrolle.
Tatsächlich schlüpfte er öfters für seine Musik in diese Rolle und hatte sich einen Namen als Fürst der Schatten gemacht.
Natürlich durfte man das Thema nicht missverstehen.
In Lazerus Version gab es kein Glitzern, keinen unterdrückten Hunger, keine Romantik.
Bei ihm gab es Dunkelheit, Lust und Gier.
Seufzend tippte Keleigh mit den Fingern gegen sein Bein.
Seine kleine Pianistin wurde gerade fertig gemacht. Damit sie in diese Welt passte.
In die Dunkelheit.
Keleigh gefiel es ganz und gar nicht. Es wollte seine kleine Clair nicht in den Schatten sehen, in der Welt, die ihn selbst zeichnete.

Sie gehörte ins Licht, in den Sonnenschein. *Ihre* Welt sollte glitzern und funkeln, strahlen.

Und doch war sie nun hier. Seinetwegen.

Weil er sie nicht beschützen konnte. Ihm wäre es lieb gewesen, die nächsten zweiundsiebzig Stunden einfach zu überspringen, die Gesetze von Zeit und Raum außer Kraft zu setzen.

Schon beim Eintreten war ihm klar gewesen, dass diese Welt nicht die ihre war. Eine ihrer Maskenbildnerinnen hatte sich sofort auf sie gestürzt. Seine zierliche Pianistin war wie erstarrt gewesen, geschockt von dem Unbekannten.

Erst die Frage, ob ihre Wangenknochen echt seinen, hatte sie aufgeschreckt. Empört hatte sie bejaht.

Für sie war es undenkbar Plastik unter der Haut zu tragen, sich Knochen brechen zu lassen, um in diese Welt zu gehören, um zu glänzen.

Doch es war bittere Realität.

Er hatte seine Gründe gehabt, sie von diesem Teil der Gesellschaft fernzuhalten.

Keleighs düstere Gedanken wurden je gestört, als eine Tür laut aufging. Er sah auf.

„Sie ist fertig!", trällerte die junge Frau, die Clair vorhin noch so aus dem Konzept gebracht hatte.

Genau in diesen Moment trat Clair aus dem Raum und in sein Blickfeld.

Er hielt den Atem an.

Wie in Trance merkte Keleigh, dass sich seine Augen weiteten und sein Herz kurz innehielt, als könne es diesen Anblick nicht ertragen. So schön war sie. Bevor sein Herz umso schneller schlug. Ganz so, als wolle es die verlorene Zeit wieder einholen.

Verunsichert drehte Clair den Kopf, sah sich um. Da entdeckte sie ihn und ein Strahlen trat auf ihr Gesicht. Es verschlug ihm den gerade geschöpften Atem erneut.

Ein blutrotes Kleid mit schwarzer Spitze floss um sie hinab und umgab ihre zierliche Gestalt. Es war ein Kleid aus vergangenen Tagen, aus Tagen seiner Jugend.

Ein zartes Mieder umschmiegte ihre zierliche Taille, ließ sie noch zarter, noch zerbrechlicher wirken. Das nussbraune Haar umtanzte, länger als sonst, eben diese Taille. Rote Rosen steckten darin, zogen immer wieder den Blick auf sich.

Viel zu schnell hatte sie die Distanz zwischen ihnen überwunden, stand vor ihm und er verbarg sein Staunen, sein Schwärmen.

„Ich sehe lächerlich aus, nicht?"

Zart waren die Wangen betont, stark die Augen umrahmt. Sie sah so entsetzlich jung aus und doch so glühend verführerisch.

Keleigh zögerte.

Nur den Hauch einer Sekunde.

Er wollte so viel sagen, so viel staunen.

„Ich bin überwältigt", war das Einzige, was er aus seinem Mund bekam und er schalt sich selbst einen Narren, ihr kein besseres, kein würdigeres Kompliment gemacht zu haben.

„Wirklich?", fragte sie auf einmal schüchtern, sah zu Boden und eine sanfte Röte überzog ihre Wangen. Keleigh schluckte schwer, bevor er ihr die Antwort gab, die sie verdiente.

„Deine Schönheit erhellt die Nacht und bringt sie zum Strahlen. Sie ist ohne Gleichen."

Ihre Wangen färbten sich noch dunkler und das Verlangen sie zu berühren wurde unmenschlich stark.

Er streckte schon die Hand aus, hungerte nach ihrem Licht, ihrem Strahlen …

Da riss eine Stimme die Atmosphäre entzwei und der Moment war verloren.

„Sie sehen noch schöner aus, als ich es mir vorstellte." Lazerus trat grinsend zwischen sie.

Kalte Wut ersetzte das Staunen und das Licht in ihm und Dunkelheit legte sich über Keleighs Gedanken. Auch die Ausstrahlung seiner kleinen Pianistin wurde kälter, ihr Blick abweisender.

„Wirklich?", fragte sie erneut, doch die Wärme fehlte in ihren Worten.

„In der Tat. Es wird ein fabelhafter Film. Ich sehe es schon vor mir!"

Clair war froh, dass sie erst die Sequenzen drehten, in denen sie allein war. Insgesamt musste sie nur ihr Stück einmal mit Verkleidung in dem alten Schloss spielen. Die Kameraeinstellung wurde dabei so gewählt, dass ihr Gesicht nicht zu erkennen war. Vielmehr würden sie an diesem Tag auch nicht mehr aufnehmen. Es musste dunkel für diese Szenen sein und somit fielen einige Szenen weg und den Rest spielte sie mit Lazerus zusammen.

Vor diesem Moment fürchtete sie sich schon jetzt. Noch immer durchlief es sie eiskalt, wenn sie an seinen Blick dachte.

Clair hatte in den Spiegel gesehen, bevor sie aus dem kleinen Raum getreten war. Sie hatte das wundervolle Märchenkleid betrachtet. Doch seine Reaktion, sein Blick war … dunkel gewesen.

Er verhieß nichts Gutes.

Wenigstens der kurze Drehtag hatte etwas Positives. So konnte sie sich an dieses Kleid gewöhnen. Es hatte tausende von Lagen Stoff, Tüll und Spitze und ebenso viele Unterröcke. Zwar war es dank der neusten Technik nicht allzu schwer, doch das echte Mieder machte ihr etwas zu schaffen.

Fest drückten sich die Stäbe um ihren Körper, ließen ihr gar keine andere Wahl, als aufrecht zu gehen. Der so eingeschnürte Magen rebellierte nun noch mehr, da sie nichts zu Mittag gegessen hatte. Sie war einfach zu nervös gewesen.

Zu allem Unglück war Chandrina heute nicht mitgekommen. So saß sie nun allein in ihrer Garderobe und wartete darauf, dass das letzte Setting aufgebaut wurde.

Luft zu holen war anstrengend, man merkte jeden Atemzug überdeutlich. Ob die Korsage eventuell zu eng war? Clair wusste es nicht.

Doch ihr war schwindelig und schlecht. Sie musste dringend etwas essen. Ob sie es mit dem Ding um den Körper herunter bekam, war zweifelhaft. Dennoch stand sie auf und ging zur Tür. Wenigstens frische Luft musste sie schnappen. Ansonsten fiel sie womöglich noch um!

Gerade auf dem Weg nach draußen überkam sie der Schwindel erneut. Nur aus den Augenwinkeln sah sie Keleigh und Lazerus zusammenstehen. Beide sahen zu ihr. Da gesellte sich eine Welle der Übelkeit zu dem Schwindel und sie taumelte.

Ihr Kreislauf machte den Stress, den leeren Magen und den Mangel an frischer Luft in ihren gequetschten Lungen nicht mehr mit. Sie spürte, wie ihr das Blut aus dem

Gesicht wich. Da wurde es auch schon schwarz vor ihren Augen.

Unsicher taumelte Clair einen Schritt nach vorn und wieder einen zurück, verlor den Halt.

Bevor ihr Körper beschloss zu streiken, sah sie noch, wie Keleigh auf sie zukam, regelrecht auf sie zu hechtete.

Doch es war zu spät. Sie steuerte schon Richtung Boden. Verschwommen glaubte sie ihn auf die Knie fallen und auf sie zu rutschen zu sehen.

Da landete sie auf dem Boden.

Tatsächlich hatte er sie früh genug aufgefangen, dass nur ihre Beine auf den Boden schlugen, ihr Kopf und Oberkörper jedoch von seinen Beinen knapp über dem Boden gehalten wurden.

Verschwommen hörte sie ihn ihren Namen sagen, da wurde wirklich alles schwarz und sie sah und hörte nichts mehr.

Schon wenige Minuten nach ihrem Zusammenbruch schlug sie die Augen schon wieder flatternd auf.

Das erste was sie sah, waren Keleighs besorgte, dunkle Augen. Daneben die wesentlich helleren, blauen Augen von Lazerus. Beide Männer beugten sich über sie, wobei ihr Kopf noch immer in Keleighs Schoß lag.

Verlegenheit stieg in ihr auf und mit rotem Kopf wollte sie sich erheben, da drückten sie starke Hände nach unten.

„Bleib liegen. Du solltest noch etwas ausruhen", kam es von Keleigh.

„Sie haben uns einen gehörigen Schrecken eingejagt, Miss Evans!", von Lazerus. Als sie merkte, dass es nichts brachte, sich gegen die Hände zu sträuben, blieb sie schließlich liegen.

„Ist dir noch schwindelig?", wollte Keleigh wissen und sie spürte seine kühle Hand an ihrer Stirn.

„N-Nein", stotterte sie und konnte ihm nicht in die Augen sehen. Ihr Herz schlug viel zu schnell in ihrer Brust.

„Wann haben sie zuletzt etwas gegessen oder getrunken?", wollte da Lazerus wissen und setzte sich auf die Fersen zurück. Endlich ließ auch Keleigh zu, dass sie sich langsam aufsetzte.

„Ich … ich weiß nicht", fing sie an. Sein dunkler Blick traf sie.

„Heute Vormittag glaub ich", nuschelte sie schließlich.

„Daran wird es wohl liegen", seufzte Lazerus und winkte einem Angestellten. Dieser hechtete sofort aus dem Raum, ohne Zweifel, um etwas Essbares aufzutreiben.

„Hast du dich verletzt?", wollte Keleigh wissen und half ihr auf. Seine Miene war neutral. Wie immer.

Also lag sie mit ihrer Vermutung wahrscheinlich gar nicht mal so weit daneben.

„Nein, das Kleid hat das Meiste abgefangen …", murmelte sie und schüttelte die Röcke aus.

… und seine Arme, aber das sagte sie nicht laut.

Da tauchte der junge Mann wieder auf, eine Tüte von einer dieser Fast-Food-Ketten in der Hand. So schnell, wie er die geholt hatte, hatte er sie nicht eben erst gekauft. Ohne ein Wort nahm Lazerus dem Mann die Tüte ab und reichte sie ihr.

„Aber ich kann doch nicht ihr Abendessen essen!", wehrte sie ab und wollte die Tüte wieder zurückreichen. Lazerus kommentierte dies mit einem abfälligen Schnauben, während sich Keleigh noch immer neutral hielt.

„Keine Sorge. Das sollte eigentlich mein Mittagessen sein. Ich habe es gekauft, bevor meine Frau mir ein Lunchpaket zusteckte", grinste er.

Er wirkte nicht älter als siebenundzwanzig. Seine Ehe musste noch ganz frisch sein.

„Sind sie sicher?", hakte Clair dennoch nach.

„Aber sicher doch. Sie können es ohnehin besser gebrauchen", lachte er und klopfte sich auf den Bauch. Dabei war er nicht mal dick. Lediglich ein kleiner Bauch zeichnete sich unter seinem Polohemd ab.

„Nun nehmen sie schon", ging Lazerus dazwischen und verscheuchte so den Mann, der noch einmal freundlich nickte.

Seufzend tat sie es und aß, nun auf einem Stuhl sitzend, langsam den Cheeseburger. Tatsächlich ging es ihr bald schon besser und Keleigh ließ sie endlich aufstehen und sich die Beine vertreten.

„Wir fahren nach Hause", meinte er und griff nach ihrem Arm, als wolle er sie halten, falls sie noch einmal stürzen sollte.

„Was? Nein! Warum denn?", fragte sie hektisch. Noch immer mit neutraler Miene sah er sie stumm an. Soll heißen: Er würde nicht darüber verhandeln.

„Aber wir bringen den ganzen Zeitplan durcheinander!"

Noch immer Schweigen.

„Keleigh!"

„Wir gehen."

Vor lauter Wut bekam sie keinen Ton mehr heraus. Das war doch nicht sein Ernst! Wie konnte er sie nur vor allen Leuten, vor *Lazerus*, derart vorführen?! Er behandelte sie ja wie ein kleines Kind!

Brüsk entwand sie ihm ihren Arm. Bevor sie jedoch ihrem Temperament freien Lauf lassen konnte, fuhr ihr Lazerus dazwischen.

„Es ist schön zu sehen, dass es ihnen wieder besser geht, kleine Clair. Doch sie müssen besser auf sich achten. Und machen sie sich bitte keine Sorgen. Ich habe alles geklärt. Wir fangen morgen einfach etwas früher an. Es fehlt ja bloß eine Szene. Sie können also beruhigt nach Hause zurückkehren und sich von dem Stress des Tages erholen."

Bei den Worten hatte er ihre Hand ergriffen, sie auf seinen Arm gelegt und zum Auto geführt.

„Nun steigen sie ein und lassen die Abenteuer für heute sein, ja?"

Und schon saß sie im Auto. Wie war das denn passiert?

„Aber das Kleid!", wollte sie schon wieder aussteigen.

„Wird morgen neu aufgebügelt. Gute Nacht, kleine Clair."

Und schon war die Wagentür zu. Verdutzt sah sie ihm durch die Scheibe kurz ins Gesicht. Der Schalk war darauf kurz zu erkennen, da drehte er sich auch schon wieder um und ging davon.

Es dauerte einen Moment, bis Keleigh sich zu ihr gesellte. Er stieg nicht vorn ein, sondern nahm neben ihr Platz. Dennoch konnte sie seine unterdrückte Wut überdeutlich spüren.

Die Fahrt verlief in eisigem Schweigen.

XX

Er stand direkt vor ihr, seine Augen leuchteten. Er hatte die Banditen vertrieben, das gezückte Messer lag zu seinen Füßen, glitzerte im Licht des Mondes.

Ganz still ragte er vor ihr auf, sah sie nur mit diesem leuchtenden Blick an.

Zögernd trat sie auf der Stelle, hielt sich schutzsuchend an sich selbst fest. Wie ein goldener Racheengel stand er vor ihr, breitete langsam die Arme aus, noch immer wortlos.

Sie zögerte, rang mit sich selbst. Doch bei Gott, sie hatte solche Angst! Selbst in die Arme des Teufels würde sie sich stürzen, hätte sie nur nicht mehr diese Angst. Dabei war er es, vor dem sie noch vor wenigen Minuten geflohen war.

Der Impuls kam plötzlich und heftig. Schon in der nächsten Sekunde flog sie nach vorne, ließ jedes Zögern zurück und stürzte sich in seine Arme. Mit einem leisen Geräusch trafen erst ihre Hände auf seine starke Brust, dann ihre Nasenspitze dazwischen.

Sie war ihm ganz nahe, stand zitternd vor ihm, hatte seinen berauschenden Duft in der Nase.

Kurz hielt er die Arme noch ausgebreitet, dann legte sich eine kühle Hand sowohl auf ihren Hinterkopf, als auch auf ihren Rücken. Seine Wange berührte ihr Haar.

Eine Art wohliges Seufzen kam von ihm.

Clair fand es komisch, so eng an Lazerus geschmiegt zu stehen, sich von ihm im Arm halten zu lassen. Es war nicht unangenehm … nur komisch.

Sie spürte, wie er den Kopf hob, ein leises Fauchen war zu hören. Clair wusste genau, dass er nun seine Plastikfänge fletschte und seine Augen per Computer zum Glühen gebracht wurden.

Der perfekte Vampir eben.

Mit dieser Szene endete das Lied und auch ihr heutiger Drehtag. Sie hatte es endlich geschafft. Nur noch am nächsten Tag stand ein Fotoshooting für das Cover an und dann *endlich* war die Zusammenarbeit mit Lazerus offiziell beendet.

Noch immer stand sie in der engen Umarmung, obwohl schon längst das Schlusszeichen ertönt war. Sein Gesicht schob sich ganz dicht neben ihres, seine Lippen lagen direkt an ihrem Ohr. Erschrocken zog sie die Schultern schützend hoch. Sie war zwischen seiner Brust und seinen Armen gefangen und konnte sich schlecht wehren.

„Gratulation, mi princesa", wisperte er leise. Wie ein Windhauch nur.

Diese dunkle Aura erhob sich erneut um ihn und ihr Herz schlug sofort schneller.

„Sie haben es geschafft."

Im nächsten Moment waren seine Lippen auch schon fort, war der ganze Mann verschwunden. Vor Überraschung schwankend stand sie nun da. Wo war er nur auf einmal hin?

Clairs Nacken pochte unangenehm. Als sie sich umdrehte begegnete sie Keleighs neutralem Blick. Er war noch immer wütend auf sie. Und sie auf ihn.

Obwohl es ihr nicht leichtfiel.

Stumm drehte sie sich um und ging in ihre Garderobe, um dieses Kleid endlich loszuwerden.

Er kochte.

Heiße Wut verbrannte sein Innerstes. Wie konnte er es wagen? Wie konnte er sich erdreisten?!

Nicht nur das dieser Halunke am vorigen Tag seine kleine Pianistin ohne jeden Zweifel in seinen Bann geschlagen hatte, so schoss er heute den Vogel ab.

Als hätten die ganzen Androhungen nicht schon gereicht! Seine kleinen Spielchen, die zart verstreuten Anspielungen. Er würde sie zeichnen, vielleicht noch heute.

Keleigh musste dies um jeden Preis verhindern.

Es hatte ganz simpel angefangen. Schon das Thema des Videos war eine Drohung gewesen. Vampir.

Dann diese bedeutungsschwangeren Blicke.

Zu allem Unglück hatte Keleigh es selbst zugelassen, dass er sie ihm entriss. Es mochte eine simple Geste gewesen sein, sie zum Auto zu geleiten. Doch in ihrer Welt steckte mehr dahinter. So viel mehr.

Lazerus hatte gezeigt, dass er sie jeder Zeit mitnehmen konnte, sogar direkt vor seiner Nase. Und nun dieser angedeutete Biss.

 Keleigh hatte keine andere Wahl mehr. Er musste es tun, bevor es zu spät war. Er konnte sie nicht an ihn verlieren, *durfte* sie nicht verlieren.

Also würde er es tun, noch heute Nacht.

Obwohl es ihm in der Seele wehtat. So sollte es nicht geschehen. Ein Zeichen sollte immer frei gegeben und erst recht aus freien Stücken empfangen werden.

Denn es war ein Bund für die Ewigkeit.

Lazerus würde sie versklaven. Keleigh würde sie retten.

Doch zu welchem Preis?

Zu welchem verdammten Preis?!

Er würde sich nie verzeihen können und doch musste er es tun. Für sie.

Für seine Sonne, die sein Leben so viel strahlender machte.

Er wartete auf die Nacht. Die Stunde des Vampirs.

Der Tag war schrecklich gewesen. Zwar hatten sie endlich den Dreh beendet, doch freuen konnte Clair sich nicht.

Noch immer schenkte Keleigh ihr keinerlei Beachtung. Es schmerzte sie mehr, als sie zugeben wollte. Selbst Chandrina war sein Verhalten schleierhaft.

„So ist er sonst nie", meinte sie leise.

Sie saßen zusammen auf ihrem Bett, eine riesige Packung Eiscreme zwischen sich.

„Es war eine ganz banale Sache. Ich weiß selbst nicht, warum wir beide so aufgebracht waren", meinte Clair.

„Warum ist er noch immer so wütend auf mich?"

Kummer erfüllte ihr Herz und Tränen drängten nach draußen. Warum hasste er sie so?

Es war doch nicht einmal ein richtiger Streit gewesen!

Lange schwiegen sie und Clair starrte einfach nur an die Decke.

„Ich denke, seinetwegen."

Chandrina musste gar nicht genauer definieren, wen sie mit „seinetwegen" meinte. Clair wusste es auch so.

„Er hasst ihn vielleicht nicht so sehr wie ich, doch er verachtet ihn für das, was er mir antat."

Die junge Frau rollte sich nun ebenfalls auf den Rücken und blickte an die helle Decke.

„Du weißt, dass Keleigh mir deine Geschichte erzählte?"

Clair nickte leicht. Er hatte sie vorher sogar noch um Erlaubnis gebeten.

„Ich denke, es ist nur fair, wenn ich dir nun von meiner erzähle."

Überrascht sah Clair zu der jungen Frau. Doch ihre Augen waren geschlossen.

„Sie ist bei Weitem nicht so schlimm, wie deine … und doch hat sie mich fast zerstört."

Ganz ruhig lag Clair da und lauschte Chandrinas Worten.

„Ich war jung, etwa so alt wie du jetzt."

Also wusste auch sie, dass Clair nicht so alt war, wie sie aussah.

„Ich war eine Sängerin. Meine größte Leidenschaft war die Musik. Und ich war gut. Viele Ad… bedeutende Menschen wollten mich singen hören. Ich verdiente gut, kam aus gutem Hause und führte ein zufriedenes Leben. Bis Lazerus auftauchte."

Chandrinas Stimme wurde leiser, als könne sie den Schmerz trotz der vergangenen Zeit noch immer nicht vergessen. Wie sehr Clair sie doch verstehen konnte.

„Er tauchte bei einem Bankett auf, betrieb leichte Konversation."

Ein Seufzen erklang.

„Er war charmant, brachte mich zum Lachen. Ich vergaß alles um mich herum, wenn er bei mir war. Die Zeit, den Raum, sogar die Welt selbst. Er zeigte mir Orte, die ich nie gekannt hatte. Ließ mich in Welten eintauchen, die ich seitdem nie mehr erblickte!"

Ihre Stimme klang wehmütig. Clair glaubte, dass mehr dahinter steckte, hielt aber den Mund.

„Doch dies alles tat er nicht, weil ihm etwas an mir lag. Er arbeitete auf sein eiskaltes Ziel hin, schmiedete einen teuflischen Plan nach dem anderen, bis ich darin verloren war …"

„Er wollte das, was alle Männer wollen. Meinen Körper. Er wollte mich nur besitzen, wollte mich sein Eigen nennen, seine Eroberung, seine Trophäe.

Und er bekam mich.

In einer unglücklichen Vollmondnacht ließ ich mich verführen und es geschah.

Es war die schönste Nacht meines Lebens, bis sie zur schlimmsten wurde. Ich hätte mich in ihn verlieben können, tat es fast. Doch er hatte sein Ziel erreicht. Er hatte mich bekommen. Lazerus raubte mir die Unschuld in vielerlei Hinsicht … und warf mich fort.

Kaum, dass er fertig war, sein männliches Verlangen gestillt war, schickte er mich fort."

So viel Schmerz lag in der Stimme der jungen Frau. So viel Schmerz … und Verlust.

„Ich begriff noch gar nicht, was soeben geschehen war, da löste er sich von mir. Stand auf, schlüpfte in einen Morgenmantel und verlangte, dass ich ging. Kalt, wie ich ihn bis dahin nicht gekannt hatte, warf er mir mein Kleid zu und schmiss mich aus seinem Bett.

Und da begriff ich, dass alles eine Lüge war. Sein Charme, sein Lachen … sein ganzes Wesen. Eine einzige, kalte Lüge.

Er hatte mich benutzt und nun ließ er mich liegen, weil er das Interesse verloren hatte.

Die Liebe, die in mir zu wachsen begonnen hatte, verendete, wurde zu etwas Größerem, Kälterem. Zum ersten Mal in meinem Leben verspürte ich Hass. Wirklichen, alles verzehrenden Hass. Auf den Mann, der mich nur benutzte.

Ich schlug ihm ins Gesicht, ging auf ihn los. Mit meinen Fingernägeln zerkratzte ich ihm das Gesicht. Blut floss."

Jetzt erinnerte sich Clair, dass sie eine feine Narbe auf seiner linken Wange gesehen hatte. Kaum zu erkennen, nur wenn das Licht direkt darauf fiel.

„Bis zu dieser Nacht hatte ich nicht gewusst, dass ich zu so etwas fähig war.

Er wollte, dass ich ging? Als ging ich. Doch ich ging für immer."

Clair sah Tränen auf den Wangen der jungen Frau, obwohl diese noch immer die Augen geschlossen hatte.

„Ich stürzte mich von der nächsten Brücke. Fast hätte ich meinen Frieden gefunden. Es war so knapp. Keleigh war es, der mich fand und mich wan... rettete. Ich überlebte knapp. Doch ich lebte. Von diesem Tag an schwor ich Lazerus ewige Rache. Weil er mich zu dem machte, was ich nun bin ... ein Monster."

Chandrina riss sich zusammen und kehrte von ihrer immer lauter werdenden Stimme wieder zu ihrem leisen Ton zurück.

„Seitdem lebe ich mit Keleigh zusammen und er machte mich zu seinem Kind."

Sie schlug die Augen nieder.

„Deswegen gerate ich auch heute noch immer leicht in Rage, wenn ich ihn zu Gesicht bekomme", lächelte sie schief.

Dabei wirkte sie so tapfer, wie Clair es nie gewesen war. Sie umarmte die junge Frau ganz fest und sie war es auch, die nun weinte.

„Ich finde nicht, dass deine Geschichte weniger schlimm ist wie meine. Es gibt kein schlimmer oder besser. Beide sind auf ihre Art schrecklich", meinte sie dabei leise.

Überrascht sah Chandrina ihr ins Gesicht.

„Ich wollte nicht, dass du weinst, Clair! Es ist doch schon so lange her! Clair, bitte! Hör auf zu weinen!"

Dabei hätte gerade Chandrina allen Grund dazu gehabt, zu weinen.

„Aber meinetwegen hast du ihn nun fast täglich vor der Nase!"

Sie kam sich schuldig vor. So konnte Chandrinas Schmerz nie Ruhe finden, da er jeden Tag aufs Neue aufgerissen wurde.

„Und das ist auch gut so. So kann ich nie vergessen, was er mir antat und ich behalte den Blick für das Wesentliche."

Chandrina lächelte und reichte ihr ein Taschentuch.

„Außerdem kann ich ihm so pausenlos auf die Nerven gehen und mir in aller Seelenruhe vorstellen, wie ich seinen Engelskopf ins Klo tunke."

Bei dieser Vorstellung musste selbst Clair grinsen.

„Ich wünschte, ich wäre so stark wie du", seufzte sie und putzte sich die Nase.

„Das wirst du. Eines Tages wird dich der Schmerz nicht länger zerreißen, sondern dir Kraft geben. Vertrau mir."

Beide redeten noch lange, jedoch über erfreulichere Dinge, bis Clair spät abends in ihr Bett kroch.

Und der Traum kam.

Clair träumte, dass sie schlief. Der Wind strich sanft über ihre erhitzte Haut. Doch sie war nicht allein. Ein Schatten wartete im Dunklen auf ihr Einschlafen.

Ganz still lag sie da, mit geschlossenen Augen. Und doch spürte sie, wie der Schatten immer näher kam, wie er zu einer menschlichen Gestalt wurde. Zu einem Mann.

Langsam streckte der Schattenmann die Hand aus, berührte ihr Gesicht, strich durch ihr offenes Haar. Sie wollte sich rühren, die Augen öffnen und sehen, wer da bei ihr war. Doch sie konnte nicht!

Sie konnte sich einfach nicht bewegen!

Der Schatten kam immer näher, beugte sich zu ihr hinab, brachte sein von Dunkelheit umwobenes Gesicht immer dichter vor ihres, als wolle er prüfen, ob sie auch wirklich schlief. Sein kalter Atem strich über ihr Gesicht, die Matratze bewegte sich, als er sich auf der Kante niederließ, sich mit einem Arm abstützte, sich ganz dicht zu ihr hinabbeugte.

Er war ihr ganz nah. Ihr Herz wollte schneller schlagen, ihre Augen sich öffnen, ihr Mund schreien. Doch sie tat es nicht.

Das Gesicht des Schattenmannes senkte sich immer dichter zu ihr hinab, die Matratze bebte, als er sein Gewicht verlagerte.

Rasende Angst durchfuhr sie. Dabei war er ganz sanft. Er war ihr nun so nah, dass ihr sein Geruch nach… dunklen Rosen … in die Nase stieg.

Sanft strich seine Nasenspitze über ihren Wangenknochen, ging seinen Lippen voraus. Sie strichen federleicht über ihre Wange, hinunter zu ihrem Kinn. Kurz verharrten sie knapp über ihren Lippen.

Clair wurde ganz starr, hielt den Atem an. Aus der Angst wurde etwas anderes, etwas viel Heißeres, Brennenderes.

Gegen ihren Willen entspannte sie sich und ein Seufzer kam über ihre Lippen.

Noch immer kämpfte sie darum, die Augen zu öffnen. Sie wollte sehen, wer solche Gefühle in ihr auslöste, dass sie vor Sehnsucht zu verbrennen schien.

Doch es ging einfach nicht!

Die Lippen setzten ihren Weg fort, strichen an ihrem Mundwinkel vorbei, weiter nach unten. Dabei wollte sie ihn unbedingt schmecken, wissen, wer er war.

Seine sinnlichen Lippen küssten hauchzart ihr Kinn entlang, knabberten leidenschaftlich an ihrem Ohrläppchen. Clair wollte sich bewegen, den Schatten festhalten bevor er wieder verschwand.

Sie konnte sich nur noch auf diese Lippen konzentrieren, auf den glühenden Weg, den sie auf ihrer erhitzten Haut hinterließen.

Der Mann küsste sich ihren Hals entlang, wurde langsamer. Hitze durchfuhr ihren ganzen Körper. Er würde etwas tun, gleich war es soweit.

Sie spürte, wie sich die Luft verdichtete, wie sie immer drückender wurde.

Sie hätte schreien mögen.

Da nahm er die Lippen von ihrer Haut. Ihre Hand ballte sich zur Faust. Warum? Warum nur konnte sie sich nicht rühren? Sich wehren ... oder wollte sie ihn packen und noch fester an sich ziehen?

Clair wusste es nicht.

Da kehrte der Mund auch schon zurück und sie vergaß jeden weiteren Gedanken.

Federleicht küsste er die Stelle, wo ihr Puls knapp unter ihrer Haut pochte. Clair hielt den Atem an. Er wollte doch nicht ... doch.

Sie wusste es, bevor er es tat. Der Schattenmann zog sich erneut zurück, bevor sich seine scharfen Zähne gegen ihre Haut drückten.

Der Schmerz war kurz und heftig, dann fing er an zu saugen. Clair bäumte sich auf, wollte schreien.

Wie war aus dieser sinnlichen Begegnung nur das hier geworden?!

Seine Arme schlossen sich fest um sie, hielten sie. Clair schrie und schlug um sich, doch nur in ihrem Inneren, denn sie konnte sich nicht rühren. Die Angst war wieder zurück.

Mit Gewalt riss sie endlich die Augen auf, keuchte mit wild schlagendem Herzen.

Panisch sah sie sich um. Doch es war niemand zu sehen. Der Schattenmann war verschwunden.

Vampir, kam es ihr in den Sinn.

Ihre Hand zuckte zu ihrem Hals. Nichts. Kein Blut, kein Bissmal. Nichts.

Nur ein Traum. Nur ein … Traum?

Er war erschreckend real gewesen, beängstigend. Clair sah sich erneut in ihrem dunklen Zimmer um, das von sanftem Mondlicht leicht erleuchtet wurde. Es war nicht wie im Film. Kein offenes Fenster, kein wehender Vorhang.

Weil es nur ein Traum gewesen war. Ein Hirngespinst ihrer Fantasie.

Warum also spürte sie noch immer seine Lippen auf ihrer Haut? Warum brannte das Feuer noch immer in ihr?

Mit zitternden Fingern berührte sie ihre Lippen. Denn kurz, bevor sie erwacht war, hatte er sie federleicht berührt.

Da war sie sich sicher.

XXI

Er hatte es getan und er war nie enttäuschter von sich selbst gewesen, wie in dieser Nacht. Ruhelos war er die ganze restliche Zeit bis zum Morgen durch sein Zimmer geschritten, unfähig Ruhe zu finden, auch nur an solche zu denken.

Wie hatte er ihr das nur antun können? Dies machte ihn nur zu eben solch einem Monster, wie Lazerus, der ihn erst zu dieser Tat getrieben hatte.

„Du hast es tatsächlich getan. Mein Respekt", meinte eben dieses Monster am folgenden Morgen.

„Verschwinde bloß, bevor ich mich vergesse!", hatte er gefaucht. Mit erhobenen Händen war Lazerus zurückgetreten, ein spöttisches Lächeln auf den Lippen.

„Sie wird dich hassen, wenn sie es erfährt", wisperte er. Und dies war Keleighs größte Angst.

Clair wurde am nächsten Tag derart abgelenkt, dass sie ihren verstörenden Traum vollkommen vergaß. Besonders, da ihre Reise erst einmal ins Krankenhaus ging. Irgendwie hatte sie es geschafft, im Fotostudio derart dumm auszurutschen, dass sie auf ihre rechte Hand gefallen war. Diese schmerzte nun stark und sie hatte Angst, sie sei gebrochen.

Wenigstens etwas Gutes hatte ihr Unfall gehabt: Keleigh redete wieder mit ihr.

„Ich denke nicht, dass sie gebrochen ist", meinte er nun schon zum tausendsten Mal und zum tausendsten Mal war sie nicht überzeugt.

„Sie darf nicht gebrochen sein! Wie soll ich denn so spielen?!", jammerte sie und drückte ihren schmerzenden Arm eng an sich.

Gott! Es wäre die Hölle für sie, wenn sie nicht mehr spielen könnte!

„So weit wird es nicht kommen. Sie ist höchstens verstaucht. Vielleicht bekommst du eine Schiene …"

„Eine Schiene?!", schrie sie dazwischen.

„Wie soll ich denn damit spielen?!"

Keleigh war der Verzweiflung nahe. Er war so von Schuldgefühlen zerfressen gewesen, dass er gar nicht auf seine kleine Pianistin geachtet hatte.

Und deswegen war sie gestürzt.

Weil er nicht für sie da gewesen war. Nun konnte er nur hoffen, dass er mit seiner Diagnose richtig lag und die Hand wirklich nur verstaucht war. Etwas anderes würde er sich selbst nie verzeihen.

Ihr Zeichen leuchtete ihm hell entgegen. Sterbliche konnten es nicht sehen. Seinesgleichen jedoch sahen es auf Anhieb. Es würde noch verblassen, doch sichtbar wäre es für immer.

Er fühlte sich schlecht.

Eigentlich hatte er seine kleine Pianistin schützen wollen. Und nun war sie es, die Schutz vor ihm brauchte.

Er war ein Monster.

Er hätte sich nie in ihr Leben drängen sollen, hätte sie gehen lassen sollen, bevor es zu spät gewesen war. Nun war der Zeitpunkt verstrichen und er konnte sie nicht mehr ziehen lassen.

„Keleigh!", sagte seine kleine Pianistin leise und sofort lag seine vollkommene Aufmerksamkeit wieder auf ihr. Bestürzt sah er Tränen in ihren Augen leuchten.

„Schhh, es wird alles gut. Du wirst sehen", meinte er leise und war hilflos wie ein Säugling. Mit Gefühlen hatte er noch nie sonderlich gut umgehen können.

„Und wenn sie gebrochen ist? Ich schaffe das nicht noch einmal."

Ihre Stimme war leise und verzweifelt. Da wurde ihm alles klar.

„ ... und er brach mir die Hand. Ich konnte sie wochenlang nicht bewegen, mich wehren ..."

Das hatte sie gesagt. Dieser Vorfall musste sie unweigerlich an die schlimmste Zeit ihres Lebens erinnern. Was war er doch für ein Tölpel!

„Du schaffst das, ich bin doch bei dir", murmelte er in ihr Haar, während er sie sanft an sich zog. Es schien die richtige Entscheidung gewesen zu sein. Sie verbarg ihr Gesicht sofort in seinem Hemd und krallte sich an ihn.

„Aber du bist sauer auf mich", nuschelte sie gedämpft. Seine Hand auf ihrem Hinterkopf hielt kurz inne, bevor sie fortfuhr, ihr über das glänzende Haar zu streichen. Keleigh wünschte sich, der Fahrer würde schneller fahren.

„Ich bin nicht wütend", stritt er schließlich leise ab. Seine kleine Clair schüttelte vehement den Kopf, ohne aus seinem Hemd aufzutauchen und meinte, dass er sehr wohl wütend auf sie sei.

„Nein. Ich bin vielmehr wütend auf mich selbst", gestand er schließlich ein.

Mittlerweile spielte seine Hand mit den Strähnen ihres Haares.

„Und selbst wenn ich wütend auf dich wäre", fing er an und musste gegen seinen Willen schmunzeln, „würde ich mich nie gegen dich stellen. Ich wäre … *bin* immer für dich da."

Seine Stimme war immer leiser geworden, bis er nur noch flüsterte. Da tauchte ihr Gesicht auf und sie sah in blinzelnd an.

„Keleigh, ich muss dir was sagen", begann sie.

„Ich …"

Genau in dem Moment hielten sie vor dem Krankenhaus.

„Behalte den Gedanken", wies er sie an und stieg aus, zog sie mit sich.

Am Empfang machte er ordentlich Dampf. Je schneller sich ein Arzt ihre Hand ansah, desto weniger Sorgen würde sie sich machen.

„Wir wären ihnen sehr verbunden, wenn sie sich beeilen könnten. Mein Schützling ist eine gefragte Musikerin und hat heute noch ein Vorspiel. Wir müssen unbedingt wissen, ob sie daran teilnehmen kann oder nicht."

Die Empfangsdame zeigte keinerlei Reaktion.

„Es geht um sehr viel Geld", versuchte er es erneut.

Endlich machte sie sich daran auf ihren Computer einzuhacken.

„Welches Instrument spielen sie denn?", wollte sie misstrauisch wissen.

„Querflöte!", ging Keleigh dazwischen, sich an Clairs alte Ausrede haltend, bevor seine kleine Pianistin sich verraten konnte.

Es wäre zu auffällig, wenn eine Pianistin just an dem Tag die gleiche Verletzung erlitt, wie die berühmte Clair. Dieses Risiko würde er nicht eingehen. Kurz herrschte Stille und nur das Tippen der Tastatur war zu hören.

„Gut. Sie können in Zimmer drei warten. Der Arzt wird gleich bei ihnen sein."

Endlich, dachte er und zog Clair hinter sich her. Erst da fiel ihm auf, dass er noch immer ihre Hand hielt.

„Querflöte also?", lachte sie kaum, dass sich die Tür hinter ihnen geschlossen hatte.

„Irgendeine Ausrede musste ich ja finden", lächelte auch er und schwups hatte sich die Anspannung zwischen ihnen auf wundersame Weise aufgelöst. Tatsächlich kam der Arzt keine zehn Minuten später und untersuchte Clairs Hand.

„Sie scheint nicht gebrochen, doch wir werden zur Sicherheit ein Röntgenbild machen."

Keleigh wartete ungeduldig, bis sie zurückkehrte. Tatsächlich war die Hand nicht gebrochen, sondern nur gestaucht. Da der Arzt seiner kleinen Clair genauso wenig traute, wie Keleigh, bekam sie tatsächlich eine Schiene. Gegen die sie sich erschreckend rabiat wehrte.

„Das könnt ihr vergessen!", zischte sie, kaum, dass die Schiene auch nur in ihrem Blickfeld auftauchte.

„Miss Evans, bitte. Es ist nur zu ihrem Besten. Wenn sie die Hand nun zu sehr belasten, wird sie nicht ausheilen und schwere Folgeschäden können auftreten", versuchte der Arzt sie mit Logik zur Vernunft zu bringen.

Keleigh sah schon allein an ihrer abweisenden Körperhaltung, dass so nicht an sie ran zu kommen war.

„Clair. Sieh mal. Wenn du deine Hand jetzt nicht auskurierst, wirst du für längere Zeit nicht mehr spielen können. So sind es nur ein paar Tage …"

„Wochen!", berichtigte der Arzt, worauf Keleigh ihm einen mörderischen Blick zuwarf, der ihn sofort verstummen ließ.

„Außerdem kannst du so diese elende Arbeit unterbre-
chen und dich entspannen. Chandrina wird dir ohnehin
alles hinten und vorne nachtragen."

Spätestens, als er erwähnte, dass sie Lazerus für die
nächsten Tage los war, hatte sie sich etwas entspannt. Er
hatte nur darauf gewartet, dass sie den Arm auf den
Tisch legte.

Wie ein Blitzschlag hatte er ihren zierlichen Arm mit den
Händen ergriffen und hielt ihn fest. Noch bevor sie wusste, wie ihr geschah, hatte der Arzt auch schon damit begonnen, ihr die Schiene anzulegen.

„Was zum …? Lass mich *sofort* los!", zischte sie und
wehrte sich.

Doch Keleigh war viel stärker. Mühelos konnte er sie
ruhig halten, bis der Arzt fertig war.

Dieser verabschiedete sich dann auch recht schnell. Und
keine Sekunde zu spät, denn das Unheil zog sich schon
zusammen.

„Du bist so ein Arsch!", zischte seine kleine Pianistin mit
so viel Wut in der Stimme, dass Keleigh ganz anders wurde.

„Ich bitte dich nicht um Entschuldigung, dass ich tat, was
ich tat, um dir zur helfen. Doch ich bitte demütig um
deine Vergebung, dass es gegen deinen Willen geschah."
Er verneigte sich tief vor ihr.

Diese simple Geste nahm seiner kleinen Pianistin sofort
den Wind aus den Segeln.

„Steck dir deine Demut sonst wo hin", meinte sie noch
immer entrüstet. Doch das Feuer dahinter fehlte, was ihn
fast zum Schmunzeln gebracht hätte. Als kluger Mann
hütete er sich jedoch streng davor, auch nur den Hauch
einer Gefühlsregung zu zeigen.

Stattdessen hielt er ihr die Tür auf.

„Schleim dich ruhig ein", knurrte sie, doch ihre Augen glitzerten freudig der Geste wegen.

„Wie du wünschst", verneigte er sich erneut, was ihr ein unterdrücktes Schmunzeln entlockte. Unterdrückt deswegen, weil sie ihre Wut nicht so schnell aufgeben wollte.

Das darauf folgende Schweigen zwischen ihnen war nicht so unangenehm, wie es hätte sein können. Keleigh wartete extra darauf, bis sie wieder im zurückgezogenen Bereich des Wagens waren, bevor er seine nächste Frage stellte.

„Was wolltest du mir denn vorhin sagen?"

Ihre Reaktion war über alle Maßen überraschend. Sofort schoss ihr die Röte in die Wagen und ihr Herz schlug in wildem Galopp. Seine kleine Pianistin konnte ihm von einem Moment auf den anderen nicht mehr in die Augen sehen.

„Nichts", antwortete sie schnell. Nicht zu schnell, aber zu hektisch.

„Ich habe es schon vergessen."

Keleigh sah es ganz klar vor sich und konnte es dennoch nicht begreifen. Dabei war es so offensichtlich.

Sie log.

Seine kleine Pianistin *log* ihn *an*.

Wie erstarrt ruhte sein Blick auf ihr, bevor er sich betont gelassen abwandte.

„Dann wird es nicht von Belang gewesen sein", erwiderte er.

Dabei rasten seine Gedanken wild umher. Bevor Keleigh sie vorhin unterbrochen hatte, hatten sie über nichts Verfängliches gesprochen. Er hatte versucht, sie zu beruhigen und sie hatten geklärt, dass er sie nie im Stich lassen würde.

Warum also log sie ihn nun an?

Clair konnte Keleigh den ganzen Tag lang nicht mehr in die Augen sehen. Sie hatte nicht vergessen, was sie ihm im Auto hatte sagen wollen. Wie hätte sie auch?

In dem privaten Raum des Autos hatte sie ihm ihre Gefühle offenbaren wollen.

Sie hatte ihm sagen wollen, dass sie den Verdacht hatte, sich in ihn verliebt zu haben.

Und doch hatte sie einen Rückzieher gemacht. Nicht, weil sie noch immer wütend auf ihn gewesen wäre. Immerhin hatte er ja recht. Vor allem damit, dass Chandrina zur Glucke mutierte. Sie war gar nicht mehr vom Hals zu kriegen!

Nein, Clair hatte doch nichts gesagt, weil sie sich nicht traute. Noch immer nagte der Zweifel an ihr, ob es nicht doch nur eine belanglose Schwärmerei von ihr war, alles nur Schall und Rauch …

Und weil sie Angst hatte abgewiesen zu werden. Nicht nur ihr freundschaftliches Verhältnis wäre für immer zerstört, sondern auch ihre Arbeit.

Wie sollte sie mit dem Mann zusammenarbeiten der, soweit ihre Liebe doch Hand und Fuß hatte, ihre Gefühle nicht erwiderte?

Außerdem war sie viel zu jung. Clair hatte seine Reaktion gesehen, als er erfuhr, wie alt sie tatsächlich war. Regelrecht geschockt war er gewesen! Nicht, dass Keleigh alt war. Höchstens Mitte dreißig. Doch sie war erst neunzehn, fast zwanzig! Zehn Jahre Altersunterschied!

Klar, solche Beziehungen gab es wie Sand am Meer. Doch er kam ihr nicht wie der Mann vor, der zu so einer Beziehung bereit war.

Also hatte sie geschwiegen. Um seiner, aber vor allem auch ihrer Selbstwillen.

Gerade erst hatte sie sich mit seiner und Chandrinas Hilfe ein Leben aufgebaut. Dieses wollte sie nicht schon scheiden sehen, wo es doch gerade erst begonnen hatte.

Sie würde einige Jahre warten. Wer weiß? Vielleicht waren ihre Gefühle ja wirklich nur von jugendlicher Schwärmerei.

Und selbst wenn nicht …

Es hatte keine Zukunft, war zu früh und im Ganzen wollte Clair sich nicht damit befassen.

Da kam ihr der große Blumenstrauß aus Wildblumen gelegen, der von einem Angestellten in den Salon gebracht wurde.

Sie blickte auf die Karte und sah ihre Vermutung bestätigt. Er war von Lazerus.

„Ich hoffe auf eine baldige Genesung. Hochachtungsvoll L.“, stand auf der Karte.

Dabei hatte er es sogar geschafft, diesen elenden Kosenamen wegzulassen. Clair war regelrecht stolz auf ihn.

Die paar Tage Ruhe würden ihr wohl doch besser tun, als gedacht.

XXII

Die Tage in Ruhe und Gelassenheit ließen sie fast an die Decke gehen! Sie war gereizt und so schlecht gelaunt, dass sogar Chandrina ihr aus dem Weg zu gehen schien. Nur Ying hielt es noch in ihrer Nähe aus.

Stundenlang spielte sie mit dem Welpen und brachte ihm sogar ein paar Tricks bei.

Die typischen Befehle wie „Sitz", „Platz" und „Aus", beherrschte er schon. Auch, wenn er letzteres gerne überhörte.

In den nächsten Wochen brachte sie ihm zusätzlich noch „Dreh dich", „Gib Pfote" und „Spiel tot" bei. Er selbst schien einen Heidenspaß daran zu haben, wenn er sich tot stellte und so unvermittelt aufsprang, dass sie sich erschreckte.

Doch Clair verbrachte auch viel Zeit im Musiksalon. Dort saß sie entweder vor dem geschlossenen Flügel und strich über den polierten Lack oder klimperte mit der linken Hand einige simple Melodien.

Meist suchte sie einfache Sachen, damit sie ihre Gedanken zerstreuen konnte. Seit diesem einen Traum folgten immer mehr. Zwar berührte der Schattenmann sie nun nicht mehr, doch Clair spürte immer, dass er da war.

Manchmal glaubte sie, dass sich die Matratze bewegte, er sich wieder zu ihr setzen würde.

Doch jedes Mal war niemand im Zimmer, wenn sie die Augen aufschlug.

Es war nervenaufreibend und trug nur zu ihrer schlechten Laune bei.

Weswegen Keleigh ein Ablenkungsmanöver startete. Er wollte mir ihr zu einer Vorstellung.

„Muss das sein?", fragte sie sichtlich ohne viel Begeisterung und schob sich einen weiteren großen Löffel Eiscreme in den Mund. Irgendwie war sie im Laufe des Tages in dem Salon gelandet, eine große Packung Erdbeereis im Schoß. Irgendeine Doku lief im Hintergrund.

„Es ist ein herrlicher Tag. Wir können Ying mitnehmen. Oder Chandrina und du geht danach noch etwas einkaufen", versuchte er ihr die Sache schmackhaft zu machen.

„Ich weiß nicht", meinte sie kritisch und ließ dem ersten einen weiteren Löffel voll Eis folgen.

Seine Miene war freundlich, neutral. Aber Clair sah die aufsteigende Ungeduld in seinen Augen. Er würde nicht weichen, bis sie in diese Aufführung bekommen hatte.

„Hattest du denn schon andere Pläne?", änderte er da die Taktik und traf sie überraschend.

„Ich … ich wollte fernsehen. Es laufen interessante Dokus", fing sie an.

„Irgendwie muss ich meinen Horizont ja erweitern!", kam ihr die perfekte Ausrede.

Eine Weile war er ganz still. Ohne Zweifel maß er gerade ab, ob es leichter wäre, sie einfach über die Schulter zu werfen und ins Auto zu laden oder sie zu überreden. Ihr Blick wurde eisig.

Sollte er es nur versuchen.

Da erstrahlte ein Lachen auf seinem Gesicht und er schüttelte glucksend den Kopf. Offenbar waren ihr ihre Gedanken ebenso leicht vom Gesicht abzulesen, wie ihm manchmal die seinen.

„Du willst also deinen Horizont erweitern?", fragte er nach und steckte die Hände in die Hosentaschen.

„Ja", nickte sie.

„Mit Dokumentationen?"

„Ja", nickte sie erneut. Clair war nicht ganz klar, worauf er da hinauswollte.

„Mit Dokumentationen … über Mistkäfer?"

„Ja … WAS?"

Nun vollkommen aus dem Konzept gebracht, starrte sie auf den Bildschirm. Doch anstatt Dreck aufrollende Käfer zu sehen, schritt gerade Kleopatra durch das Bild.

„Siehst du? Du schaust sie dir ja gar nicht an!", begegnete Keleigh ihrem bösen Blick.

Darauf wusste sie zunächst nichts zu sagen.

„Ich will aber nicht", meinte sie schließlich patzig und kam sich vor wie ein kleines Kind.

„Wirklich?", fragte Keleigh unschuldig nach. Clair nickte, während ihr Blick nun am Fernseher klebte.

„Tja, dann werde ich wohl alleine mit Chandrina gehen. Ich dachte, es würde dir entsprechen. Da habe ich mich wohl geirrt."

Ohne ein weiteres Wort drehte er sich um und schickte sich an, den Raum zu verlassen.

„Was? Was soll das denn heißen?", wollte Clair wissen. Irgendwie hatte sie das Gefühl, ihm mit dieser Reaktion direkt ins Netz gegangen zu sein.

„Ich dachte, eine schöne Veranstaltung wie diese würde eher deinem Wesen entsprechen", drehte Keleigh sich mit nun unschuldigem Gesichtsausdruck wieder zu ihr um.

„Doch wenn dir Fernsehen und Kalorien verschlingen mehr entgegenkommen …", hob er entschuldigend die Hände.

Sprachlos starrte sie ihn an.

Einfach so, von jetzt auf gleich, hatte er es fertigge-
bracht, dass sie sich kleinlich, kindisch und total blöd
vorkam.

Da blitzte der Schalk in seinen Augen auf.

„Du bist so ein Arsch", fuhr sie ihn an und stand auf.

Statt beleidigt zu sein, lachte Keleigh auf und fing die
halb leere Eispackung auf, die sie nach ihm warf.

„Ich werde dies für dich in den Eisschrank legen", sagte
er erheitert und ging nun wirklich.

„Glaub ja nicht, dass ich auf diese blöde Veranstaltung
gehe!", rief sie ihm wütend hinterher. Wie kam es nur
immer und immer wieder dazu, dass er sie dazu brachte,
genau das zu tun, was er wollte?!

„Wie du meinst."

In seiner Stimme schwang die Gewissheit mit, dass sie
kommen würde.

Es war zum aus der Haut fahren!

Belustigt nahm Keleigh die griesgrämige Miene seiner
kleinen Pianistin wahr, als sie gemeinsam mit Chandrina
die Treppe hinab kam.

Doch er hütete sich davor, auch nur eine Gefühlsregung
zu zeigen. In den letzten Tagen war seine kleine Clair
regelrecht patzig gewesen. Wäre er ein anderer Mann
gewesen, er hätte sich öfters beleidigt gefühlt, als in seinem gesamten langen Leben zuvor.

„Ich mache das nur unter Protest", stellte sie auch sogleich klar, kaum dass sie ihn erblickt hatte.

„Gewiss doch", konnte Keleigh sich ein Schmunzeln nun
doch nicht verkneifen.

Chandrina stöhnte genervt auf.

„Jetzt hör schon auf, so zickig zu sein", schalt sie Clair. Überrascht, dass sich die junge Frau nun auch gegen sie stellte, fiel seiner kleinen Pianistin sprichwörtlich die Kinnlade runter.

„Hä?!"

Chandrina warf verzweifelt die Hände in die Luft.

„Jetzt tu nicht so! Du bist nerviger als Ying es jemals sein kann! Und dass will schon was heißen!"

Entrüstet schaute Clair zwischen ihm und seinem Schützling hin und her.

„Das weißt du ganz genau!", zischte Chandrina.

Keleigh war bisher nur ein, zweimal in einer Situation wie dieser gewesen. Doch die Erfahrung hatte ihn gelehrt, sich nicht einzumischen, wenn Frauen sich stritten. Er würde nur ihr Missfallen auf sich lenken und auf wundersame Art und Weise war nachher immer der Mann der Sündenbock.

Also hielt er sich heraus.

„Auf welcher Seite stehst du eigentlich?!", wollte seine kleine Pianistin trotzig wissen. Schnell tarnte er sein Lachen mit einem Husten und besah sich den Stuck an der Decke.

„Auf der, bei der ich die wenigsten Kopfschmerzen bekomme!"

Da huschte der Zweifel über das Gesicht seiner kleinen Pianistin. Neugierig beobachtete Keleigh ihr Mienenspiel.

„Also ich fahre jetzt", meinte sie schließlich. Doch ihr Ton war längst nicht so patzig, wie noch zuvor. Ohne ihm oder Chandrina ins Gesicht zu sehen, ging sie nach draußen.

„Ich hoffe, die Schiene wird frühzeitig abgenommen", seufzte sein Schützling. Keleigh lachte herzlich.

Da wandelte sich die leidende Miene Chandrinas in eine überraschte.

„Wenigstens du scheinst deinen Spaß zu haben", schüttelte sie schließlich den Kopf und folgte Clair nach draußen.

Zu seiner eigenen Überraschung stellte er fest, dass es tatsächlich so war. Er hatte Spaß. Er war glücklich.

Die Leute drängten nicht ins Gebäude, zumindest nicht im üblichen Sinne. Dies war eine High-Society-Veranstaltung. Hier wurde nicht gedrängelt und geschubst.

Und doch nahm der Menschenstrom nicht ab und jeder wollte den besten Platz ergattern. Keleigh hatte sich die Freiheit genommen exklusive VIP-Plätze zu reservieren. Mit Freude sah er Clairs Blick, als sie die reservierten Plätze sah. Sie befanden sich nicht direkt vor der Bühne, was seiner Meinung nach die schlechtesten Plätze im ganzen Saal waren, sondern schräg daneben. Von hier aus hatte man einen erstklassigen Blick auf die Bühne und der Klang war unbeschreiblich.

Ganz wie es seiner Erziehung als Gentleman entsprach, nahm er die Champagnerflasche zur Hand und schenkte den Damen ein, nachdem er ihnen die Stühle zurechtgerückt hatte.

„Ach. Auf einmal krieg ich doch Alkohol", frotzelte seine kleine Pianistin, doch er sah in ihren Augen, dass sie es nicht ernst meinte.

„Eine kleine Ausnahme", zwinkerte er ihr zu. Sie lächelte und sein Herz ging auf. Es erfüllte ihn mit Wärme und Licht.

Er saß zwischen den beiden Frauen und konnte so ohne viel Aufsehens seine kleine Pianistin beobachten. Lässig lehnte er sich in seinem Stuhl zurück, schlug die Beine übereinander und stützte das Kinn auf die gekreuzten Hände.

Voller Staunen besah sich Clair die Dekoration. Sie war recht schlicht, doch ihre Augen strahlten bei jedem Blumenarrangement, das sie sah. Chandrina hingegen kraulte Yings Ohren und schien eher gelangweilt.

Genau dies war das Besondere an seiner kleinen Pianistin. Sie sah Dinge, für die die Menschen blind geworden waren, fand in jedem Teil etwas Schönes, Bestaunenswertes. Sie zeigte ihm, der er älter als die Zeit war, so viele Orte, für die er bisweilen blind gewesen war.

Selbst in ihrer Unzufriedenheit war sie bezaubernd. Und dies tat sie mit einer solch kindlichen Unschuld, dass es ihm jedes Mal regelrecht das Herz aus der Brust riss.

Sie war so viel mehr, als nur seine kleine Clair, seine kleine Pianistin. Sie war sein Leben.

Dieser Mensch, dieses junge, unschuldige Kind, hatte ihn aus den Schatten geholt, ihm gezeigt, was es hieß zu leben. Wozu kein Wesen auf Erden fähig war, hatte sie geschafft. Es war unvorstellbar geworden sich ein Leben ohne sie vorzustellen.

Unmöglich.

Und doch hatte er ihr, die sie Licht in sein Dasein brachte, so viel Schatten gebracht. Noch immer leuchtete sein Zeichen auf ihrer Kehle. Noch immer trug sie den Beweis seiner Schuld direkt auf der Haut. Und er würde nie verschwinden.

Wäre Keleigh wirklich ein Mann von Ehre, so würde er sie gehen lassen. Selbst aus ihrem Leben verschwinden, bevor alles zu spät war. Er würde sie im Licht lassen und aus seiner Welt, den Schatten, ehrfürchtig zu ihr blicken. Doch er konnte es nicht.

Er war kein Mann von Ehre, war es wohl nie gewesen. Ein Heuchler, das war er. Er heuchelte ihr vor, dass alles gut werden würde, dass er sie beschützte. Dabei zog er sie immer weiter in die Tiefe.

Er war ein Monstrum.

Tiefe Trauer erfüllte sein Herz. Sie hatte ihm gezeigt zu leben und nun war er so selbstsüchtig, dass er es nicht aufgeben konnte, *wollte*.

Er wollte nicht zurück in die Schatten, in das triste Leben, welches er zuvor sein Eigen nannte. Er hatte den süßen Kuss des Lebens geschmeckt. Und nun wollte er mehr. Er wollte leben.

Wie trist würden seine Tage erst werden, wenn ihm das Licht erneut geraubt würde?

Schon zuvor war er bereit gewesen, diese Welt hinter sich zu lassen. Damals war es nur ein Gedanke gewesen, eine weitere Option in seinem langen Leben. Doch würde er es, *sie*, verlieren … Es würde ihn zerreißen. Ob nun mit oder ohne Hilfe, er würde davon scheiden. Wenn nicht körperlich, dann doch geistig, seelisch.

Es wäre sein Ende.

Hätte er nur früher von ihr erfahren, früher diese Möglichkeit ergreifen können … Es wäre alles anders gekommen. Hätte er sie nur früher getroffen. Er wäre ein anderer Mann geworden.

Hätte …

Schallender Applaus riss ihn so abrupt aus seinen Überlegungen, dass er aufschreckte. Der Künstler, der heute sein Spiel abhielt, betrat die Bühne.

Seine kleine Pianistin sog scharf die Luft ein.

„Ist das etwa …?"

Schmunzelnd riss er sich aus der Düsternis, die sein Herz tränkte und beantwortete ihr ihre atemlose Frage.

„Ja, er ist es."

Es war der berühmteste Pianist aus dem Ausland. Keleigh hatte gewusst, dass sie sich darüber freuen würde. Die Hände auf die Knie gestützt, den Oberkörper leicht nach vorne gebeugt, machte es den Eindruck, sie wolle sich alles ganz genau einprägen.

Keleigh fand tatsächlich zu seiner Gelassenheit zurück und fing an, sich zu entspannen. Unter seinen Wimpern hervor beobachtete er sie. Er sah das Leuchten in ihren Augen, die Freude. Aber auch die Sehnsucht. Genau beobachtete er, wie sie an der Schiene zerrte, die ihre Hand ruhigstellte.

Gerne hätte er es ihr leichter gemacht. Doch nicht einmal dies konnte er für sie tun. Der Pianist begann sein Stück. Die Töne erfüllten den Raum und es wurde ganz still. Sein Stück war herzerweichend und tiefgründig. Es stellte einem sogar die Nackenhaare auf. Doch er war nicht Clair. Niemand würde je an ihr Spiel, ihre Gefühle, ja ihr ganzes Herz, das sie in ihr Spiel legte, herankommen. Seine kleine Pianistin hatte ihn für andere Musiker verdorben. Doch sie war fasziniert, saß mit leicht geöffnetem Mund da und schaute gebannt auf den Flügel. In ihrem Gesicht sah er Freude und Anerkennung.

Aber auch den starken Wunsch, selbst spielen zu können. Es traf ihn wie ein Schlag. Als er sah, dass seine kleine Pianistin zumindest mit der einen Hand versuchte, mitzuspielen.

Sie bewegte die Finger genauso, als wäre sie es selbst, die spielte. Dabei hatte sie die Augen geschlossen und verlor sich in ihrer eigenen Welt.

Er selbst wurde ganz ruhig, sein Atem verlangsamte sich genauso, wie sein Herzschlag. Keleigh sah sie nun ganz offen an, zeigte seine Begeisterung.

Er selbst verlor sich in ihr, in ihrem Wesen, ihrer selbst. Viel zu schnell war das Stück vorbei und erneut war es der Applaus, der ihn aus seinem Frieden riss.

Auch seine kleine Pianistin schlug die Augen auf und sah direkt in seine. Keleigh fühlte sich komisch ertappt, erwiderte dennoch ihren Blick.

„Danke", sagte sie leise und legte in dieses eine, simple Wort, welches zu hundert am Tag ausgesprochen wurde, so viel Gefühl, dass es ihm den Atem raubte.

„Nicht dafür", wisperte er so leise, dass sie es nicht hören konnte.

XXIII

Die Aufführung war herrlich gewesen. Clair hatte sich derart in die Musik fühlen können, dass sie tatsächlich glaubte, selbst zu spielen. Keleigh hatte ihr damit das größte Geschenk gemacht, das nur möglich war. Dabei hatte er auch noch bei ihrem Arzt angerufen und den Termin vorgezogen, an dem ihr ihre Schiene endlich abgenommen werden sollte. In drei langen Tagen war es endlich soweit und sie würde wieder spielen können. Lächelnd strich sie über den glänzenden Lack des Flügels. Es war mitten in der Nacht und sie saß hier vor dem geschlossenen Flügel und dachte nach.

Der Tag war wundervoll gewesen.

Tatsächlich hatte sie ihre schlechte Laune komplett vergessen und so viel gelacht, dass ihr der Bauch noch immer wehtat. Und doch hatte sie ihn nicht richtig genießen können. Die ganze Zeit hatte eine dunkle Aura über ihr geschwebt.

Jedes Mal, wenn sie Keleigh angesehen hatte, hatte sich ihr Herz schmerzhaft zusammengezogen. Immer, wenn er gelacht hatte, hatte es sie getroffen wie ein Dolchstich ins Herz. Jedes Mal, wenn er sie mit diesem warmen Blick angesehen hatte, hätte sie sofort losheulen können.

Und doch war sie glücklich gewesen, bei ihm zu sein.

Seufzend legte Clair den Kopf auf den Flügel und schloss die Augen. Warum nur musste das Leben so kompliziert sein? So unnötig schmerzhaft? Früher, als sie noch auf der Straße gelebt hatte, war alles so verdammt einfach gewesen.

Sie hatte das gehabt, was sie zum Leben brauchte … oder hatte es sich zumindest beschafft. Doch nun … Nun musste sie mit anderen Leuten auskommen, sich bewerten und kritisieren lassen.

Nun wurden Erwartungen an sie gestellt, nun musste sie abliefern.

Manchmal, gerade in Momenten wie diesen, wurde ihr das alles zu viel. Zwar hatten sich die Reporter tatsächlich etwas zurückgezogen, doch es war nach wie vor nicht leicht für sie.

Tief sog sie die Luft durch den Mund ein und stieß sie laut wieder durch die Nase aus. Wenigstens war sie nicht allein. Sie hatte Keleigh und Chandrina. Ohne die beiden hätte sie es wohl nicht so weit gebracht.

Sie würde jetzt einfach die Zusammenarbeit mit Lazerus hinter sich bringen und der Rest würde sich finden. Ganz bestimmt.

Mit diesen Gedanken schlief sie ein.

Und träumte.

Clair sah sich selbst, wie sie zusammengesunken vor dem Klavier eingeschlafen war. Und sie sah den Schatten. Er bildete sich in einer Ecke, wurde größer und nahm die Gestalt eines Mannes an. Dieser kam vollkommen lautlos auf sie zu. Seine Schritte verursachten nicht einen Laut. Clair saß ganz ruhig, wartete ab, was geschah.

Sie glaubte den Schatten seufzen zu hören. Es klang traurig. Sie wusste nicht, was sie im Moment fühlte. Nur, dass sie unbedingt wissen wollte, was dieser Schattenmann als Nächstes tat.

Er streckte die Hand aus, ließ sie über ihrem Hinterkopf knapp in der Luft schweben. Erneut ertönte ein Seufzer.

„Kleine Clair", wisperte seine Stimme.

Ruckartig war sie hellwach, schreckte auf und wirbelte auf dem Klavierhocker herum. Doch es war niemand da, nichts zu sehen.

Ihr Herz schlug viel zu schnell. Bisher hatte der Schattenmann immer nur schweigend neben ihr gestanden, vorzugsweise gesessen. Doch noch nie hatte er gesprochen. Sie hatte seine Stimme noch klar im Kopf und sie schien in ihren Gedanken widerzuhallen.

„Kleine Clair."

Also war es kein Zufall, dass er fast jede Nacht zu ihr kam. Er kannte sie, kannte sogar ihren Namen. Dabei hielt sie jeder für Abigail, wie es in den Medien verkündet worden war. War es nun ein Traum ... oder echt?! Sie wusste es nicht und Furcht legte sich um sie. Auf einmal kam ihr der Musiksalon nicht mehr beruhigend und angenehm vor. Nun war er düster und beunruhigend.

Schnell ergriff sie die Flucht, sprang auf und verließ den Salon. Erneut schlug ihr Herz viel zu schnell und Schweiß sammelte sich in ihrem Nacken.

Sie wollte nur noch hoch in ihr Zimmer, sich die Decke über den Kopf ziehen und warten, bis der Morgen anbrach.

Noch nie hatte sie Angst vor dem Schattenmann gehabt. Nicht mal, als er sie biss. Doch nun war alles anders. Nun war er anders.

Er hatte gesprochen, eine Verbindung zu ihr hergestellt und diese Verbindung machte ihr nun Angst. Flink huschte sie den Flur entlang zur Eingangshalle, peinlich genau darauf bedacht, auch ja in den hellen Lichtflecken von den Fenstern zu bleiben.

Gerade befand sie sich mittig in der Eingangshalle, steuerte schon die Treppe an, da öffnete sich die Tür knarrend in ihrem Rücken. Wie erstarrt blieb sie stehen, drehte sich wie in Zeitlupe um. Schlief sie noch immer, war sie noch in einem Traum gefangen?

Ihr Puls stieg an, ihr Atem kam nur noch keuchend und in harten Stößen. Ihr ganzer Körper war angespannt, sodass er bei der kleinsten Berührung zerspringen würde.

Clair sah mit weit aufgerissenen Augen, wie sich die Tür langsam öffnete und eine dunkle Gestalt hinaustrat. Sie schluckte schwer und begann ganz leicht zu zittern.

Die Gestalt trat langsam vor, verursachte wie im Traum nicht den Hauch eines Lautes. Furcht schnürte ihr die Kehle zu. Sie war doch aufgewacht! Sie träumte nicht mehr!

Was alles nur noch schlimmer machte, weil sie damit zugab, dass es real war.

Die Gestalt kam immer näher, bis sie in das Licht eines Fensters trat. Clair hielt die Luft an und … stieß sie erleichtert wieder aus.

„Clair?", erklang da auch schon Keleighs skeptische Frage und die bedrohliche Aura verschwand vollends.

Dennoch saß die Angst noch immer in ihr und sie zitterte nun am ganzen Körper.

„Was machst du denn … hmpf."

Schwungvoll hatte sie sich ihm entgegengeworfen und die Arme um seinen Hals geschlungen. Er fing sie ab und verhinderte so, dass ihre Körper frontal aneinander krachten.

„Was ist denn los?", wollte er nach einem Moment der Stille behutsam wissen.

Clairs Angst hatte sich mittlerweile gelegt und sie löste die Arme von seinem Hals, blieb aber noch immer direkt vor ihm stehen. Auch er behielt die Hände hinter ihrem Rücken verschränkt.

Sie brauchte seine Nähe, denn sie gab ihr Ruhe und half ihr, ihre Gedanken zu ordnen.

„Ich habe geträumt", murmelte sie leise. Irgendwie kam sie sich gerade dumm vor, ihn derart angesprungen zu haben. Nur eines Traums wegen. Andererseits genoss sie seine Nähe und konnte nichts Falsches daran entdecken.

„Und ich schleiche hier durchs Haus", beendete er ihren Satz. Seine Finger strichen ihr eine verirrte Strähne aus dem Gesicht.

„Ich habe dich erschreckt, nicht? Es tut mir furchtbar leid. Doch ich rechnete nicht mit deiner Anwesenheit zu solch später Stunde", entschuldigte er sich und ließ sie los.

Enttäuscht sah sie ihn an. Er trug wie immer Schlips und Kragen unter seinem Mantel. Doch wo war er um diese Uhrzeit gewesen?

„Wo warst du denn?", schoss es da auch schon aus ihr heraus. Im nächsten Moment wurde ihr die Situation bewusst, in der sie beide sich hier befanden. Sie hatte ihn soeben regelrecht angesprungen und er hatte sie im Arm gehalten. Sie beide. Alleine. Mitten in der Nacht. Im Dunkeln.

Sofort färbten sich ihre Wangen rot und Clair hoffte, er würde es in der Dunkelheit nicht bemerken.

„Ich war spazieren", sagte er und sah ihr dabei fest in die Augen. Doch seine Miene war neutral, was hieß, dass er etwas vor ihr verbarg.

„Tatsächlich?", fragte sie deswegen nach und beäugte seine Reaktion.

„Wie es aussieht, leide nicht nur ich an nächtlicher Unruhe", lächelte er milde. Clair musterte ihn, konnte aber nichts Auffälliges entdecken. Sie wollte es schon als Hirngespinst abtun, da bemerkte sie einen dunklen Fleck an seinem Hemdkragen. Wäre das Hemd dunkel gewesen, so hätte sie es nicht bemerkt. Auf dem reinen Weiß des Stoffes stach dieser für Keleigh so untypischer Makel jedoch deutlich heraus.

„Du hast da was", trat sie näher, wollte seinen Kragen berühren, um zu sehen, was es war.

Doch Keleigh trat einen Schritt zurück, wich ihrer Berührung aus. Verwundert hielt Clair inne.

Seine Miene war neutral, teilnahmslos.

Sie besah sich den Fleck genauer. Keleigh war ein Mensch, der immer auf Sauberkeit und Ordnung achtete. Wie also war dieser Fleck dort hingekommen? Genau in diesem Moment öffnete sich der Himmel und silbernes Mondlicht erhellte die Eingangshalle, tauchte sie in ein märchenhaftes Licht.

Und da sah sie es.

Der kreisrunde Fleck war nicht etwa schwarz, wie sie zunächst annahm. Er war rot.

„Ist das … Ist das Blut?", fragte sie nach und trat erneut näher. Keleighs Blick war wachsam. Und er ließ sich Zeit mit seiner Antwort.

„Ich nehme es an."

Noch immer dieser wachsame Blick. Irgendetwas stimmte da doch nicht!

„Er wird von vorhin sein."

Skeptisch zog Clair die Augenbrauen hoch. Der Fleck war seitlich an seinem Hals. Wie sollte dort Blut hinkommen?

„Ich hatte Nasenbluten."

Clair sah ihn einfach nur stumm an. Es wäre eine plausible Erklärung, sinnvoll. Und doch gefiel ihr etwas an der Antwort ganz und gar nicht.

„War es sehr schlimm?", erkundigte sie sich dennoch.

„Nicht sonderlich. So etwas passiert mir öfters von Zeit zu Zeit."

Komisch. Sie hatte ihn noch nie mit Nasenbluten gesehen. Gelassen ließ er seinen Blick durch die dunkle Eingangshalle wandern.

„Wir sollten zu Bett gehen. Es ist schon spät."

Kurz zögerte sie noch, versuchte den Hauch, der sie praktisch anschrie, dass etwas nicht stimmte, zu greifen. Doch es gelang ihr nicht.

„Damit hast du Recht", stimmte sie ihm also zu und machte sich auf den Weg nach oben in ihr Zimmer. Am nächsten Morgen war sie sich nicht mehr sicher, ob sie nicht alles nur geträumt hatte.

„Ich freue mich, sie wieder in gesunder Verfassung zu sehen", begrüßte Lazerus sie mit seinem Engelslächeln.

„Und ich erst", murmelte sie leise. Gestern war ihr endlich die blöde Schiene abgenommen worden und sie hatte spielen können.

Wäre da nicht Keleigh gewesen.

Er hatte sie nach genau einem, einem einzigen Lied aus dem Musiksalon geschmissen.

„Dann wollen wir uns einmal die Aufnahmen ansehen, was meinen sie?", bot Lazerus ihr galant den Arm.

„Sicher. In diese Richtung, nicht?", ging Clair an ihm vorbei, seinen Arm geflissentlich ignorierend. In ihrem Rücken konnte sie Chandrina lachen hören. Sie hatte heute unbedingt mitkommen wollen, um den Film als eine der Ersten zu sehen.

Um ehrlich zu sein, war es nur Glück, dass Clair auf Anhieb den richtigen Weg einschlug. Sie landete in einem Präsentationsraum des Fotostudios, wo das gesamte Kamerateam schon auf sie warteten.

Clair wurde freudig begrüßt. Das freute sie sehr. Nie hatte sie irgendwo dazugehört. Immer war sie die Außenseiterin oder der Prügelknabe gewesen. Es tat gut, eine andere Behandlung zu erfahren. Schnell trudelten auch die anderen ein. Um es Chandrina leichter zu machen, dirigierte Clair Keleigh so, dass er neben ihr saß und sie selbst auf der anderen Seite. So musste Clair zwar neben Lazerus sitzen, doch damit kam sie klar. Solange er den Mund hielt.

Da begann auch schon der Film und alle wurden ganz still.

Es fing ganz einfach an. Sie trat in den Saal mit dem Flügel, die Hand sachte über den Lack streichend. Sie setzte sich, klappte den Deckel auf und berührte die erste Taste.

Beim Filmen war das Instrument stumm gewesen. Doch nun erklang der Ton aus den Boxen an der Wand und sie bekam eine Gänsehaut.

Gebannt schaute Clair auf den Monitor. Sah sich selbst, wie sie ihr Lied spielte! Dann wechselte der Ort. Sie war auf einer dunklen Straße, ein dünnes Tuch um die Schultern. Es war windig. Der Wind riss ihr das Tuch von den Schultern, trug es in die dunkle Gasse hinter ihr. Sie drehte sich um, wollte nach dem Tuch greifen. Doch es entwich ihr.

Nun wechselte die Szene zu Lazerus. Er stand in eben dieser dunklen Gasse und fing, im Gegensatz zu ihr, das Tuch auf. Fest hielt er es in der Faust, hob es an die Nase und roch daran. Seine Augen glühten leuchtend blau in der dunklen Gasse. Mit seinem Erscheinen fing auch sein Gesang an und vermischte sich mit den Tönen ihrer Musik.

Erneut wurde sie am Klavier gezeigt, dann wie ein Rosenbusch mit leuchtend roten Rosen seine Blätter abwarf, bevor Clair erneut in Erscheinung trat.

Man sah nur ihren Rücken, wie sie in ein Gebäude eilte, Lazerus in ihrem Schatten hinter ihr.

Er füllte die Rolle als unheimlicher Stalkervampir wirklich gut aus, das musste Clair zugeben.

Im Film betrat sie derweil einen pompösen Tanzsaal, einen Ball.

Hinter ihr trat nun auch Lazerus in den Saal, mischte sich unter die Tanzenden und verschwand unter ihnen. Nur um im nächsten Moment direkt vor ihr zu stehen und ihr die Hand zum Tanz zu reichen.

Erst jetzt fiel ihr auf, wie gut seine Kleidung zu ihrer passte. Sein Gehrock war leuchtend rot, während sein Hemd, mit den Rüschen an den Ärmeln und seine Hose schwarz waren.

Clair zögerte, sah den geheimnisvollen Mann, der soeben vor sie getreten war, skeptisch an.

Doch sie legte ihre Hand in seine und der Tanz begann. Genau in diesem Teil wurde das Lied schneller, wilder. Es passte perfekt dazu, wie Lazerus sie über die Tanzfläche wirbelte. Der Tanz endete so, wie es in jedem Vampirfilm war. Ihr Hals direkt vor seiner Kehle.

In dem Film sah Clair, wie seine Augen erneut zu leuchten begannen. Sie riss sich los und rannte davon.

Nun sah man Lazerus, wie er gewinnend lächelte und damit seine Fänge zeigte. Im nächsten Augenblick jagte er ihr auch schon nach.

Erneut wurde eine Szene eingeblendet, wie sie Klavier spielte. Nur lehnte Lazerus nun am Flügel und begleitete sie.

Die Kamera drehte sich und zoomte immer weiter weg, bis sie aus dem Bild kamen. Zurück bei der Geschichte, war ihre Figur nun in einer dunklen Gasse gelandet, umringt von finsteren Gestalten. Den Irrgarten hatte sie schon hinter sich gelassen.

Die Musik wurde dramatisch und Lazerus hatte erneut seinen Auftritt und schlug die Schurken in die Schatten zurück.

Nach dieser Rettung stand er mit geöffneten Armen vor ihr und die Szene, in der sie ihm um den Hals fiel, lief ab. Clair war selbst überrascht, wie authentisch das Ganze doch war.

Am Ende sah man den Rosenstrauch erneut und dieses Mal fielen alle Rosen hinab. Eine wurde anfokussiert und sie verschwand langsam in der Dunkelheit.

Wieder beim Film hielt Lazerus sie in den Armen, den Kopf in ihrem Haar vergraben.

Doch da hob er ihn schon und schaute direkt in die Kamera.

Dabei war sein Blick so intensiv, dass man glaubte, er sehe einem direkt an, direkt in die Seele.

Der Film und die Musik endeten damit, dass seine Augen aufleuchteten, er den Mund öffnete und seine Fänge zeigte, bevor sich sein Mund in Richtung ihres Halses bewegte. Ohne Zweifel, um sie zu beißen und ihr Blut zu trinken.

Dann war der Film zu Ende.

Clair saß da wie erstarrt. Nie im Leben hätte sie gedacht, dass das Endresultat so aussehen würde. Man sah nicht einmal, dass sie gar keine Ahnung hatte, was sie da eigentlich tat. Kein einziges Mal passte die Musik nicht zum Geschehen. Und die Musik erst!

Sie hatte noch immer eine Gänsehaut.

„Ein Meisterwerk", klatschte Lazerus neben ihr in die Hände und grinste.

Sie sah zu ihm, wusste nicht, wie sie reagieren sollte. Hatte wirklich sie dies geschaffen? Teil an diesem Märchen gehabt?

Es war unglaublich.

„Und das ganz ohne das Gesicht meiner princesa zu sehen", zwinkerte er und schien einen Heidenspaß zu haben. Clair hingegen konnte ihn nur weiterhin sprachlos ansehen.

Er hatte Recht!

Kein einziges Mal hatte man ihr Gesicht gesehen. Immer war entweder eine Haarsträhne davor, die Kameraeinstellung so gewählt, dass man sie nicht sah. Clair bekam noch immer kein Wort heraus.

„Clair, alles in Ordnung?", fragte Chandrina schließlich und hatte wie alle anderen im Raum ein Lächeln im Gesicht.

„Ich … ich bin … sprachlos", versuchte sie ihre Gefühle zu ordnen.

„Das sieht man", lachte die junge Frau und tätschelte ihr den Arm.

„Sie sehen aus, als würden sie entweder gleich umfallen, oder in Tränen ausbrechen", stimmte da ausgerechnet Lazerus zu. Es war selten, dass er und Chandrina einer Meinung waren.

Ihr Blick fiel auf Keleigh. Dieser hatte das Kinn auf die Hände gestützt und sah sie unter seinen Wimpern hervor stumm an.

Doch die Freude strahlte aus seinen Augen.

XIV

„Ich komme mir wie die letzte Lachnummer vor", beschwerte sich seine kleine Pianistin. Es war aber auch zu schön gewesen, das Staunen auf ihrem Gesicht zu sehen. Das Staunen und die Ehrfurcht.
So eine Reaktion bekam man nicht oft zu Gesicht. Vor allem in diesem Jahrhundert.
„Du warst aber auch zu süß", lachte Chandrina und schlug Clair freundschaftlich auf den Rücken.
„Ich habe so was halt noch nie gesehen, okay? Kann ich doch nichts für!", maulte sie und schmollte.
„Ich fand es ganz bezaubernd", versicherte er ihr daraufhin. Ein warmes Gefühl breitete sich in seiner Brust aus, als er die verräterische Röte über ihre Wagen wandern sah.
„Wir wären dann soweit!", streckte ein Assistent des Fotografen seinen Kopf in den kleinen Pausenraum.
„Ja, ich komme", wandte sich seine kleine Pianistin etwas zu schnell um und ergriff die Flucht.
Chandrina und er sahen ihr hinterher.
„Sie ist entsetzlich jung", meinte sein Schützling leise und verschränkte die Arme vor der Brust. Ganz so, als wolle sie sich schützen.
„Ich weiß, mein Kind. Und doch ist sie gleichzeitig erwachsen geworden."
Die Welt hatte sie alt gemacht.
„Wie auch immer", beendete sein Schützling das bedrückende Thema und ergriff seine Hände, zog ihn zur Tür.
„Die beschmeißen sich gleich mit Mehl. Das will ich um keinen Preis verpassen!"

Tatsächlich war es so geplant, dass der Nebel, der dem Coverbild der Single seine Dramatik geben sollte, mit handelsüblichem Mehl und nicht via Technik erzeugt werden sollte.

In der Tat war auch Keleigh sehr an dieser Methode interessiert.

Um die Verwüstung in Grenzen zu halten, war vor dem schwarzen Hintergrund eine Art offene Box aus Folie errichtet worden. Mehrere Eimer mit dem mehlähnlichen Pulver standen bereit. Neugierig ließ er sich direkt hinter den Fotografen ziehen, von wo man die beste Sicht auf die Kulisse hatte.

Dort, in dem Folienkasten, stand seine kleine Pianistin schon gemeinsam mit Lazerus. Beide trugen sie die gleichen Kostüme wie beim Dreh zuvor.

Der Fotograf besprach gerade einige Bilder und Posen mit ihnen. Mit Genugtuung sah er, dass Clair in Lazerus Gegenwart noch immer steif und befangen wirkte.

Etwas Dunkles erhob sich in seinem Inneren und weckte die Bestie, als das Fotoshooting begann und er sah, wie nah sie ihm war. Schon beim Dreh war es ihm schwergefallen, sich zu beherrschen.

Den Göttern sei Dank, bekam niemand den inneren Konflikt mit, in dem er sich befand. Nicht einmal Chandrina schien Notiz davon zu nehmen.

Mit Missfallen sah er, wie Lazerus seine kleine Clair in den Armen hielt, genauso, wie er es im Film getan hatte. Dann wechselten sie die Pose. Nun stand Clair hinter ihm, ihren Kopf auf seine Schulter gelegt, dass ihr das Haar ins Gesicht fiel, es verbarg und die Arme um ihn geschlungen.

Ein weiteres Bild. Nun stand sie vor ihm, er hatte die Hand über ihre Augen gelegt. Jedes Mal, kurz bevor die Kamera blitzte, warf ein Assistent entweder von der Seite oder direkt von hinten händeweise Mehl.

Keleigh musste gestehen, dass der Effekt tadellos war. Anders als Nebel, gab das feine Pulver mehr Tiefe, erschuf eine andere Dimension, als es der durchscheinende Dampf je gekonnt hätte.

Es blitzte an die hundertmal, bevor sie fertig waren. Seine kleine Pianistin war von Mehl bedeckt. Chandrina verschwand mit ihr, um ihr beim Umziehen zu helfen und das Biest in ihm legte sich wieder zur Ruhe.

Nur aus den Augenwinkeln warf er einen Blick auf den Bildschirm, an dem ein weiterer Assistent die so eben geschossenen Bilder durchging.

Dabei fiel ihm vor allem ein Bild ganz am Anfang ins Auge. Es zeigte seine kleine Pianistin alleine, wie sie sich mit jemandem außerhalb des Bildes unterhielt und gerade aus vollem Herzen lachte. Ihre Augen leuchteten, ihre ganze Aura drückte Glück und Freude aus.

„Gehen sie noch einmal zurück", verlangte Keleigh. Der verdutzte Mann zögerte kurz, bevor er seiner Aufforderung nachkam.

Ein Lächeln stahl sich auf Keleighs Züge, als er das Bild erneut sah und die Wärme kehrte in seine Seele zurück.

„Können sie dies auf ein anderes … Speichermedium ziehen?", erkundigte sich Keleigh und hoffte, er hatte die richtigen Worte gewählt, um dem Mann sein Vorhaben begreiflich zu machen. Er hatte trotz all der Jahre noch immer nur geringe Kenntnisse, wenn es um das Thema Technik ging.

„Sie meinen, ich soll es auf einen Stick ziehen?", wollte der junge Mann wissen.

„Genau", stimmte Keleigh zufrieden zu. Anscheinend hatte er doch die richtigen Worte gefunden.

„Klaro", meinte der junge Mann und machte sich sogleich an die Arbeit.

„Und entfernen sie das Ursprungsbild", wies er ihn an.

„Wie?", hielt der Mann inne.

„Tun sie es", sagte Keleigh ganz ruhig. Doch in seiner Stimme schwang seine Macht mit. Ein kleiner Trick, den er nur selten anzuwenden pflegte.

„Klaro."

Noch in derselben Minute hielt Keleigh das Bild in Form eines ... Sticks in der Hand und das Ursprungsbild war gelöscht.

Dies hatte er nicht nur getan, weil niemand Clairs wahres Äußeres zu Gesicht bekommen sollte, sondern auch für sich selbst. Er würde einen Maler damit beauftragen, das Bild auf Leinwand zu verewigen.

So hätte er wenigstens etwas, was ihn immer an seine kleine Pianistin, seine kleine Clair, erinnern würde, wenn ... wenn es soweit war.

Sein Herz zog sich schmerzhaft zusammen, sodass er sich überrascht an die Brust fasste. Was hatte dies nun schon wieder zu bedeuten?

Clair war überwältigt. Ihre Single war gerade mal einen Tag im Handel und schon waren einhunderttausend Exemplare verkauft. Allein in diesem Land.

„Das ist unmöglich", murmelte sie leise und kam mit dem Gesicht der aufgerufenen Internetseite immer näher, bis ihre Nase den Bildschirm fast berührte.

„Also mich wundert es nicht", meinte Chandrina neben ihr, hielt die Augen aber genauso, wie sie, fest auf den Bildschirm geheftet.

„Die Leute kaufen es schon allein, um dein Gesicht endlich zu sehen."

„Und werden jämmerlich enttäuscht", meldete sich nun auch Keleigh zu Wort. Er stand hinter ihnen und wirkte mal wieder wie die Ruhe selbst.

„Es ist wirklich nicht verwunderlich, dass das Lied weggeht, wie warme Semmeln. Schon als du noch eine Unbekannte warst, waren sie hinter dir her. Der Sturm hatte sich gelegt, doch verschwunden war er nie."

Keleigh seufzte, als würde er sich darüber mehr ärgern, als er zugab.

„Ich bin eher verwundert, dass es nicht mehr sind. Und dass das Telefon so ruhig ist."

Als hätte er etwas damit heraufbeschworen, fing es auch schon an zu klingeln. Und hörte nicht mehr auf.

Clair konnte es noch immer nicht fassen. Es waren nur Zahlen, nur schwarze Schrift auf weißem Grund. Und doch konnte sie es nicht begreifen.

Sie war gerade zur erfolgreichsten Pianistin des Landes geworden. Einfach so. Sie wusste gar nicht, wie sie damit umgehen sollte. Chandrina hingegen schon.

„Das müssen wir feiern!", rief sie, riss Clair auf die Füße. Keleigh bedeutete sie, das Gespräch abzubrechen und zog dann einfach den Festnetzstecker.

„Wir gehen aus!", rief sie begeistert und war schon halb zur Tür raus, als sie wie versteinert stehen blieb.

„Welch ausgezeichnete Idee", erklang Lazerus Stimme. Überrascht sah Clair ihn eintreten und zur Begrüßung einmal nicken.

„Lazerus", grüßte Keleigh ihn, doch die Kälte in seinen Augen strafte seine ruhige Stimme Lügen.

„Sag, wie kommst du in mein Haus?"

Ein feines Lächeln breitete sich auf dem Engelsgesicht aus.

„Ich habe mich selbst eingelassen. Keleigh, wirklich, du solltest deine Sicherheitsvorkehrungen überholen lassen. In der heutigen Zeit gibt es doch so viele technische Spielereien. Bewegungsmelder, Infrarotkameras ..."

Keleigh fuhr ihm einfach ins Wort, was sehr untypisch für ihn war. Überrascht sah Clair zu ihm.

„Ich bin nicht im Begriff mein Heim zu einer Festung zu machen", lächelte er gefährlich ruhig.

Auch Lazerus schien die Spannung in der Luft aufgefallen zu sein, denn er zögerte.

„Gewiss", neigte er leicht den Kopf, grinste jedoch noch immer.

„Nun kleine Chandrina, welchen Ort hast du denn auserkoren, um zu feiern?", wandte er sich an sie. Clair sah genau, wie die junge Frau die Flüche hinunterschluckte und zuckersüß lächelte.

„Du bist nicht eingeladen", sagte sie nicht minder süß, dass man regelrecht Zahnschmerzen bekam. Darauf antwortete er nur mit einem Blick unter seinen Wimpern hervor. Ganz nach: Und wer will mich aufhalten?

Da Clair wusste, dass das Ganze gleich wieder in einer Tragödie enden würde, ergriff sie Chandrinas Hand und zog sie mit sich aus dem Raum.

„Wir machen uns fertig", rief sie dabei über die Schulter und verschwand zusammen mit der jungen Frau in deren Zimmer.

„Er ist so ein ...", wetterte Chandrina los.

„Arsch? Mistkerl? Idiot? Schwein?", gab Clair ihr Hilfe-
stellung, was Chandrina wieder zum Lachen brachte.
„Alles zusammen würde ich sagen."

Gemeinsam machten sie sich fertig, wobei Chandrina
sich besonders viel Mühe zu geben schien. Sie wählte
einen verdammt knappen Rock und eine luftige Bluse
aus. Diese hätte das ganze Outfit aufgebrochen, wäre
nicht der komplette Rücken frei gewesen und würde
Chandrina einen BH tragen.

„Bist du dir sicher, dass du so hinausgehen willst?", fragte Clair sie, als die junge Frau sich gerade fünfzehn Zentimeter hohe Hacken anzog.

„Aber sicher doch", grinste Chandrina verschlagen und
Clair begriff. Lazerus ging weder auf ihre Beleidigungen
ein, noch auf ihre Versuche, ihn zu ignorieren. Also würde sie seine volle Aufmerksamkeit auf sich ziehen und
ihm unter die Nase reiben, was er einfach so weggeworfen hatte. Wortwörtlich.

„Raffiniert", lobte Clair.

„Ich weiß", strahlte Chandrina.

„Und jetzt komm mal her, ich mache dir dein Make-up."
Chandrina hatte ihr ein knielanges, enganliegendes Kleid
gegeben und dazu hohe Schuhe. Zwar nicht so hoch wie
ihre eigenen, aber dennoch hoch genug, um Clair Prob-
leme zu bereiten.

„Am Ende muss Keleigh mich wieder tragen."

Chandrina lachte und nichts war mehr von ihrer schlechten Laune übrig.

„Das hoffe ich doch."

Clair stutzte.

„Was?"

Doch Chandrina wühlte schon wieder in ihren Schmink-
sachen.

„Dreh den Kopf."

Hatte sie sich womöglich verhört?

Keleigh musste seine Überraschung verbergen, als er
Chandrina die Treppe der Eingangshalle hinabsteigen
sah.

Ihre Erscheinung war gewagt. Wenn man es denn so
ausdrücken wollte.

Ihm fiel Lazerus Blick auf. Kaltes Feuer loderte in seinen
Augen und Keleigh wusste genau, dass seine Zähne länger wurden.

Er hatte gesagt, er wolle sie zurück, sie erneut brechen.

Ob sein Schützling wusste, wie sehr sie ihm gerade in die
Karten spielte?

Denn auch ihr Blick war pures Feuer. Gespielt lässig drehte sie sich zu seiner kleinen Pianistin um, zeigte ihnen
ihren makellosen Rücken.

Keleigh schüttelte nur den Kopf und verkniff sich ein
mildes Lächeln. Lazerus hingegen zischte und knurrte
sogar leise. Brennendes Begehren lag in seinem Blick.

Wenn sein Schützling da nicht gerade einen verheeren-
den Fehler begangen hatte.

Sein Blick glitt zur Seite, traf auf Clair, die unsicher da-
stand. Eine Haarsträhne um den Finger drehte.

Ihn traf fast der Schlag und nun war er es, der ein Zischen
unterdrücken musste.

Hauteng saß das Kleid, überließ nichts der Fantasie. Sie
sah aus wie eine Königin.

Seine Kehle war schlagartig staubtrocken und sein Kiefer
schmerzte.

Und dann ihr Gesicht erst!

Eine Welle überspülte ihn und ließ ihn vor Ehrfurcht erschaudernd.

Ihre Züge waren nun nicht mehr kindlicher Natur. Sie waren hart konturiert, ihre Wangen betonend mit sanftem Rosé bestrichen. Ihre Augen rabenschwarz umrahmt, strahlten im entgegen. Ihre Lippen blutrot.

Er fauchte unterdrückt und merkte, wie sich seine Augen weiteten. Sie sah aus wie eine Königin. Ach nein!

Wie eine *Göttin*!

Sofort war er nicht mehr Herr seiner selbst, hatte keinerlei Kontrolle über sich. Die Bestie in ihm schrie triumphierend auf, schlug sich ihren Weg frei.

Keleigh wollte sie. Wollte sie haben, besitzen … lieben. Wäre er nicht schon in diesem Moment verloren gewesen, in dem er das erste Mal ihre wundervolle Musik gehört hatte, das erste Mal in ihre atemberaubenden Augen gesehen hatte … so wäre er es spätestens jetzt gewesen.

Mit Haut und Haaren verloren.

„Chandrina meinte, es würde ganz gut aussehen", riss ihn ihre Stimme aus seiner Starre. Seine Augen fokussierten sich sofort auf sie.

Sein Blick war stechend, das wusste er.

„Nicht mal annähernd", krächzte er und schalt sich einen Narren. Er benahm sich wie ein Knabe, der gerade erst den Kinderschuhen entwachsen, das erste Mal in seinem Leben eine Frau zu Gesicht bekam.

„Du bist wunderschön", räusperte er sich und fand zu seiner gewohnten Ruhe zurück. Wenn auch nur unter Anstrengung und Gewalt.

Ihre Wangen röteten sich.

Er hielt die Luft an. Es würde ein sehr langer Abend werden. So viel stand fest.

XXV

Und er sollte Recht behalten. Zwar hatten sie schon extra Ying daheim gelassen, um etwas Ruhe zu genießen, doch die Zankerei zwischen Lazerus und seinem Schützling waren fast noch ermüdender. Besonders, da eben diese von allen Orten ausgerechnet ein Schnellrestaurant ausgewählt hatte.

Sie waren hoffnungslos overdressed und alle starrten sie an.

„Hier wird uns bestimmt keiner suchen", hatte Chandrina nur mit den Schultern gezuckt.

„Du bist zu weit gegangen, mein Kind", seufzte er, als sie endlich wieder im Auto saßen und auf dem Weg nach Hause waren.

„Er hat es verdient. Und es war zu lustig ihn vor Wut fast platzen zu sehen."

„Dann hat es sich ja doppelt gelohnt", murmelte seine kleine Clair seufzend und hielt sich den Kopf.

Selbst das aufwendige Make-up konnte die Müdigkeit in ihrem Gesicht nur schwer vertuschen.

Sie schien vollkommen ausgelaugt.

In der nachhallenden Stille war nur der Regen zu hören, wie er prasselnd auf das Gefährt niederging.

„Ich hoffe, wir sind bald wieder da", murmelte Clair leise.

Es lag keine Angst in ihrer Stimme, nur müde Erschöpfung, worüber er froh war.

Keleigh hatte keine Ahnung, was er mit einer Frau tun sollte, die sich vor einem Gewitter fürchtete.

„Ich denke schon", meinte Chandrina und sah ebenfalls aus dem Fenster.

Dabei wurde das Unwetter immer schlimmer. Ware Sintfluten stürzten vom Himmel. Schnell wurde das anfängliche leise Grollen des Donners zu einem unerträglichen Laut. Der Wind wurde immer stärker und drohte das Gefährt zu erfassen.

„Jetzt weiß ich, wie sich Noah gefühlt haben muss", murmelte seine kleine Pianistin und legte eine Hand an die Scheibe.

Da hatte sie wohl recht. Auch wenn es zum Untergang der Welt gewiss wesentlich mehr Wasser benötigt hatte. Dennoch glich das Wetter einer Sintflut.

Wenigstens war es nicht mehr allzu weit, bis zu seinem Heim. Sie passierten gerade den kleinen Wald, der knapp zehn Kilometer vor seinem Haus verlief. Nun mussten sie nur noch der Straße folgen und währen wohl binnen weniger Momente wieder im Warmen.

Doch soweit sollte es erst gar nicht kommen.

Gerade fuhren sie unter tief hängenden Ästen vorbei, der Himmel riss auf, der Mond beschien die Nacht. Und es krachte. Ohrenbetäubend splitterte Holz.

Es ging alles ganz schnell. Zu schnell.

Der Ast, der am weitesten auf die Fahrbahn ragte und so dick wie sein Unterarm war, brach.

Wie in Zeitlupe sah Keleigh ihn fallen, berechnete mit den Augen den Weg, den er nehmen würde.

Links. Der Ast würde nach links fallen, das Auto direkt treffen. Direkt auf … seine kleine Clair.

Seine Augen begegneten den ihren und er sah, dass sie genau das Gleiche dachte.

Bevor er reagierte, etwas tun oder sagen konnte, knallte es erneut. Es war ein hässliches Geräusch. Metall verbog sich, jemand schrie. Der Fahrer verriss das Lenkrad, sie krachten gegen einen Baum. Die ganze Zeit über sah Keleigh nur die panischen Augen seiner kleinen Pianistin und das Erkennen darin.

Beim ersten Schlag wurde alles schwarz und sein Herz stand still. Beim zweiten gefror es zu Eis.

Etwas pochte. Laut und nervtötend. Und es klingelte. Gleichzeitig.

Clair fühlte sich komisch. Ganz so, als wäre sie am Morgen zu früh und zu schnell aufgesprungen.

Doch es war anders … sonderbarer.

Ein Stöhnen erfüllte ihre Ohren. Sie brauchte eine Weile, bis sie begriff, dass sie es war, die so gestöhnt hatte.

Mit dem Erkennen kam auch der Schmerz. Er kam schrittweise, ganz so, als wolle er sie so lange wie möglich quälen. Es fing in ihren Beinen an, zog langsam nach oben. In ihrem Rücken war es besonders schlimm … und auf der Seite.

Links … oder doch rechts? … Wo war noch mal links?

Dann begann ihr Kopf zu pochen. Ein heißer unerträglicher Schmerz.

Sie stöhnte erneut, versuchte sich zu bewegen. Doch es ging nicht. Panik machte sich in ihr breit. War sie gelähmt?

Ein Unfall … ein Ast.

Alles war so wirr. Tausend Bilder flogen gleichzeitig durch ihren Kopf, doch sie konnte sie nicht fokussieren. Wenn es wehtat, dann war man nicht gelähmt, oder? Oder?!

Die Panik stieg weiter, ließ ihr das Blut in den Ohren rauschen. Ihr Rücken tat so weh …

Alles tat weh.

Ihr wurde schlecht und die Schwärze umhüllte sie erneut.
Ohne ihr Zutun schlossen sich ihre Augen wieder.
Clair kämpfte darum wach zu bleiben.
Ein schreckliches Geräusch holte sie wieder an die Oberfläche. Metall kreischte, zerriss direkt vor ihren Augen.
Teilnahmslos saß Clair einfach da.
Große Hände schlugen durch das Fenster neben ihr, zerschlugen das Glas, dass es auf sie niederprasselte.
Sie sah auf diese Hände. Sie waren schlank, blass, mit langen Fingern. Erkennen flackerte im hinteren Teil ihres Kopfes, wurde von der Schwärze verschluckt.
Die Hände ergriffen den Rahmen des Fensters, scherten sich nicht darum, dass sich Scherben in sie bohrten.
Mit einem Ruck wurde die Tür herausgerissen, achtlos nach hinten geworfen. Krachend schlug sie auf dem Boden auf.
Eine dunkle Gestalt stand in der Öffnung, ein Schatten.
Dunkle Augen glühten wie Lampen, erhellten die Nacht.
Ihre Augen wanderten über das Gesicht, blieben auf den Mund gerichtet.
„Clair? Clair? Ist alles in Ordnung? Bist du verletzt? Clair?!"
Die Worte drangen gedämpft zu ihr, sie nahm sie kaum wahr.
Nur diesen Mund sah sie ... und die langen, nadelspitzen Fänge darin.
„Vam ...", keuchte sie.
Dann wurde alles dunkel und sie fiel ... fiel so tief. Nur die Stimme blieb.
Immer wieder.
Clair.
Clair!

CLAIR!

Sie hatte einen komischen Geschmack im Mund, ihre Zunge fühlte sich widerlich pelzig an.

Langsam schlug Clair die Augen auf. Sie sah ihre Zimmerdecke ... eher den Baldachin ihres Bettes.

Wie war sie denn hierhergekommen?

Ihr Kopf fühlte sich komisch schwer an, ihr Körper noch schwerer, träge. Wie aus Stein.

Mit aller Mühe drehte sie den Kopf zur Seite, musste ihren verschwommenen Blick erst wieder scharf stellen. Sie sah Keleigh ... und Chandrina. Sie saß auf einem Stuhl neben ihr ... ihrem Bett, er stand hinter der jungen Frau.

Clair versuchte zu schlucken. Es gelang nicht recht.

Erwartungsvoll sahen die beiden sie an. Clair war verwirrt. Was wollten sie von ihr? Orientierungslos blickte sie durchs Zimmer, bis ihr Blick wieder auf die beiden fiel.

„Morgen", murmelte Clair schließlich, da ihr nichts Besseres einfiel und setzte sich unendlich langsam auf. Ihr Körper wollte ihr nicht recht gehorchen. Chandrina brach in Tränen aus, drückte sich ein Taschentuch vor das Gesicht.

Entsetzt sah Clair sie an, schaute Hilfe suchend zu Keleigh. Wie vom Donner gerührt sah sie, dass auch in seinen Augen Tränen glitzerten.

„Jetzt ist nicht die Zeit für ‚Morgen´."

Seine Stimme war überraschend rau und tief.

„Clair, geht es dir gut?!", ergriff da Chandrina ihre Hand und zerschlug Clairs nächsten Gedanken.

„Ja, warum ..."

Da fiel es ihr wieder ein. Der Unfall, die Schmerzen.

„ … der Unfall", krächzte sie, bekam einen Hustenanfall, krümmte sich zusammen. Keleigh reichte ihr ein Glas Wasser.

„Hast du Schmerzen?", wollte Chandrina wissen, drückte behutsam ihre Hand.

Clair schüttelte nur den Kopf. Sie konnte sich an die Schmerzen erinnern. Vor allem im Rücken … und an der Seite.

Probeweise bewegte sie die Zehen. Es ging.

Erleichterung durchflutete sie. Dort, wo der Schmerz gewesen war, war jetzt nur noch ein dumpfer Druck.

„Wirklich? Dir geht es … gut?"

Noch immer glänzten Tränen in den Augen der jungen Frau. Sie war aufgeregt, kam Clair dabei immer näher.

Beruhigend legte Keleigh ihr eine Hand auf die Schulter und sie ließ Clair wieder mehr Platz.

„Kannst du dich an irgendetwas erinnern?", ergriff nun er das Wort und seine Stimme war wie immer.

Irritiert versuchte Clair aus seinem Gesicht zu lesen, prallte zu ihrem Erschrecken jedoch gegen eine dicke Mauer der Neutralität. Er schottete sich vollkommen von ihr ab, wies sie von sich.

Ihr Herz krampfte sich zusammen.

Clair versuchte, sich auf seine Worte zu konzentrieren.

„Ein Ast …", fing sie an.

„Er ist genau auf meine Seite gefallen … der Fahrer hat gebremst … wir kamen ins Schleudern …"

Die Bilder jagten durch ihr Hirn.

„Alles war dunkel, ich hatte Schmerzen … Warum habe ich jetzt keine Schmerzen mehr?"

Sie sah ihn verständnislos an.

„Wir haben dir ein Schmerzmittel gegeben. Starke Schmerzmittel."

Seine Miene war noch immer undeutbar.

„Weiter."

Trauer erfüllte sie, doch sie machte weiter.

„Ich saß fest, konnte mich nicht bewegen ... Eine Hand ... sie ... *Jemand* hat die Tür herausgerissen ... den Gurt zerfetzt ... diese Augen."

Ihre Stimme war immer leiser geworden.

„Welche Augen, Clair?"

Keleighs Stimme war drängend, wie in einem Verhör. Ihr wurde kalt.

„Leuchtende Augen ... wie eine Lampe ... so hell und ... und diese ... Zähne ..."

Sie sah in Keleighs dunkle Augen, in sein schmales Gesicht, auf die sinnlichen Lippen.

„Diese ... diese ..."

Sie konnte es nicht sagen und doch brach es aus ihr heraus.

„Fänge."

XXVI

Er hatte es gewusst. Die Hand auf der Schulter seines Schützlings krampfte sich zusammen. Eben diese keuchte auf, fuhr zu ihm herum.

Keleigh sah das Entsetzen in ihren Augen.

Und er schickte sie weg.

Es war die einzige Möglichkeit sie vor dem zu schützen, was nun kommen würde.

Widerstandslos ging sie.

Wie gerne wäre er ihr gefolgt.

Keleigh war wortwörtlich ausgerastet, als er seine kleine Pianistin in ihrem eigenen Blut hatte liegen sehen. Nichts hatte mehr für ihn gegolten, als dass er sie halten wollte. Sehen wollte, dass sie die Augen aufschlug, ihr süßes, verwirrtes Lächeln sehen.

Was ihn unvorsichtig gemacht hatte.

Leichtsinnig.

All die harte Arbeit, all die Mühe, die es ihn gekostet hatte sein Geheimnis geheimzuhalten ... vergebens. Weil er die Frau, die er zu lieben gelernt hatte, vor seinen Augen sterben sah.

Nun blickte diese Frau zu ihm auf. Ihr Gesicht zerschlagen vom Unfall, ihr Körper zertrümmert. Es war mehr als nur Schmerzmittel gewesen, die er ihr gab.

„Du bist ...", fing seine kleine Pianistin an und die angespannte Stille zersprang.

„ ... ein Vampir?", fragte sie leise, runzelte dabei die Stirn.

Lange Zeit sagte Keleigh nichts, sah nur in diese wunderschönen Augen und beklagte seinen Verlust. Er würde sie verlieren. Noch diese Nacht.

Die Bestie in ihm heulte auf, tobte. Doch es war ihm einerlei. Gleichgültig.

Denn es war vorbei.

Er hatte verloren.

Sie konnte kaum glauben, dass sie dies soeben wirklich laut ausgesprochen hatte. Es war unmöglich, undenkbar, un … glaublich.

„Ja", hallte seine Antwort schließlich durch den erneut stillen Raum. Während er dies sagte, schloss Keleigh die Augen, als hätte er soeben sein Todesurteil unterschrieben.

Clair wusste nicht, wie sie darauf reagieren sollte. Sie sah ihn einfach schweigend an.

„Du … hast keine Angst?", wollte er zweifelnd wissen. Dabei sah sie in seiner Miene so viele Gefühle. Hatte die Wand aus gelogener Ruhe doch Risse bekommen. Angst, Furcht und Wut konnte sie so sehen. Den Drang, näher zu treten und die Befürchtung, sie könne ihn abweisen.

„Ich … ich weiß … nicht", stammelte sie. So viel Aufruhr in seinen Gefühlen war, so viel Aufregung herrschte in ihrem Inneren.

Er war ein Vampir.

Sie konnte es sich nicht vorstellen.

„Du … weißt nicht?", fragte er nach, rückte nun doch etwas näher.

Seine Unbeholfenheit zerriss sie regelrecht. Clair kannte ihn nur als starken, aufrichtigen und selbstbewussten

Mann. Nun wirkte er regelrecht verschreckt. Wie ein verwundetes Tier.

Ihretwegen.

Sie biss sich auf die Lippe, sah zu Boden.

„Es ist so … irreal", versuchte sie ihm ihre Gefühle klar zu machen, setzte sich dabei noch weiter auf.

„Ich meine … du siehst aus wie immer …"

In dem Moment zerbrach die Maske der Gleichgültigkeit vollends und sie sah, was er jedes Mal, wenn er neutral wirkte, eigentlich zu verbergen suchte.

Seine Augen glühten wie der Mond, von innen heraus strahlend. Seine Fänge zeichneten sich leicht an seiner Unterlippe ab.

Clair hielt den Atem an, verkrampfte sich.

„Ist es das, was du suchst?", fauchte er, kam einen Schritt näher.

„Das, was du nicht zu sehen begehrst?"

Seine Stimme wurde immer lauter, immer wütender. Doch sie erkannte die Verzweiflung darin.

„Ich rieche deine Angst, kleine Clair. Sie ist süß wie eine Blume."

Er sog die Luft ein, schien den Duft zu genießen.

Warum?

Warum war er auf einmal so ganz anders, als sie ihn kannte? So kalt, so abweisend … so … tot?

Nun stieg die Angst tatsächlich in ihr auf und sie sprang aus dem Bett, als er erneut näher kam, eine Hand nach ihr ausstreckte. Nur wollten ihre Beine die Arbeit so plötzlich nicht aufnehmen.

Sie knickten weg und Clair fiel. Mit einem Fauchen fing er sie auf, beschützte sie vor dem Sturz, dem Aufprall.

Clair schrie auf. Mehr aus Überraschung, denn aus Furcht. Denn sie hatte es erkannt.

Noch immer wollte er sie unbeschadet sehen. Noch immer sorgte er sich um sie, beschützte sie.

Er spielte den bösen Vampir nur.

Dennoch konnte sie ihr Herz nicht davon abbringen, schneller zu schlagen, Adrenalin in sie zu pumpen und sie zum Zittern zu bringen. Mit weit aufgerissenen Augen sah sie zu ihm auf.

Sein Gesicht war vollkommen im Dunkeln verborgen, von Schatten bedeckt …

Schatten …

Der Schattenmann!

Und da war es, als hätte ihr jemand die Binde von den Augen genommen. Das Gesicht des Schattenmannes aus ihren Träumen wurde durch seines ersetzt. Sie sah es nun klar vor sich.

„Du …", hauchte sie atemlos, stützte sich auf seinem Unterarm ab, um wieder zu ihrem Gleichgewicht zu finden.

„Du warst in meinen Träumen, du …"

Behutsam hob er sie in die Höhe und setzte sie auf die Bettkante, bevor er sich in die Schatten zurückzog.

Clair sah noch einmal jeden Traum genau vor sich. Erschrocken sog sie die Luft ein, sah zu ihm auf, wie er halb von ihr abgewandt im Dunkeln stand, nur die Augen, die hell leuchteten.

Keuchend drückte sie sich die Hand auf die Kehle.

„Du … du hast mich gebissen!"

Sofort war sie auf den Beinen.

„Ja, das tat ich."

Seine Worte waren wild und klangen nach dem Ende. Von jetzt auf gleich war er ihr auf wenige Zentimeter nahe gekommen, strich ihr Haar nach hinten und fuhr mit den Fingern über ihren Hals.

„Ich habe diese zarte Haut mit meinen Fängen durchstoßen, geschändet. Ich habe dieses süße Blut getrunken." In seinen Augen lag so viel Hass. Und Wut. Es war kaum auszuhalten.

„Ich bin eben dieses Monster, als das du Lazerus immer betitelt hast."

Erneut wandte er sich ab, verzog vor Schmerz das Gesicht.

„Ich bin eine Bestie!"

Es war mehr Schrei, denn ein Satz.

Und da wurde es ihr klar.

„Nein."

Überrascht fuhr Keleigh zu seiner kleinen Pianistin herum, sah mit Erstaunen die Entschlossenheit in ihrem Blick.

„Nein!", sagte sie erneut, nun mit mehr Nachdruck in der Stimme.

„Das ist nicht wahr."

Sie kam auf ihn zu. Fauchend versuchte er sie auf Abstand zu halten.

„Du bist kein Monster und schon gar keine Bestie."

Woher nahm sie nur diese Klarheit, diese Zuversicht?

„Du warst immer nett und freundlich zu mir. Hast mir immer geholfen, mich unterstützt."

Sie wollte seine Wange berühren. Zischend schreckte er vor ihrer Berührung zurück.

Was war das?

Was tat sie da mit ihm?

„Eine Farce! Nichts weiter!"

Würde sie ihn hassen, könnte er sie gehen lassen, das Zerbrechen seines Herzens hinnehmen, seine Rückkehr in die Dunkelheit. Zu seinem immensen Entsetzen sah er jedoch keinen Hass in ihren Augen. Keine Angst.

Nur Wärme … und Liebe?

Er fauchte erneut.

„Nein. Dies hier, das alles hier. Das ist eine Farce", spie sie ihm entgegen.

„Du willst mich verletzen, damit ich dich hasse. Nur deswegen bist du so … kalt."

Tränen standen in ihren Augen.

Seine Bestie schrie auf. Alles in ihm schrie danach, sie in die Arme zu schließen und sie zu trösten. Zu beruhigen … sie zu schützen.

Wortlos stand er einfach nur da, ließ nun zu, dass sie ihn berührte, sie ihm ihre Wärme, ihr Licht schenkte.

„Ich habe es gewusst", wisperte sie dabei leise.

Er erstarrte.

Keleigh konnte sie nur stumm ansehen, was ihr ein Lächeln entlockte. Und sein Herz schöpfte Hoffnung. Ein Funke bloß. Doch daran klammerte er sich wie ein Ertrinkender.

„Nun ja. Es war schon recht auffällig, musst du zugeben", lachte sie und kehrte zum Bett zurück, hakte ein Bein unter und sah ihn offen an.

Er brachte noch immer kein Wort heraus.

„Also wirklich", beschwerte sie sich, dass er ihre Genialität nicht erkannte.

„Sonnenbrillen? Im Frühling, der noch eher dem Winter ähnelt? Bitte!", prustete sie. Dabei war sie derart entspannt und locker, dass auch Keleigh zu seiner inneren Ruhe zurückfand und sowohl seine Fänge, als auch seine Augen wieder ihre normale Form annahmen.

„Und dann, wie du sprichst. Ich sage nicht, dass es mir nicht gefällt, ganz im Gegenteil! Ich finde es … sexy."

Ihre Wangen nahmen einen zarten Roséton an. Sofort fokussierten sich all seine Sinne auf sie, soweit sie es nicht ohnehin schon getan hatten.

„Und deine Manieren. Wer trägt denn heute noch eine Frau ins Bett oder zum Auto? Ist so höflich und … fürsorglich?"

Sie lächelte sanft und schaffte es tatsächlich, dass auch er sich zu entspannen begann.

Der süße Duft ihrer Angst hing noch immer in der Luft und doch …

Sie verströmte eine Ruhe, wie es ihr bisher immer nur mit ihrem Spiel gelungen war.

„Aber was dich wirklich verraten hat, war deine Handschrift. Zuerst der Füller. Wer schreibt denn heute noch mit Füller? Wenn der Kuli längst in jedes Mäppchen eingezogen ist? Und so ein schöner noch dazu!

Und diese Schrift erst! Du bist der erste Mann, dessen Handschrift ich je lesen konnte. Das ist ein rares Gut!"

Sie lachte, wurde aber schnell wieder ernst. Keleigh konnte es noch immer nicht glauben. Er hatte sich solche Mühe gegeben, seine Besonderheiten zu verbergen, sich an die Gesellschaft anzupassen, sich einzugliedern. Und nun erzählte ihm die junge Frau vor ihm doch tatsächlich, dass er genau das Gegenteil getan hatte.

In seinen Ohren schlug die Uhr dreizehn. Das gab es doch einfach nicht!

„Das Blut an deinem Kragen gab mir nur den Hinweis. Davor hatte ich nur gewusst, dass du etwas … jemand anderes warst, jemand Altes. Ich meine, ich habe schnell bemerkt, dass es nicht so wie in Twilight oder Dracula ist. Ich meine, du kannst nach draußen, wenn die Sonne scheint, du glitzerst nicht, du isst, du …"

„Wann?", unterbrach er sie und erkannte den Fehler in ihrem Denken sofort.

„Was?", blinzelte sie ihn verwirrt an.

„Wann hast du mich essen sehen?"

Clair war vollkommen überrumpelt.

„Wann hast du mich je essen sehen?", wiederholte er seine Frage und kam näher.

„Im Restaurant damals … heute."

Worauf wollte er da schon wieder hinaus? Keleigh blieb knapp vor ihr stehen, ragte groß und bedrohlich vor ihr auf.

„Hast du mich Nahrung in den Mund nehmen, kauen und schlucken sehen? Hast du mich wirklich *essen* sehen?", fragte er und da wurde es ihr klar.

„N-Nein", stotterte sie.

Sie hatte ihn immer nur bestellen, vor einem vollen Teller sitzen sehen, das Besteck in den Händen … Doch sie hatte ihn niemals wirklich *essen* sehen.

Er sah das Begreifen in ihren Augen und ein trauriges Lächeln umspielte seine Lippen.

„Siehst du, kleine Clair? Ich bin nicht so, wie du mich dir vorstellst. Ich kann weder Nahrung zu mir nehmen, noch sie verdauen. Die Sonne schadet mir. Zwar nur in Maßen, aber es ist ein Schaden. Auf starke Gerüche wie etwa Knoblauch oder Zwiebeln reagiere ich."

Unendlich sanft strich er ihr durchs Haar, drehte eine Strähne in den Fingern.

Er erklärte ihr seine Welt, sein Dasein.

Wieso also fühlte es sich an wie ein Abschied?

„Ich trinke Blut, ich töte Menschen."

Sein Blick löste etwas aus.

„Die Männer in der Gasse", hauchte sie entsetzt.

„Ja. Ich war es, der sie tötete. Ich war es, der sie zerriss, ihre Schreie hörte, den Geruch ihres Blutes genoss. ICH."

„Nein!", schrie sie und schlug seine Hand weg. Stand zitternd vor Wut vor ihm.

„Nein!", sagte sie nun etwas ruhiger.

„Das ist nicht der Mann, den ich kenne, der alles für mich getan hat."

Ihre Stimme zitterte nun genauso, wie ihr Körper und Tränen rannen über ihr Gesicht.

Mit den Augen folgte er ihren Bahnen und sie sah die Qual, die es ihm bereitete, sie weinen zu sehen.

„Weil dieser Mann nie existierte!", wisperte er, trat einen Schritt zurück.

Nein. Dies war nicht Keleigh, nicht der Mann, den sie kannte, der Mann, mit dem warmen Blick, der Mann … den sie liebte.

XXVII

Keleigh sah sie vor sich stehen. Weinend, aufgelöst und entsetzt. Und doch konnte er es nicht begreifen.

Wie hatte er ihr das nur antun können? Ihr?

Ausgerechnet ihr?!

Doch nun hatte er begonnen. Nun würde er es auch zu Ende bringen.

„Ich habe dich gebissen, dein Blut getrunken. In unserer Welt ist dies mehr, als nur ein bloßer Biss. Es ist ein Mal. Ich habe dich gezeichnet, dir mein Zeichen aufgedrückt, für jeden sichtbar markiert. Jeder Unsterbliche, ob nun Vampir oder nicht, wird dich als mein Eigentum erkennen."

Er lachte kalt auf, fuhr sich hektisch durchs Haar.

„Sieh es ein, Clair. Ich bin nicht der Held in der strahlenden Rüstung, den du dir so sehnlich wünschst. Ich bin die Bestie. Die, die es gilt zu erschlagen, nicht zu retten!"

Bei jedem Wort wurde sein Inneres kälter und härter. Es fühlte sich an, als würde sein Herz gefrieren, stehen bleiben.

Doch es schlug weiter, unbeirrt der Tatsache gegenüber, dass es eigentlich stillstehen sollte, verlängerte seine Qual. Bis in alle Ewigkeit.

Keleigh hatte gedacht zu wissen, was das hieß. Nun erkannte er, dass er keine Ahnung gehabt hatte, nicht mal die Vorstellung besessen hatte.

Eine lange Zeit stand seine kleine Pianistin einfach nur da, starrte ihm unverwandt in die Augen.

Dann wandte sie sich ab. Er dachte, sie würde gehen, vor der Bestie fliehen. Doch sie ging zu ihrem Schreibtisch, holte einige Bögen Papier heraus und hielt sie ihm hin.

„Du spielst Klavier?", fragte sie emotionslos.

Erschrocken suchte er ihren Blick, fand aber nur die Maske der Gleichgültigkeit vor, hinter der er sich selbst immer zu verstecken pflegte.

Stumm nickte er.

„Dann spiel für mich. Ich will es hören ... bevor ... ich gehe."

Kalte Gewissheit überschwemmte ihn. Also hatte er recht gehabt. Sie würde ihn verlassen, ihn aus ihrem Leben streichen.

Nun war er es, der seine Gefühle hinter einer Maske verbarg.

Schweigend folgte er seiner kleinen Pianistin in den Musiksalon. Dabei kamen sie an einer rot verweinten Chandrina vorbei.

„Ist sie auch ..."

„Ja."

Seine Stimme war leise.

„Ich machte sie zu dem, was sie nun ist. Ich bin ihr Meister, ihr Herr. Ich brachte die Dunkelheit über sie, machte sie zu meinem Kind."

Clair nickte nach einer Weile, klappte den Flügel auf, legte stumm die Noten bereit und sah ihn auffordernd an.

Er ergab sich in sein Schicksal.

Clair sah ihm zu, wie er kurz die Finger dehnte, sich bereit machte. Er schien eine lange Zeit nicht mehr gespielt zu haben ... wahrscheinlich länger, als sie sich vorstellen konnte. Sie hatte wirklich ihre Befürchtungen gehabt. Dennoch war sie von sich selbst überrascht, wie … gelassen sie die Informationen verarbeitete.

Keleigh … war noch immer Keleigh.

Sie liebte ihn noch immer mit ihrem ganzen Herzen, ob nun mit Fängen oder ohne.

Er war noch immer der Mann, der ihr den Atem raubte, ihr Herz dazu brachte schneller zu schlagen und wegen dem sie ständig rot wie ein Stoppschild wurde.

Aber so konnte sie es ihm nicht sagen. Er würde nur wieder eine Ausrede finden, sie und sich selbst belügen. Um ihr ein Leben in Dunkelheit zu ersparen.

„Das ist das einzige Lied, das ich je aufgeschrieben habe. Ich möchte, dass du es für mich spielst."

Schweigend nickte er, machte sich bereit … und der erste Ton erfüllte den dunklen Raum.

Clair schloss die Augen.

Es war eine vollkommen neue Erfahrung, ihre Musik von jemand anderem gespielt zu hören. Noch dazu ihr Herzens Lied.

Sie hörte ihre Liebe in jeder Note, ihre Sehnsucht, ihr Verlangen. Sie konnte nur hoffen, dass er das Gleiche fühlte.

Ansonsten wäre für sie alles verloren. Für sie beide.

Zart klangen die letzten Noten viel zu schnell aus.

Schweigend legte Keleigh die Hände in den Schoß, sah stumm auf die Tasten des Instruments.

„Was hast du gefühlt?", wollte sie wissen, trat ganz dicht zu ihm heran, dass sie fast seinen Rücken berührte. Langsam beugte Clair sich zu ihm hinab.

„Was hast du gefühlt, als du dieses Stück gespielt hast?", flüsterte sie ihm ins Ohr. Es war ein heikles Spiel, das sie da spielte. Doch sie setzte alles darauf. Alles auf die letzte Karte, die ihr geblieben war.

Keleigh drehte sich langsam zu ihr um. Erschrocken schnappte sie nach Luft.

Tränen rannen ihm über die Wagen, schwammen in seinen Augen.

„Was?", fragte sie erneut und nun standen auch in ihren Augen die Tränen.

Er ließ sich Zeit mit seiner Antwort.

„Liebe."

Das eine Wort war die Überraschung selbst. Zweifelnd suchte er ihren Blick, suchte verzweifelt die Bestätigung. Da hielt Clair es nicht mehr aus. Stürmisch fiel sie ihm in die Arme, dass er sich mit einer Hand auf dem Klavier abstützen musste und ein lauter Misston entstand.

„Genau", wisperte sie direkt an seinem Ohr, ließ ihren Mund an seinem Hals entlangwandern.

Fest presste sie ihre Lippen auf seinen Hals, hinterließ mit ihrem Lippenstift, der wie ein Wunder das ganze Chaos überlebt hatte, einen strahlenden Lippenabdruck.

„Du hast mich gezeichnet", wisperte sie, als sie sich langsam wieder von ihm löste. Clair saß nun auf seinem Schoß und er hatte die Arme fest hinter ihrem Rücken verschränkt, sodass sie nicht fortkam. Hätte sie denn gewollt.

„Nun habe ich dich gezeichnet", fuhr sie fort und schob ihr Gesicht näher an seines, berührte nun ihrerseits sein Haar.

„Und es soll jeder sehen, denn du gehörst mir."

Sie lächelte durchtrieben.

„Und ich werde es jeden Tag erneuern."

Es war ein Versprechen.

„Grundgütiger", keuchte er und seine Augen wechselten wieder zu diesem Leuchten.

„Wunderschön", hauchte sie und legte alle ihre Liebe in ihre Stimme, ihre Worte, ihre Augen. Keleigh sah aus, als würde er daran ertrinken.

„Du wirst mich nun nicht mehr los", gab sie ihm das Versprechen ihres Lebens.

„Als würde ich so ein Tölpel sein und dich ziehen lassen", murmelte er, die Augen fest auf ihre Lippen geheftet.

„Sexy", nuschelte sie, wurde erneut rot.

„Unwiderstehlich", stimmte er ihr zu, legte die Hand in ihren Nacken.

Er lachte leise.

Sie grinste.

„Für immer", begann er.

„Und ewig", versprach sie.

Seine Augen weiteten sich. Vor Freude, Glück, Begeisterung … und Liebe.

Er wollte noch etwas sagen, doch Clair hielt ihn auf. Es war ganz einfach. Sie musste nur eins tun.

Sie küsste die Lippen des Vampirs.

Im Bann des Kelpies

Prolog

Tränen brannten in ihren Augen, liefen über, fielen auf ihre Brust, auf den weichen, moosbedeckten Boden. Sie rannte, ohne etwas zu sehen, zu fühlen. Nur die alles erdrückende Leere war da, in ihr. Sie galoppierte immer schneller, immer weiter. Sie hatten ihr gesagt, sie solle nicht in die Nähe des Wassers gehen, unter keiner Bedingung, niemals. Doch genau dorthin führten ihre Beine sie jetzt. Dort würde sie alleine sein, würde sie trauern können.

Denn er war tot.

Selbst ihre Kräfte hatten nicht mehr helfen können, sie war zu spät gekommen. Ihn nur aus den Schatten heraus zu beobachten, sein Lachen zu hören, all das hatte sie so mit Freude erfüllt.

Jetzt war all dies nicht mehr, war fort.

Mit einem großen Satz sprang sie über einen umgestürzten Baum und wandelte sich noch im Sprung.

Schlanke, schmale Füße trafen nackt auf den Boden, stießen sich ab und rannten. Sie schrie ihren Schmerz laut hinaus, hatte nicht mehr die Kraft ihn zurückzuhalten.

Sie hatten sie gewarnt, ihr jeglichen Kontakt verboten, als hätten sie es gewusst. Doch nun war es zu spät, endgültig.

Ihre schlanke, zierliche Gestalt bahnte sich flink und elegant ihren Weg. Ihr langes, silbernes Haar wehte wie ein Schleier hinter ihr her. Ihr zartes, weißes Kleid blähte sich auf, verfing sich in den Ästen eines Strauches, zerriss.

Sie rannte immer weiter. Heiße Tränen liefen über ihr Gesicht, heiße Schluchzer entrangen sich ihrer Kehle. Warum? Warum war sie nicht früher da gewesen, hatte ihn gerettet? Sie hatte es versucht, kaum das sie ihn gefunden hatte, vergebens. Es hatte all ihre Kraft gezehrt und war doch umsonst.

Nun konnte sie den See, das Wasser schon riechen, ihre Beine wurden langsamer, ihre Hände zitterten. Völlig am Ende lehnte sie sich Trost suchend an eine starke, junge Eiche, sank daran zu Boden.

Ihre Tränen waren noch nicht versiegt, ihr Schmerz zu frisch. Mit zitternden Händen umfasste sie ihre Knie, kauerte sich zusammen.

Heisere Laute der Trauer und des Schmerzes zerrissen die Stille. Wofür hatte sie diese Kraft, wenn sie nicht half, wenn das Leben trotzdem verging? Ein leises Stöhnen ließ sie aufsehen. Der Laut war schmerzgepeinigt, mühsam.

Ihr Herz schlug schneller, als ihr Blick auf den nahen See fiel. Dort, halb von dem glitzernden Wasser verborgen, lag eine Gestalt. Sie kroch langsam, wie gebannt darauf zu. Es war ein Mann. Er lag mit dem Gesicht im Laub auf dem Bauch, seine Beine lagen halb im See.

Lebte er noch oder war er auch tot? Konnte sie vielleicht ihn retten?

„Sir?", zerschnitt ihre Stimme die Stille. Sie zitterte, genauso, wie ihre Hand, die sich nun nach dem Fremden ausstreckte.

Sein Haar war etwas mehr als kinnlang und tiefschwarz, von einer Schwärze, die sie so noch nie gesehen hatte.

„Sir? Geht es ihnen gut?"

Keine Reaktion. Ihr Blick flog über seinen Körper, suchte nach Verletzungen, nach Blut. Vorhin, bei ihm, war so viel Blut gewesen, so viel …

Doch hier war nichts zu sehen, nur nasse, dunkle Kleidung, die an einem durchtrainierten Körper klebte. Der Mann sah nicht aus wie ein Schwimmer, doch die Muskeln dazu hätte er. Ob er ertrunken war? Aber dann läge er nicht so weit an Land. Er musste sich mit letzter Kraft hinausgeschleppt haben. Was hatte er hier verloren, mitten im Wald, in diesem See?

„Sir?", ihre Stimme zitterte nun nicht mehr, dafür ihre Hand umso mehr. Eine Träne fiel auf sein Haar, als sie sich vorbeugte. Sie konnte einfach nicht aufhören zu weinen.

Ihre Fingerspitzen berührten ganz sanft, federleicht sein Haar, strichen es ihm aus dem Gesicht.

Und was für ein Gesicht das war. Eine hohe Stirn, starke, markante Wangenknochen und eine geradlinige, schmale Nase, leicht geschwungene Lippen. Ein dichter Wimpernkranz, vom Wasser verklebt, malte Schatten auf seine ebenmäßige, helle Haut.

Als sie gerade den Mund öffnete, um ihn erneut anzusprechen, öffneten sich die Augen des Mannes. Eine starke, schmale Hand legte sich fest um ihr Handgelenk, drückte zu.

„Hab ich dich", sagte der Mann mit tiefer, vibrierender Stimme. Sie fuhr erschrocken zusammen, zuckte zurück. Ein Blick in die Augen des Mannes ließ sie vor Angst erstarren.

Sie waren seelenlos und von pechschwarzer Farbe, eine Pupille ohne Iris, tot. Panik raste durch ihren Körper.

Vage nahm sie wahr, dass sie immer noch weinte. Seine Augen bohrten sich in die ihren, weiteten sich, als er ihre tränenerfüllten Tiefen sah. Zischend sog er die Luft ein, sie verstand seine Reaktion nicht.

Etwas blitzte in seinen Augen auf, nur ganz kurz. Da setzten ihre Instinkte ein, sie riss an ihrem Arm, versuchte aufzustehen. Sie sah nicht, wie er sich bewegte, spürte nur einen Luftzug, hörte ein Rascheln.

Dann lag sie auf dem Rücken, ein Stein bohrte sich in ihre Hüfte, er war über ihr, verdeckte die Sonne.

Er hielt sie fest, schloss ihre Handgelenke mit einem eisernen, unnachgiebigen Griff ein. Ein kaum merkbares Lächeln breitete sich auf seinem Gesicht aus, er beugte sich über sie. Verzweifelt riss sie an ihren Händen, versuchte sich von ihm loszumachen. Er durfte sie nicht kriegen, unter keiner Bedingung.

„Ich wusste, ihr würdet nie einen armen, leidenden Menschen einfach liegen lassen", wisperte er dicht an ihrem Ohr.

Ihre eben erst versiegten Tränen quollen nun wieder über, sein Blick verfolgte deren Weg.

Sie hatten sie gewarnt, es ihr eingebläut.

Sie hatte nicht gehört. Nun würde sie ihm in den Tod folgen.

Denn sie war gefangen, eine Gefangene ihres Todfeindes, ihrer größten Angst. Das einzige Wesen, das sie bannen konnte.

„Wie dumm du warst", sagte das Kelpie und alles wurde dunkel.

1

Sie wachte genauso ruckartig auf, wie sie zusammengebrochen war. Sie hatte keine Ahnung, was genau er mit ihr gemacht hatte, aber von jetzt auf gleich waren ihr einfach die Lichter ausgegangen.

Kaum setzte ihr Hirn sich wieder in Betrieb, sprang sie auf. Ihre Beine waren damit jedoch mal so gar nicht einverstanden, denn sie stand nur ungefähr drei Sekunden, dann knickten sie auch schon unter ihr weg. Ihre Sicht war getrübt, sie spürte nur einen Lufthauch und dann hielten sie starke Hände aufrecht.

„Sachte, immer mit der Ruhe, Süße", erklang eine ihr unbekannte Stimme hinter ihr. Sie wirbelte um die eigene Achse und wäre fast wieder auf dem Boden gelandet, würden die Hände sie nicht noch immer stützen.

Ihr Blick flog nach oben und sie sah warmes Blau.

„Immer langsam mit den jungen Pferden", lächelte der Mann sie an und ließ sie los, nachdem er sich vergewissert hatte, dass sie nicht wieder einknicken würde.

Ihr schlug das Herz bis zum Hals, panisch sah sie sich um. Neben ihr stand ein imposantes Bett mit hellen Überzügen. Die Falten in der Decke ließen darauf schließen, dass sie bis eben noch dort gelegen hatte. Ein kurzer Rundumblick zeigte ihr, dass sie sich in einem ganz normalen Schlafzimmer befand und ihr Blick fiel wieder auf den Mann vor ihr, der sie lässig angrinste.

Er war sehr muskulös, hatte breite Schultern und eine schmale Taille. Sein Haar war fachmännisch kurz geschnitten und sein Gesicht hatte etwas Hartes, Markantes an sich.

Sie hatte keine Ahnung, wie lange sie – ja, was eigentlich? Bewusstlos gewesen war? Oder hatte sie geschlafen? Auf jeden Fall war es lange genug, um ihre Blase lautstark protestieren zu lassen.

Der blonde Riese vor ihr schien ihre übereinandergeschlagenen Beine gesehen zu haben, denn er grinste sie breit an und zeigte so seine geraden, ebenmäßigen weißen Zähne.

„Das Bad ist gleich da drüben", deutete er auf eine Tür zu seiner Linken. Sie zögerte kurz, aber von ihm schien kein Unheil auszugehen, vorerst.

Wie von der Tarantel gestochen, stürzte sie in das Badezimmer und schloss die Tür ab, begleitet von seinem herzlichen Lachen.

Nachdem sie ihre Bedürfnisse fürs Erste befriedigt hatte, spritzte sie sich reichlich Wasser ins Gesicht, um auch die letzten Reste ihrer plötzlichen Müdigkeit abzuschütteln.

Sie stützte die Hände auf dem Rand des großen Waschbeckens ab und sah eine junge, zierliche Frau. Ihre Wimpern waren von dem Wasser verklebt, aber so dick und voll, dass sie das leuchtende Violett ihrer Augen verstärkten. Es waren große, kindliche Augen mit leicht geschwungenen, dünnen Augenbrauen darüber.

Ihre Nase war lang und ein Wassertropfen hing an der leicht spitzen Nasenspitze. Ihre Lippen waren voll und von einem natürlichen, aber kräftigen Rot.

Ihr Haar fiel ihr in großzügigen Wellen über den Rücken, ging über die schmale Taille. Es war dicht und hatte einen gesunden, seidigen Glanz.

Das dünne Kleid hing ihr zerrissen und verschmutzt am Körper. Aber es bedeckte das Nötigste großzügig.

In ihren Augen sammelten sich erneut Tränen. Wo war sie da nur hineingeraten? Wenigstens schien der Mann von vorhin nett zu sein. Kopfschüttelnd wischte sie sich die Tränen weg und zog die Nase hoch.

„Taschentuch?"

Erschrocken riss sie die Augen auf und sah sich einem weißen Taschentuch gegenüber.

Reflexartig griff sie danach. Wie war er hier rein gekommen? Sie hatte die Tür doch abgeschlossen?

Doch der Mann lehnte lässig in der Tür und beobachtete sie. Selbst wenn er lächelte, wirkte er nett, nicht bemüht den Schein zu waren. Das nahm sie als gutes Zeichen.

„Du bist nicht wie die anderen Einhörner, was?", fragte er ganz ohne Spott, Missachtung oder Überheblichkeit. Es war einfach nur eine Feststellung.

„Woher weißt du …?", fragte sie verblüfft und wischte sich mit dem Taschentuch über die Augen. Auf eben diese zeigte er nun.

„Soweit ich weiß sind violette Augen nicht weit verbreitet", grinste er.

Dann kam er auf sie zu. Erschrocken wich sie zurück. Was wollte er von ihr?

So nett er auch war, sie war immer noch eine Gefangene, er wohl ein Angestellter. Wie weit ging seine Loyalität seinem Herrn gegenüber, wie waren seine Befehle?

Als er sah, dass sie zurückwich, blieb er stehen und streckte die Hand aus.

„Ich bin Liam."

Erleichterung durchflutete sie. Langsam trat sie zu ihm hin und ergriff seine Hand.

„Luna Fuoco di Sera", stellte sie sich leicht lächelnd vor. Er grinste breit.

„Abendfeuer, wie? Gefällt mir."

Das war überraschend. Nicht viele in diesem Land konnten Italienisch.

Aufmerksam musterte sie ihn. Sie war vielleicht nicht die Mutigste oder Cleverste, aber sie war nicht dumm.

Luna wusste, dass sie einen genau ausgearbeiteten Plan brauchte, um von hier verschwinden zu können.

Sie musste Infos sammeln und am besten noch diese Nacht irgendwie entkommen. Es würde nicht leicht werden, aber sie musste es einfach schaffen.

Sie vermisste ihre Familie, ihre Herde.

Einhörner waren nicht gerne allein.

„Und was machst du hier?", fragte sie einfach mal ins Blaue hinein. Liam wusste ganz genau, dass sie zu flüchten plante. Jetzt musste sie nur noch wissen, inwieweit er ihr helfen würde diese Flucht auch umzusetzen.

Sie spürte seinen berechnenden Blick. Jetzt musste sie vorsichtig sein.

„Ich weiß ganz genau, was du vorhast, Süße. Aber ich kann dir nicht helfen. Ich werde Malik weder verraten, noch hintergehen."

Seine Miene blieb dabei ernst, doch seine Augen nicht.

Und er hatte ihr seinen Namen gesagt. Das war nicht viel, aber immerhin etwas.

Liam musterte sie noch einmal kurz, dann ging er zur Tür und hielt sie ihr auf.

„Ich denke, es wird Zeit fürs Abendessen. Bestimmt bist du hungrig."

Ausdruckslose Miene, ein Lächeln, das nicht zu deuten war.

Luna nickte zögerlich und ging an ihm vorbei in einen langen, hellen Flur.

Also würde er ihr nicht helfen. Seinen Worten war zwar zu entnehmen, dass er kein blinder Gefolgsmann war, aber er war loyal.

Bestimmt gingen sie gerade nicht nur zum Essen. Sie hätte glatt all ihre Zehen darauf verwettet, dass sie nun auf Malik treffen würde. Ihr Magen machte einen Satz und die Angst war wieder da. Würde er sie jetzt töten? Sollte es das gewesen sein?

Plötzlich legte sich eine schwere Hand auf ihre Schulter. Erschrocken schreckte sie zusammen, drehte sich aber nicht um. Sie waren gerade eine lange Treppe hinabgegangen und steuerten auf zwei große, breite Holztüren zu.

„Hätte er dich töten wollen, hätte er es schon längst getan", wisperte ihr Liam ins Ohr.

Eine Gänsehaut rieselte ihren Rücken hinab.

„Woher weißt du das?", fragte sie ebenso leise zurück, kaum hörbar. Sie zweifelte keine Sekunde daran, dass sein Gehör gut genug war, um sie zu hören, wenn sie lauter sprachen.

„Er wird auch der Sippenmörder genannt, denk einfach mal drüber nach", murmelte er so leise, dass sie ihn kaum verstand.

Zeitfracht Medien GmbH
Ferdinand-Jühlke-Straße 7
99095 Erfurt, Deutschland
produktsicherheit@kolibri360.de